PETITE PHILOLOGIE

A l'usage des Classes et du Monde

LES

MOTS

ANGLAIS

par

Mr MALLARMÉ

Professeur au Lycée Fontanes

PARIS

CHEZ TRUCHY

LEROY FRÈRES, SUCCESSEURS

26, Boulevard des Italiens, 26

PETITE PHILOLOGIE

LES MOTS ANGLAIS

DU MÊME AUTEUR

EN PRÉPARATION :

PETITE PHILOLOGIE ANGLAISE

A l'usage des Classes et du Monde

ÉTUDE DES RÈGLES

---

une

MYTHOLOGIE NOUVELLE

D'après l'Anglais

OUVRAGES PARUS

SUR LA

LITTÉRATURE ANGLAISE

(Traduction et Réimpression)

Voir à la fin de ce tome

PETITE PHILOLOGIE

A l'usage des Classes et du Monde

LES

MOTS

ANGLAIS

par

Mr MALLARMÉ

Professeur au Lycée Fontanes

PARIS

CHEZ TRUCHY

LEROY FRÈRES, SUCCESSEURS

26, Boulevard des Italiens, 26

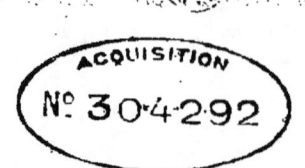

AVANT-PROPOS

—

Cet ouvrage achevé, un double sentiment me saisit : quelque satisfaction et plus d'inquiétude.

Tables, Lois, etc. : toute la matière distribuée bientôt selon l'ordonnance même de la Langue Anglaise, je la trouvai neuve et vais la fournir de première main, *mais n'est-ce pas un honneur périlleux? Avec les fautes typographiques, que l'*Erratum *groupe toujours en tête d'une Édition originelle, peut demeurer mainte erreur attribuable à l'Auteur seul. Quiconque me prendra en défaut aura ma* gratitude : car j'attends de ce Traité, placé au début d'une Science, qu'il se perfectionne autant qu'elle se développera.

Heureux si la lecture de plusieurs pages, mises hors de discussion, laisse dans l'esprit une notion, vaste et juste, irréfutable, de la genèse de l'Anglais : en un mot, si le Livre répond à tout le hardi Programme, qui va le précéder et suivre immédiatement l'Avant-Propos.

Je ne me rappelle aucune des longues heures par moi employées à instruire, où n'ait, au cours d'une leçon, surgi quelque explication ou un fait depuis thésaurisés ici. Que ce qui vient de l'enseignement, à bon droit y retourne.

1ᵉʳ août 1877.

PROGRAMME

ou

APERÇU DE L'OUVRAGE

INTRODUCTION

CHAPITRE PREMIER

Principes de la Philologie.

§ 1.

Qu'est-ce que l'Anglais ?

§ 2.

But de la *Philologie* et sa Méthode.

Ce qu'est, pour la Philologie : le Langage, une des manifestations de la vie. Procédés de formation, naturel et factice, ou instinctif et savant : n'en est-il pas un, mixte ?

§ 3.

Le *point de vue Français*, d'où étudier l'Anglais.

§ 4.

La langue d'après le livre : le *Mot;* sa forme isolée et son rôle dans la *phrase,* d'où le *Lexique* et la *Grammaire.* Deux tomes ou deux parties à toute Philologie ; ici, le Vocable en soi ; les Règles, matière d'un autre Traité.

CHAPITRE II

Historique.

§ 1.

Deux langues en présence l'une de l'autre en 1066, année de la *Conquête* du territoire *Anglo-Saxon* par les *Normands* : l'*Anglo-Saxon* et la *Langue d'Oïl*; que valent l'un et l'autre de ces idiomes?

§ 2.

Origines de l'*Anglo-Saxon*. Le *Haut* et le *Bas-Allemand*; à ce dernier appartient le *Gothique*. Traces littéraires : *Version des Évangiles*, par Ulphilas, en *Mœso-Gothique*; fragment du parler de cette époque. Invasion de l'*Ile-de-Bretagne* au parler *Celte*, par les *Anglais* et les *Saxons*. Vestiges du *Latin* de Jules César et du *Celte* dans l'*Anglo-Saxon* devenu la langue du pays; les *Jutes*. Trois dialectes. Le Christianisme et le *Latin des Missionnaires. Période* brillante *de*

Northumbrie : Bœda, ses *Chroniques ; Cedmon*, sa *Trilogie*. Ravageurs *Danois*, et nouveau dépôt *Scandinave* dans la langue. Période glorieuse de Wessex, avec *Alfred-le-Grand*. Même fragment que tout-à-l'heure, en *Anglo-Saxon* de maintenant. Comparaison : Vestiges encore de Déclinaisons, mais Préposition devant les Noms. Beauté et maturité de ce parler national.

§ 3.

Lors de l'*Invasion Normande*, où en était le *Français ?* Ses *quatre dialectes*, dont le *Normand*. Fragments dans cette langue (l'un postérieur, l'autre antérieur, d'un siècle) pris à la *Chanson de Roland* et à la *Cantilène de Sainte-Eulalie*. Traits de ressemblance avec le *Français du* xixe *siècle*, et le *Latin*. Vestige de *Déclinaison*, et *Préposition* devant les Noms. *Caractères spéciaux ;* dont l'un est une *paresse à proférer les Vocables*. Origines *Gallo-Romaines :* l'invasion *franque*, l'oubli du *Celtique*.

§ 4.

Tels les deux éléments linguistiques, à la *Conquête :*

malléables encore et déjà stables; leur lutte de la Bataille d'Hastings aux *Contes de Cantorbéry : date* médiane (entre 1042 et la fin du xvie siècle) : soit 1250. L'Anglo-Saxon perd ses *désinences casuelles* que ne garde pas non plus l'idiome envahisseur. *Dualisme du langage*, celui des vainqueurs et des vaincus. Dernier Éclat de la *Littérature Anglo-Saxonne*, avec le *Brut de Layamon* et l'*Ormulum* (d'*Orm*). Triomphe du *Français* introduit, mais il se déforme; exemples. Juxtaposition des deux langues dans un même vers, même dans certaines figures de style propres à *Chaucer*. L'*Anglais du Roi* (Édouard III) règne, ayant absorbé tout l'élément Normand-Français : en un parler indissolublement un. Tentative patriotique des *Dialectes*, la *Traduction de la Bible*, par Wiclif, et le *Poëme de Piers Plowman;* depuis le xive siècle ce sont des *Patois :* l'un d'eux aura *Dumbar* et *Burns*, et parfois *Walter Scott.* L'*Angleterre* aura *Shakespeare, Milton, Byron*, etc.; l'*Amérique, Poe, Longfellow,* etc. : aucun de ces dépositaires de l'âme nationale ne songe à séparer les deux éléments conjoints qui font la beauté de leur langue.

LIVRE PREMIER

Élément Gothique ou Anglo-Saxon.

Aperçu.

Analyser le *double élément* jusque maintenant entrevu de l'*Anglais* : telle se montre la tâche. Distingue-t-on au premier coup d'œil l'un et l'autre des langages fondus ? oui; mais quelques erreurs à éviter, surtout quant aux Mots d'origine germanique à la fois anglais et français. Aspect des Mots Anglais, ou Anglo-Saxons : ici donnés sans distinction d'origine antérieure. Vocables de l'Anglo-Saxon demeurés dans l'Anglais à peu près tels que dans cette langue : cela grâce à la Composition des Mots.

Division fondamentale du Livre en *Mots Simples* et *Mots Composés*. *Radicaux, Racines* et *Thèmes; Affixes* ou *Préfixes* ou *Suffixes*. Programme du Livre.

CHAPITRE PREMIER

Mots Simples et Dérivation.

§ 1.

Familles de Vocables et Mots Isolés.

Citer, non; mais grouper et éliminer. *Familles de Vocables* et *Mots Isolés*. Comment se groupent les Familles, et d'où : rien d'absolu; quels sont les Mots qui y prennent part et ceux qui s'en écartent. Intérêt : exemple de quelques trouvailles fort curieuses; ne pas confondre. Ne point aller ici jusqu'à l'*allitération* des poëtes et des écrivains. Pourquoi la *Table* de Familles enfin va contenir des Mots *Latins* et *Grecs*. *Observation* relative à l'usage de la Table : comment y sont groupés les Mots.

TABLE

Voyelles   :   A, E, I ou Y, O, U,

Consonnes :   B, W, V; P, F,
G, J, C, K, Q,
H,
L, R, M, N,

avec des Notes sur le *Sens* qu'apportent au Mot chacune de ces Consonnes.

Remarques sur le *monosyllabisme* des Mots; plusieurs aussi sont *verbe* et *nom*, tout, *interjectivement*. Qu'est-ce qu'une *Racine;* un *Radical;* un *Thème?* Quelques Thèmes ou Racines *Aryâques,* à quoi peuvent se réduire presque toutes les langues modernes. Les Radicaux anglais sont parfois le verbe, parfois le nom, etc. : l'un des deux recevant une marque particulière de *Dérivation.*

§ 2.

Dérivation

entre *Noms, Adjectifs, Verbes* et *Adverbes,* produits

par un changement de la *voyelle* ou de la *diphthongue médianes;* un changement d'une *consonne finale* ou de *plusieurs;* un changement de la *voyelle* ou de la *diphthongue médianes* et d'une *consonne finale* ou de *plusieurs.* Terminaisons qui ne sont pas des Affixes. *Diminutifs anglais.*

CHAPITRE II

Affixes et Composition des Mots.

§ 1.

Affixes.

Préfixes, liés au Mot, détachés du Mot : Tables. *Suffixes* qui s'ajoutent à des *Mots existants* ou *susceptibles d'exister,* noms et adjectifs, verbes et adverbes. Observation sur le *Sens* qu'ajoutent au Mot les Suffixes: sa complexité.

§ 2.

Mots Composés.

Caractères d'un *Mot Composé* : les *Composés Grammaticaux* et ceux qui appartiennent au *Lexique*. Composition à l'aide d'une *contraction;* par l'*intercalation* d'une *particule* ou d'une *désinence*, et par simple *rapprochement :* exemples. *Détérioration* d'*une* des parties du Mot ou des *deux. Réduplication enfantine.* Quelques exemples de *composition régulière*, ou avec *trait-d'union :* entre *Noms, Adjectifs, Pronoms, Verbes, Adverbes* et *Prépositions*; tous les cas. Composition avec — *ed. Rajeunissement perpétuel* que tire la langue de la Composition des Mots : exemples pris au génie et à la conversation de chaque jour.

Résumé.

Ne *composez* point de Vocables, mais *analysez-en :* quelles sont les opérations.

LIVRE DEUXIÈME

Élément Roman ou Français.

Aperçu.

Discerner les Mots issus du *Français* de ceux qui ont une physionomie *latine* plus spéciale ; et des Mots de *provenance germanique*, à la fois français et anglais.

Les Mots tirés depuis sa formation par l'Anglais du Français ne relèvent pas d'une étude linguistique de l'Anglais.

Toute recherche, relative à la part qu'a le Français dans la formation de l'Anglais, doit se rapporter à la *Conquête.*

CHAPITRE PREMIER

Lois.

Exemples de Mots passés de la *Langue d'Oil* dans

l'*Anglo-Saxon* : Comparaison entre leur *forme contemporaine* dans l'Anglais et dans le Français, et *Lois*
à en tirer.

§ 1.

Cas révélés par le Corps des Mots ainsi que par les Terminaisons.

Transformations subies par les *Sons Français* que
ne possède pas l'*Anglais* : U (et UI), OI, puis les *Voyelles
nasales*, EN et IN OU EM, UN, AN et ON pour les sons
de Voyelles ; et pour les Consonnes *l* et *n* mouillées,
g doux et *ch* doux.

Transformations subies par les autres *Sons Français* : A (et AI), È, É, O, U, puis EU, pour les sons des
Voyelles ; K, Ç OU SS, S OU Z, H, et encore CH, pour ceux
des Consonnes.

Transformations qui n'en sont pas ; c'est-à-dire
*maintien dans l'Orthographe actuelle de la Pronon-
ciation de jadis.*

§ 2.

Cas montrés par les Terminaisons seules.

Substantif : d'où viennent les *Terminaisons an-glaises* ..ade, ..age, ..er, ..ier, ..eer, ..ee, ..et, ..ess, ..ry ou ..ery, ..som ..son et ..shion ; ou quelles *Terminaisons françaises* leur ont fait place.

Adjectif : d'où viennent les *Terminaisons anglaises* ..ard et ..art, ..esque, ..e, muet ou sa suppression ; ou quelles sont les *Terminaisons françaises* qui leur ont fait place.

Verbe : comment se terminent, le plus fréquemment, en Anglais, nos *Verbes* de la 1re (*er*), de la 2me et de la 3me *conjugaison* en *ir*, de la 4me (*oir*) et de la 5me (*re*); *irrégularités* enfin.

§ 3.

Singularités : dans le *Corps des Mots* principalement, comme *la chute* d'un *fragment entier*, le *dédoublement* ou la *réduplication d'une lettre*, les *changements arbitraires* et faits presque *du tout au tout* ou ceux visant à sauvegarder au moins la *prononciation française ;*

une *fausse analogie,* entre deux Mots Français ou d'un Mot Français à plusieurs autres déjà anglicisés, une *déviation du sens français* ou un *changement complet.* Puis *jeux de mots,* portant sur une *portion* du vocable ou sur celui-ci *tout entier.*

CHAPITRE II

Vieux Mots

dont plusieurs nous reviennent à travers les emprunts faits par le *high-life* à l'*Anglais.*

Note : *s* d'autrefois remplacée maintenant chez nous par un ∧ et — *EL* par — *EAU.*

§ 1.

Mots Normands d'autrefois. Simple rappel.

§ 2.

Formes *anciennes* et *abolies* maintenant de Mots restés *français :* l'Anglais *maintient* ces Formes ; et *Mots disparus* complétement du Français : l'Anglais conserve de ces Mots.

TABLES

Résumé.

Influence plus ou moins profonde exercée sur la *phonétique Anglaise* par l'invasion d'une autre langue, le *Français*.

LIVRE TROISIÈME

Élément dit Classique et Elément étranger de l'Anglais.

CHAPITRE PREMIER

Élément dit Classique.

§ 1.

Mots faits ou refaits.

Certains Mots existent qui ne sont pas Anglais en

tant qu'Anglo-Saxon ni Français, mais ressemblent à la fois à du *Latin francisé* ou à du *Français relatinisé*. Point *vague et obscur* de la Philologie anglaise. Le Mot latin en Anglais offre un *caractère originel plus prononcé* que chez nous ; car bien qu'emprunté au Latin à la façon des *Mots savants* français, ceux-ci gardent encore quelques traces de la *formation populaire,* absentes là. Mots presque latins encore chez nous à la *Conquête, demeurés tels* dans l'Anglais d'aujourd'hui. *Impossible* à l'Anglais d'emprunter quoique ce soit *directement* au Latin *sans nous ;* il secoue notre joug en nous *replongeant* à la source latine. *Exemples de divers cas :* l'Anglais possède des Mots que nous n'avons *jamais empruntés* au Latin. Mots *latins francisés* et Mots *français relatinisés* doivent de bien près se ressembler entre eux : DISCRIMEN OBSCURUM. L'Anglo-Saxon, riche et primitif, n'eût pu, avec son Vocabulaire *seul,* exprimer toutes les *idées complexes* des temps modernes.

Règles principales qui régissent le *passage* d'un Mot latin à l'Anglais ou la *retrempe* d'un Mot français dans le Latin, indifféremment.

Terminaisons distribuées selon l'ordre des *Parties du Discours. Noms :* — ance et — ancy ; — ence et — ency ; — ty et — ity ; — ment ; — ion, — tion, — ation, — ition ; — y ; — our, — or ; — ate ; — il.

Adjectifs : — **able**, — **ous**, etc. *Finales* du *nom* et de *l'adjectif moins importantes :* et *nombreuses remarques* de *détail. Verbes :* importance; *une seule Terminaison grecque* et aussi *française,* — **ize** et — **ise**, fort à la mode. *Lois de la permutation* à chercher dans tant d'*emprunts verbaux :* est-ce la *conjugaison* qui en décide? *oui* et *non.* Pas de *Dérivation d'un infinitif latin,* mais bien d'un *présent de l'indicatif* ou d'un *supin. Verbes anglais* tirés de la *première personne de l'indicatif présent latin,* puis d'un *supin latin :* dont le *verbe français* a ou aurait pris l'*infinitif.* Cas du *renforcement en diphthongue* de la *pénultième. Terminaisons anglo-saxonne* — **ish** et *latine* — **ate** : celle-ci propre aux *verbes de la première conjugaison latine.*

§ 2.

Vestiges anciens mêlés à l'Anglo-Saxon et depuis à l'Anglais.

Classiques, ou venant, pour une *première couche,* de la *Conquête Romaine ;* pour une *seconde* des *Missions* aux premiers siècles chrétiens. Ceux-ci par *groupes,* avec des *remarques* sur des *changements ultérieurs ;* ceux-là qui appartiennent presque exclusivement à la *nomenclature géographique.*

Congénères, ou *Celtes* et *Scandinaves; Celtes*, restés dans *le langage*, la *littérature ancienne*, les *patois provinciaux*, et dans la *nomenclature géographique* (certains Mots n'apparaissant que depuis leur époque toute moderne); *Scandinaves*, restés dans le *langage*, la *littérature ancienne* et les *patois locaux*.

CHAPITRE II

Mots étrangers et exotiques.

L'Anglais en respecte le *cachet* ou le *détériore* complétement : *contradiction*. Quelques-uns de ces *Vocables nomades* voyagent par toute l'Europe, et s'*effacent* notamment en se mêlant au *Français;* l'*Anglais* en reçoit. Ne pas signaler ceux-là; à moins que l'Anglais ne leur fasse subir une transformation nouvelle. Remarques sur les Mots *Allemands* introduits dans l'*Anglais :* qui, malgré que *germaniques* et parents, ne trouvent place ici que parmi les Mots *étrangers*, comme ceux *Italiens* ou *Espagnols*. Même chose au fond pour les *Hollandais* ou *Flamands*, parents plus immédiats.

L'*Hébreu* avant tout, langue *sémitique* et l'*Arabe*.

Langues Européennes. Rameau *Germanique : Alle-*

mand, *Suédois, Norvégien* et *Islandais; Hollandais*
et *Flamand.*

Langue d'Oc ou *Provençal.*

Italien.

Espagnol, Portugais, puis *Mexicain* ou *Péruvien.*

Langue de l'Asie : Persan.

Hindoustani, Malais et *Javanais.*

Touranien : le *Turc,* le *Chinois* et le *Japonais,* puis
Mots de l'*Amérique,* de l'*Afrique Centrale* et de l'*Australie,* langues *Sauvages.*

APPENDICE

Noms Propres.

Noms de Personnes et *Noms de Lieux.*

Les noms de lieux étudiés avec le *Latin de la Conquête Romaine,* le *Celte* et le *Scandinave;* ceux de
personnes. Le *Surname* ou *Nom de Famille;* et le
Christian Name ou *Nom de Baptême. Surnames* de
trois sortes : qu'ils représentent des *dénominations
anciennes* de *domaines* ou de *villes* ou de *sites,* avec
ou sans le DE normand; des *particularités extérieures*
ou *de l'âme,* un simple *Nom de Baptême paternel* avec

's ou la Terminaison — **son**. Explication d'**O**, **MAC**, **PRITCH** — et **FITZ**. *Vieux* noms *Celtes*, *Écossais*, *Gallois*. *Le cas de plusieurs Noms de Famille de suite*.

Christian Names ou *Prénoms*. Ceux *barbares*, avec leurs significations. *Diminutifs anglais* et quelques rares *équivalents français*. *Prénoms Grecs* et *Latins*, reconnaissables ou non; ceux tirés des *Écritures* jadis ou maintenant. Autres *Celtes ;* et quelques *étrangers ;* avec leurs diminutifs. Formation de ces *diminutifs :* ils font partie de la Langue, non moins que bien des Noms Communs qui ne sont que d'anciens Noms Propres ou des dérivés de Noms Propres.

CONCLUSION

Tous les *Cas Philologiques* de l'Anglais : ce qu'il est donc. *Statistiques* des Mots : *Gothiques* ou *Classiques* (et *Français*). Question : *l'Anglais est-il une Langue Gothique plus qu'une Langue Classique; chiffres* et *appréciations* à fonder sur l'importance des mots fournis par l'un et par l'autre *élément. Pas de réponse*, autre qu'empruntée à l'*évolution successive* de diverses façons de voir ou d'écrire. *État présent* de l'Anglais dans le *mouvement linguistique de l'ère* où nous sommes. L'*Anglais fixé; langue fille*, comme le *Français*, et non *mère. Vitalité* puisée, dans le *croisement* opéré en lui de· deux langues, par l'Anglais. Pas d'autre *mobilité* à notre époque que celle causée par la *Composition des Vocables* dans une mesure heureuse. Coup d'œil rétrospectif : l'*Anglais* se rattache au *Rameau linguistique Aryâque*, c'est-à-dire pas au *Sémitique* ni au *Touranien ;* idiomes fournis par ceux-ci. Toute la famille *Aryâque* européenne, le *Slave* excepté, a concouru à sa formation, en des âges divers. L'Anglais *apparenté de loin* aux *Langues Classiques ; Permutation des Consonnes,* exemples : et comment cette *Loi de Grimm* est le titre qu'il invoque à sa *parenté avec la famille Aryâque.* L'*histoire de l'Anglais* continue par un point celle du Français, *incomplète* si l'on néglige d'envisager la *floraison anglaise* de nombre de nos Mots. Coup d'œil sur les divers *états morphologiques* des langues : *monosyllabisme, agglut·nation, flexion ;* où *en est* l'Anglais? Aux trois par ses *Radicaux syllabiques,* ses *Compositions de Mots* avec ou sans *affixes,* ses *vestiges casuels,* puis ses *diminutifs,* sa *conjugaison.* L'Anglais replonge au *passé* le plus immémorial, d'un côté; et, de l'autre, tient, dans les angages contemporains, rang de *précurseur.*

SIGNES, ABRÉVIATIONS ET ERRATUM

DE CETTE PREMIÈRE ÉDITION

—

(*) Renvoi.

A.-S.	*Anglo-Saxon*
F. et Fr.	*Français*
L. et Lat.	*Latin*
Gr.	*Grec*
Pr. et pron.	*prononcez*
Ex.	*exemple*

≼

Malgré le soin et le goût trouvés chez les personnes à qui incomba la publication matérielle de cet ouvrage (où se montre une variété de caractères luxueuse et inusitée dans les Livres classiques, allant jusqu'à l'emploi de lettres elzéviriennes pour désigner les Vieux Mots), des Lapsus typographiques, peu importants à proportion de tout le vaste travail exact accumulé dans ces 400 pages, mais trop nombreux

**

toujours dans un Manuel de renseignements et d'étude, demeurent mêlés au Texte, par suite d'un malentendu au moment du tirage. Au lieu d'épreuves amendables encore, l'Auteur n'a revu que les feuilles déjà fixées : d'où l'ERRATUM. Ponctuation dérangée ou manque d'accents en Français, interpolation de lettres atteignant aussi des Mots Anglais, ces fautes (ou de moindres) relevées ci-contre non sans quelque excès peut-être de minutie, le Lecteur voudra bien les rectifier lui-même au cours du Livre, avec le crayon. Qu'on commence par compulser la Liste ou qu'on s'y reporte plus tard (quand quelque chose arrêtera la lecture) : il y a ces deux moyens, l'un et l'autre sagaces, de se servir d'un ERRATUM appelé à disparaître lors d'une réimpression.

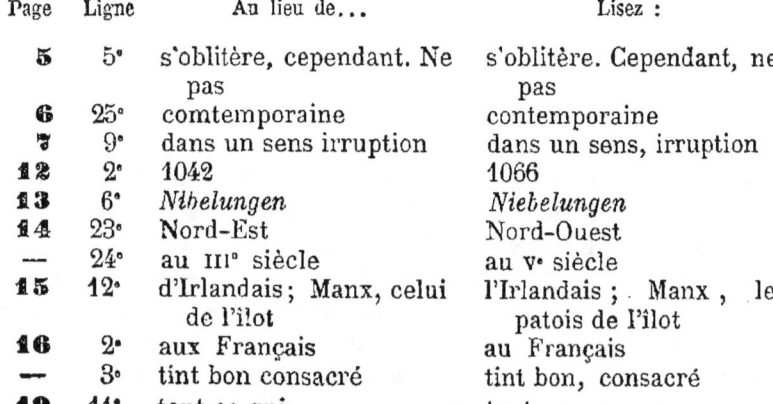

Page	Ligne	Au lieu de...	Lisez :
5	5°	s'oblitère, cependant. Ne pas	s'oblitère. Cependant, ne pas
6	25°	comtemporaine	contemporaine
7	9°	dans un sens irruption	dans un sens, irruption
12	2°	1042	1066
13	6°	*Nibelungen*	*Niebelungen*
14	23°	Nord-Est	Nord-Ouest
—	24°	au III° siècle	au V° siècle
15	12°	d'Irlandais ; Manx, celui de l'îlot	l'Irlandais ; Manx, le patois de l'îlot
16	2°	aux Français	au Français
—	3°	tint bon consacré	tint bon, consacré
19	11°	tout ce qui	tout ce que

Page	Ligne	Au lieu de...	Lisez :
—	13°	autochtone	autochthone
25	14°	learth	hearth
—	19°	venisoh	venison
26	24°	le jour	le jeu
—	26°	arreroge	arrearage
—	30°	vilian	villan
28	2°	Chancer	Chaucer
31	9°	au loin non plus se se-couer	au loin non plus, de se-couer
32	8°	quand il viendra	quand viendra
35	13°	ou ceci dit quelques	ou, ceci dit, quelques
36	10°	s'unir ; cette observation	s'unir. Cette observation
—	12°	l'Anglais : des mots	l'Anglais. Des mots
40	19°	l'on aura	l'on n'aura
41	4°	l'une d'entre celle-ci	l'une d'entre celles-ci
42	22°	toute extérieure	tout extérieure
44	1ʳᵉ	étouffer de rire	étouffer le rire
—	20°	magistrat	magistral
—	27°	l'histoire lettres	l'histoire des lettres
46	16°	κεφαλη	κεφαλή
51	11°	awk(ard)	awk(ward)
57	1ʳᵉ	LAT. inter; *enlève*	LAT. inter.
60	15°	bead	beads
61	3°	*bague*	*vague*
—	15°	to blest	to bless
76	1ʳᵉ	bole, *tronc*	**(à effacer)**
82	23°	to flay,	to flay, *écorcher*
84	3°	*bâton*	bâton
—	4°	flest	flesh
—	14°	*livre*	*libre*
—	18°	*sinon*	*sillon*
—	19°	*baragoin*	*baragouin*
86	10°	yolk, et	yolk, *jaune d'œuf*
—	14°	to yeld	to yield
88	19°	groats, *monnaie ancienne*	groats, *gruau d'avoine* / groat, *monnaie*
90	8°	to gnarl ;	to gnarl, *grogner ;*
92	9°	cop(-loft),	cock(-loft)
95	9°	*vache*	*vaches*
98	12°	caugh	cough
—	24°	*œufs, lait,*	*œufs et lait, crême,*

Page	Ligne	Au lieu de...	Lisez :
108	9°	*étonner*	*éternuer*
109	12°	spat	to spat
—	13°	*épervin*	*éparvin*
—	14°	*patouiller*	*patrouiller*
110	5°	split	to split
112	4°	stich	stitch
—	7°	qui couvre	qui couvrent
115	1°	*buvoter*	*buvotter*
119	3°	*stalle*	*étal*
—	23°	*cuillère*	*cuiller*
—	31°	stutter	to stutter
124	1°	vocable très-nombreux	vocables très-nombreux
130	3°	*remarquer*	*remorquer*
131	24°	triffle	trifle
132	6°	haudsome	handsome
134	2°	to heark, *en écouter*	to hearken, *écouter*
136	12°	sow, —	sow, *truie*
139	7°	*claire*	*claie*
140	12°	be(lieve)	to be(lieve)
145	3°	*élaver*	*élever*
146	7°	raide	raid
148	9°	*après*	*agrès*
151	23°	meales	measles
157	5°	mete	to mete
163	13°	a stool	stool
—	14°	a freckle	freckle
—	15°	shovel; ..IL (adj.) wil	shovel
—	18°	blassom	blossom
164	5°	drabble — draggle	to drabble — to draggle
—	4°	nestle	to nestle
—	5°	gamble	to gamble
166	20°	ALL...	AL...
167	3°	BACKSLIDE	BACK . *en arrière ;* to backlside, *apostasier*
168	3°	forger	forget
169	3°	marquant excès : to overdo, surmener. supériorité	marquant excès, supériorité ; to overdo, surmener
—	23°	to wilhdraw, détourner	to withdraw, retirer
171	20°	warship, pour warth SHIP	worship, pour worth SHIP
172	9°	noms : *deed,* fait	noms : ..D, deed, *fait*

Page	Ligne	Au lieu de...	Lisez :
172	11°	vifen	vixen
173	5°	*crie*	*eric*
—	9°	tiple	— tiple
174	12°	*le digne superlatif*	le signe du superlatif
—	16°	*essé*	*esse*
175	18°	dixten	dix ten (séparés)
177	4°	die	to die
—	9°	gradation	dégradations
179	14°	o clock	o'clock
180	7°	papa et maman	*papa* et *maman*
187	3°	du cru	du crû
188	31°	es	ces
191	25°	ce qu'était resté ou devenu l'orthographe	ce qu'était restée ou devenue l'orthographe
193	12°	vew	view
195	21°	que rien ne peut imiter?	que rien ne peut imiter.
—	25°	comme chez soi?	comme chez soi.
201	31°	et *lézard*	et *lizard, lézard*
202	16°	turbish	to furbish
—	20°	to purvey (*pouvoir*)	to purvey (*pourvoir*)
204	10°	carry	to carry
205	4°	habitude, anciennes	habitude, ancienne
—	9°	embrassantes	embarrassantes
207	24°	linguage	language
208	1re	antipénultième	antépénultième
211	15°	abbréviation	abréviation
213	28°	prénultième	pénultième
215	27°	les Terminaisons	les finales
216	7°	recruit	to recruit
218	1re	fierce (pr. faïeurce)	fierce (pr. fîrce)
220	26°	l'opération contraire :	l'opération contraire.
—	29°	leur physionomie étrangère?	leur physionomie étrangère.
221	4°	*bordeau*	*bordeaux*
223	25°	viande	viand
237	3°	*entralacement*	*entrelacement*
242	4°	maundy(thirsty)	maundy(thursday)
248	8°	*vacame*	*vacarme*
249	17°	scarse	scarce
250	18°	scrivaner	scrivener
252	13°	tortaise	tortoise

Page	Ligne	Au lieu de...	Lisez :
257	31°	abbréviations	abréviations
259	29°	apres que se fut évanoui	après que ce fût évanouie
260	12°	différentiés	différenciés
263	4°	*Mo faits*	*Mots faits*
264	12°	tant pareille recherche est	tant la recherche en est
269	21°	par ce qu'il	parce qu'il
274	10°	soverainty	sovereignty
287	13°	line e sign	line et sign
290	1re	to obstrude	to obtrude
—	28°	abbréviation	abréviation
291	1re	chûte	chute
—	16°	fondés	modelés
294	4°	sacchel	satchel
296	24°	abbréviation	abréviation
299	18°	(COQUS)	(COQUO)
304	21°	BRIK, dans NORBREK	BRIK dans NORBREK
305	10°	qu'il en faut confondre	qu'il ne faut confondre
309	11°	acquets	acquêts
310	9°	chrétiens premiers des siècles	chrétiens des premiers siècles
311	17°	l'intermédiaire au Français	l'intermédiaire du Français
313	15°	PIGE, dans pea-*jacquet*	PIGE dans pea-*jacquet*
316	7°	acqutes	acquèts
—	18°	*pécadille*	*peccadille*
317	3°	occlot	ocelot
318	5°	*roupie* : quant à RAJAH	*roupie*. Quant à RAJAH
320	4°	HYSON, ces variétés	HYSON ; variétés
321	10°	MOCESSIN	MOCCASIN

Remarque : Tous les Exemples cités au cours du

Livre ne doivent être pris que pour ce qu'ils sont, à savoir un choix fait dans le nombre plus ou moins grand de Mots, propres à sanctionner une règle ou une observation; jamais leur série entière. Pas de Répertoire, mais des Illustrations : à l'exception de la Dérivation des Mots entre eux et Affixes, dans le Livre premier; des Vieux Mots français, dans le Livre deuxième; et des Vestiges du Latin de Jules César et Vestiges Scandinaves, dans le Livre troisième (nomenclatures relativement complètes qui forment le fonds même de cette Philologie).

INTRODUCTION

L'ANGLAIS ET LA PHILOLOGIE

HISTORIQUE

CHAPITRE PREMIER

L'Anglais et la Philologie.

§ I.

L'Anglais.

Qu'est-ce que l'Anglais? Sérieuse et haute question :
la trancher dans le sens où elle est faite ici, c'est-à-dire
absolument, on ne le pourra qu'à la dernière de ces
pages et tout analysé. Maintenant il sied de répondre,
en tenant compte des caractères extérieurs et notoires
de l'Anglais, que cet idiome est un de ceux du globe
qu'un contemporain doit connaître.

Au point de vue des relations et politiques et com-
merciales, nul ne l'emporte sur lui par sa diffusion internationale; au point de vue littéraire ou des œuvres de

l'esprit embrassant de la poésie à la science, lequel, par un éclat plus noble, le Français excepté? Si la *Grande-Bretagne* et l'*Irlande* (soit la *Métropole*), les *États-Unis* tout entiers et l'*Amérique anglaise du Nord*, l'*Australie*, la *Terre de Van Diémen*, la *Nouvelle-Zélande* et le *Sud de l'Afrique*, parlent, à des titres divers, l'Anglais, usité aussi dans l'*Inde* et parmi les possessions maritimes du monde entier; bref, si cette langue est la plus répandue, elle est encore une des plus cultivées : car de Shakespeare au siècle présent, des poëtes aussi grands que les plus grands en ont fait l'instrument de leur génie et de leurs chants, et des prosateurs nombreux l'ont employée à tous les efforts de l'intellect qu'ennoblit l'éloquence.

Slaves et Allemands, Néo-latins et tous les peuples du loin ont un intérêt, pratique ou idéal, à étudier le parler des îles Britanniques : aucun d'eux, toutefois, autant que nous, à cause du plus proche voisinage, oui; mais encore à cause de rapports historiques entre ce langage et le nôtre considérables, que tout chapitre, lu ou feuilleté ici, va mettre en évidence.

§ 2.

La Philologie.

Savoir, outre la sienne, une langue ; que faut-il pour ce résultat : avoir vécu, tout jeune, dans un milieu fréquenté par les étrangers. Rien qui vous rapproche plus

des conditions spéciales dont eux-mêmes jouissent tout
d'abord : mais y peut-on toujours prétendre? à une
autre époque, la délicatesse d'organe exquise du bas-
âge s'oblitère, cependant. Ne pas exagérer l'importance de ce fait : pensez à tout ce temps très-long
que, du premier bégaiement à l'heure où il peut tenir
une conversation bornée, veut l'enfant. La mémoire,
faculté prépondérante ici dans le jeu de toutes les
autres, se développera par l'habitude d'apprendre avec
sagacité ; c'est-à-dire qu'elle requiert l'aide de l'intelligence. L'étude véritable d'un idiome étranger, ébauchée
petit, doit être continuée par vous, grand, ou gran-
dissant. Tout un dictionnaire s'offre, immense, effrayant :
le posséder, voilà la tentative, la lecture de livres aidant
et une fois sus les rudiments de la grammaire. Seul
même, l'étudiant, en classe ou dans le monde, n'y
parviendrait pas : car le rapport des mots avec les
idées principales nécessairement sommaires, se trouve,
lui, multiple à l'égal presque de ces mots : que de
nuances (point primitives) ils signifient ! Un pareil
fouillis de vocables rangé dans les colonnes d'un lexique,
sera-t-il appelé là arbitrairement et par quelque
hasard malin : point ; chacun de ces termes arrive de
loin, à travers les contrées ou les siècles, à sa place
exacte, isolé celui-ci et cet autre mêlé à toute une compagnie. Magiquement, si, pour notre esprit, qui représente en cet instant, je suppose, un vocabulaire aux
mille feuillets blancs, ces mots, instruits par une main
habile à donner une nouvelle représentation de leur
genèse passée, surgissaient et se fondaient ou luttaient,
et s'excluaient ou s'attiraient, comme ils le firent jadis :

vous vous identifieriez avec la langue qu'ils composent
aujourd'hui ; vous la posséderiez en homme. Tant
d'actes, complexes et bien oubliés, recommençant avec
docilité, pour vous seul, attentif à leur histoire : but
des plus nobles et tout philosophique ; simple puis
fondé sur cela qu'à un certain âge où dans l'ère présente on n'apprend un peu qu'à force de comprendre,
ou en saisissant quelques relations entre beaucoup de
choses. Le don suffit ; mais la méthode aussi : et elle
relève de qui a fait ou va faire ses « humanités ». Toute
une espèce de réminiscences, vagues ou aventureuses,
le cèdera à la vraie Mémoire, faculté qui se juxtapose à
des notions ou à des faits : et le meilleur moyen pour
savoir, reste la Science.

La Philologie qui n'a rigoureusement d'autre visée que
de remplacer l'Anglais (ou l'Italien, l'Espagnol et l'Allemand) appris en plusieurs cachets, pour arriver au
même résultat d'abord, puis à un tout différent, n'est, ses
découvertes ordonnées, rien que la *marche à suivre
dans la Connaissance d'une Langue* : juxtaposez, ici à
l'histoire et à la logique là, le double effort de la mémoire
et de l'intellect. Avant de s'occuper de tel ou tel parler,
quelques généralités, toutefois, ne messiéraient point,
concernant le point de vue que pareille étude apporte
ou demande à la pensée comtemporaine.

Qu'est-ce que le Langage, entre les matériaux scientifiques à étudier ? A chacun d'eux, le Langage, chargé
d'exprimer tous les phénomènes de la Vie, emprunte
quelque chose ; il vit : et, comme (pour aider l'enfance
à saisir) force est que le monde extérieur prête ses
images, toute figure du discours, relative à une mani-

festation quelconque de la vie est bonne à employer à propos du langage. Les mots, dans le dictionnaire, gisent, pareils ou de dates diverses, comme des stratifications : vite je parlerai de couches. Ou le développement en a lieu selon telle ou telle loi inhérente à leur croissance, les faisant dépendre d'une souche ou de plusieurs : je groupe en rameaux, que parfois il faut élaguer de quelques rejetons ou même greffer, ce vocable enté sur cet autre ; ou bien un afflux se détermine dans un sens irruption et débordement, simple courant. A toute la nature apparenté et se rapprochant ainsi de l'organisme dépositaire de la vie, le Mot présente, dans ses voyelles et ses diphtongues, comme une chair ; et dans ses consonnes, comme une ossature délicate à disséquer. Etc., etc., etc. Si la vie s'alimente de son propre passé, ou d'une mort continuelle, la Science retrouvera ce fait dans le langage : lequel, distinguant l'homme du reste des choses, imitera encore celui-ci en tant que factice dans l'essence non moins que naturel ; réfléchi, que fatal ; volontaire, qu'aveugle.

Tout ceci va apparaître.

Sans se perdre dans des considérations relatives à l'Origine du Langage, la Philologie (science d'hier) étudiant l'apparition d'idiomes anciens ou morts, comme le Latin et le Grec, et modernes ou vivants, comme l'Anglais et le Français, se rend un compte exact du travail qu'ils montrent. Pour ce qui est, je suppose, du Latin et du Grec, de même qu'à leur commencement de l'Anglais et du Français, notre Science s'aperçoit que, loin de naître spontanément, ils ne sont qu'une transformation, corrompue ou élégante, de par-

lers antérieurs. Rien de spontané: les petits enfants
d'une race neuve, c'est-à-dire renouvelée, ne s'assemblent point sur un agora ou un forum qui n'existe pas
encore, pour édicter ou proclamer une langue nationale;
et si notre Académie, puis des maîtres comme Littré et
l'anglais Latham, dans une époque tardive, composent
leur dictionnaire général, ce n'est précisément qu'en
évoquant la longue aventure, dans le passé, d'un parler
déjà fait. Un peuple transplanté altère, sous l'action d'un
autre climat, sa propre langue, ou vaincu, celle du
conquérant : de ce changement en sort une nouvelle
élaborée pendant un âge obscur. Telle, la formation *naturelle* ou *populaire*, mieux *instinctive*; mais, à cette
vue exacte de la Philologie, l'ère récente en ajoute une
qui n'est pas moins vraie. Sans jamais inventer un nombre considérable de termes et le tirer de l'air ambiant,
les lettrés de temps avancés (où se perd la force
créatrice et avec elle la tradition), recherchèrent dans
l'idiome générateur mille vocables; qu'ils en ont
extraits de leur plein gré, d'après des règles factices.
Dérivation, toute *artificielle* que celle-là, et si l'on
veut *savante;* une renaissance des arts et des lettres
ou même un vaste progrès de la science suffit à déterminer ce phénomène ignoré des temps antiques. Cependant est-ce tout ; et n'apprendra-t-on pas un *troisième
mode de formation linguistique*, intermédiaire entre
ceux que je viens d'énoncer, l'un spontané et l'autre
de seconde main : l'INTRODUCTION doit édifier le Lecteur
sur ce point.

Avant tout, où sommes-nous situés, pour étudier
l'Anglais, nous autres Français?

Pas un des caractères propres aux autres langues, que ne possède l'Anglais : d'où sa philologie comporte un intérêt général ; et qui dispense de beaucoup chercher au dehors. Ne semble-t-il point à première vue que, pour bien percevoir un idiome et l'embrasser dans son ensemble, il faille connaître tous ceux qui existent et ceux même qui ont existé ; à moins qu'on ne l'examine de l'intérieur, comparant entre elles seules ses parties, ce qui peut conduire à trouver une ordonnance logique. Difficulté ici et là pour qui n'est pas doué d'un savoir universel, ou n'est pas anglais ; or que faire ? Étudier simplement du Français l'Anglais, car il faut se tenir quelque part d'où jeter les yeux au-delà ; mais néanmoins vérifier auparavant si ce site d'observation est bon. Les rapports pouvant se rencontrer entre ces deux parlers, ou les différences, détermineront la justesse d'une telle étude ; or, c'est une fois le *point de vue* (qui s'affirme au cours de ces pages) éprouvé.

Observation.

Lecteur, vous avez sous les yeux ceci, un écrit ; dont l'enseignement est limité aux caractères propres à l'*écrit*, soit l'*ortographe* et le *sens*. Relativement à la *prononciation*, de deux cas l'un, on la possède ; ou on la reçoit d'un maître ayant à proférer tout vocable anglais apparu dans ces pages, c'est-à-dire à le compléter. L'étude d'un langage étranger, quelle que soit, du reste, la pédagogie employée par le maître de ce langage nécessairement et de soi, repose sur la lecture faite à haute voix des bons auteurs. J'ouvre, à côté du mien, un livre, *Robinson*, le *Vicaire de Vakefield*, ou tout autre avec quoi l'on s'exerce. Qu'y a-t-il? des *mots*, tout d'abord : reconnaissables eux-mêmes aux *lettres* qui les composent, ils s'enchaînent et voici des *phrases*. Un courant d'intelligence, comme un souffle, l'esprit, met en mouvement ces mots, pour qu'à plusieurs d'entre eux ils expriment un sens avec des nuances : les voici des noms et des adjectifs, des pronoms et des verbes, ou des articles, des prépositions, des adverbes et des interjections, groupe nommé les Parties du Discours. Les variations orthographiques de vocables, dans ce branle donné à la réunion de plusieurs pour former un sens complet, c'est-à-dire le changement de lettres déterminé par le sens dans la phrase, cela constitue la Grammaire, ou l'étude *formelle* du Langage; reste l'étude *matérielle* des termes eux-mêmes, isolés et immobiles, et c'est la Lexicographie. La philologie qu'on va lire. devra, comme toute philologie, contenir plus tard ces deux choses, les Règles et les Vocables : et de deux volumes traitant chacun leur part dans la double question, en voici un de fait, celui qui concerne les Mots. A chaque page je tente de réunir autour d'une loi commune à beaucoup, quelques-uns des termes principaux qui en offrent les exemples; ceux-là d'abord deviennent par le fait inoubliables, et bientôt aussi les congénères que le Lecteur s'applique à rechercher de soi-même et trouve. Peu à peu toute la langue se découvre aux yeux, dans sa symétrie et son hasard; oui, et quelques milliers de mots dûment considérés en appellent autour d'eux de 40 à 50,000, chiffre que compte la langue anglaise.

CHAPITRE II.

Historique.

§ 1.

Les deux Éléments.

Parenthèse vaste, je le veux ; et de grand intérêt peut-être, que ce Chapitre : rien, toutefois, de ce qui s'expliquera ultérieurement ne peut bénéficier de ce qu'on raconte ici ou en être infirmé, *en tant que fait*, exact, intrinsèque, sûr. Tout le monde sait bien que l'ancien Français entre pour une portion pas médiocre dans l'Anglais actuel ; à quoi bon ne le point établir dès maintenant : et que cela résulte de la Conquête de l'Angleterre par les Normands, sous la conduite de Guillaume-le-Conquérant en 1042. Combats, défaites et victoires entre les mots ainsi qu'entre les hommes ; oui. Des deux langages qui se trouvent là en présence, l'un est-il un idiome inculte, vague et fait pour s'évanouir : l'autre, un parler mobile encore et sans caractère, stable aucunement ? Voyons. L'Anglo-Saxon, vigoureux, car le rameau autochtone de l'Anglais moderne n'en fournit, après tout, que le développement plus ou moins modifié par notre présence, a laissé, dans l'histoire littéraire de l'Europe au moyen-âge, une poésie qui atteste de délicates perfections. Quiconque étudie le passé de notre langue sait aussi qu'au xie siècle s'arrêtait précisément la période de croissance *naturelle ;* tout ce qui y a été ajouté depuis, œuvre de savant, voulue et spécieuse. Le mélange de deux éléments très-parfaits ne semblait devoir, par conséquent, s'opérer qu'avec la plus grande difficulté : j'ai dit défaites, victoires et combats.

A ces pages tout historiques il appartient de fournir des indications sur ce que se montraient là l'Anglo-Saxon, ici la langue d'Oil, dont le dialecte parlé par les Normands ne fut qu'une variété spéciale. La netteté du coup-d'œil jeté des deux côtés à la fois du bras de mer appelé maintenant la Manche, importe à l'intelligence d'un Traité, qui montre *la formation de l'Anglais ;* car il n'y a eu d'Anglais, authentiquement, qu'après la fusion du double alliage. Un stricte analyste pourrait, comme antérieur à la langue actuelle qui l'occupe, rejeter les quelques détails présentés bientôt : somme toute, un démonstrateur, point.

§ 2

Anglo-Saxon.

Le Gothique produit deux rameaux, celui Haut-Allemand et celui Bas-Allemand.

Écartons le premier, il s'appela : le Vieux Haut-
Allemand, représenté par ces travaux, la *paraphrase* des
Livres Saints d'Otfrid et de Notker et le Moyen Haut-Allemand, ennobli par cette œuvre, l'*Épopée des Nibelungen;*
enfin le Haut-Allemand moderne qu'inaugure Luther
avec sa traduction de la *Bible* ou, depuis, l'Allemand tout
court. A ses différents états de développement, tel le
grand idiome parlé à présent par le centre de l'Europe.

Quant au rameau Bas-Allemand, étudiez-le exclusivement et avec quelque détail : la trace littéraire la plus
ancienne qu'il laisse dans le passé, c'est au iv° siècle, la
version des *Évangiles* donnée par Ulphilas en Mœso-
Gothique, parler ainsi nommé des villages de la Dacie où
il se fit jour. Ce document, le plus vieux titre écrit de sa
famille que possède l'Anglais aujourd'hui, frappe le
regard moderne par un air de grandeur et l'archaïque
roideur de riches inflexions, intactes : détacher quelques lignes, soit un verset ou deux du Pater, est intéressant.

Vairthai vilja theins, svê in himina yah ana airthai
Be-done will thine as in heaven yea on earth
(Etre faite veut ta... comme au ciel oui sur terre)

Hlaif unsarana thana sinteinan gif uns himma daga
Loaf our the continuous give us this day
(Pain notre le perpétuel donne-nous ce jour)

Svasve yah veis afletam thaim skulam unsaraim
So-as yea we off-let those debtors of ours
(Comme oui nous laissons de côté ces débiteurs des nôtres)

Des bords du Danube c'est aux rives de la Baltique et
assez avant dans l'intérieur des terres, qu'il faut suivre
l'extension de ce langage, ici relégué chez le peuple
alors que l'éducation se fait en Haut-Allemand. Hollandais et Flamand, l'un et l'autre sanctionnés par une
littérature de ville ou propre aux lieux humbles, puis
Platt-Deutsch et Nieder-Deutsch (Frison) : voilà les rejetons vivants ; tandis que les morts sont le Batave,
le Menapien et le Francie.

Ne pas perdre de vue l'Anglo-Saxon.

Qu'était-ce que les Saxons ? Des Angles : Angles,
ainsi qu'ils s'appelaient eux-mêmes ; Saxons, ainsi que
les appelèrent, d'après les Francs, les indigènes de la
Bretagne, l'île du Nord-Est de l'Europe, envahie particulièrement par eux, au iiie siècle. Des ancêtres germains
y étaient peut-être allés déjà avant J.-C. : leurs descen-
dants, cette fois venaient d'où ? Des rives de l'Elbe et
de la côte sud-ouest de la Baltique ainsi que de l'isthme

qui relie au continent la presqu'île de Danemark ; ils
parlaient, précisément, un Platt-Deutsch empreint de
Scandinave, à cause du voisinage. Les vaincus, ces
Bretons, s'exprimaient, eux, dans un dialecte celtique
teinté quelque peu de Latin par suite de la conquête
qu'avait auparavant faite déjà de leur île Jules César.
Vestiges trouvés encore au xixe siècle, le Cambrien ou
Kymrique, un parler refoulé tout à l'ouest dans le pays
de Galles et la Cornouaille, en tant que Gallois et Cor-
nois, alliés au Bas-Breton de notre Finistère et des
vieux pays armoricains : pur, le Gaélique (enfin) c'est
l'Écossais ; Erse, d'Irlandais ; Manx, celui de l'îlot de
Man.

Quelques mots de Celte et de Latin survivant dans
l'Anglo-Saxon, ce dernier, que parlaient alors trois
tribus congénères, les Angles et les Saxons longtemps
distincts entre eux et les Jutes, devint le langage de
l'Ile.

Aux Angles appartenait, selon Bœda, chroniqueur du
viiie siècle, le Nord avec l'Est de l'Angleterre actuelle ;
aux Saxons, l'Ouest, ainsi que le Sud : on n'a conservé
de notion concernant les Jutes, sinon qu'ils habitèrent
l'îlot de Wight et une partie du Kent. Le royaume Jute
de Kent fut le premier à recevoir l'Évangile, l'Église y
fleurissant dès avant la conversion du royaume angle
de Northumbrie, qui acquit, en tant que chrétien, la
prépondérance sur tout le reste. Véritablement, une
seconde fois, le Latin, beaucoup plus connu peut-être
au déclin du Celte qu'on ne le dit, risqua, par les missionnaires, de se répandre dans la contrée ; mais l'Anglo-
Saxon, à l'invasion duquel l'Anglais actuel doit proba-

blement de n'être pas devenu, deux siècles avant, un des idiomes romans (comme c'était réservé aux Français, à l'Italien ou à l'Espagnol) une fois de plus tint bon consacré par des ballades et des morceaux d'éloquence. Les mots latins qu'apportèrent les prêtres et les saints, leur survécurent : mais rares et détériorés en la langue du pays. Le chroniqueur déjà cité (*), dont la plume adopta le Latin, préparait de son travail, quand il mourut, une traduction : il parle, dans le texte original où se résume tout le passé de la race, d'un poëte son contemporain, Cedmon, auteur de chants considérables sur la Création, la Chute et la Rédemption. Au monastère de Whitley, régi par la fameuse abbesse Hilda, revient d'avoir abrité le chantre de cette belle *Trilogie*, dont il ne reste qu'une version tardive en Saxon : c'est dire l'influence exercée sur le développement d'une littérature nouvelle par le christianisme ; en même temps que le site précis, cette Northumbrie, illustrée par d'autres hymnes, par de vieux chants héroïques et des épopées nationales comme le *Beowulf.* Benedict Bishop et Alcuin étaient Saxons de Northumbrie.

Quel irréparable malheur, la perte de tels manuscrits, causée par les ravages, au IXe siècle, des derniers envahisseurs Danois : tout périt, et la gloire obscurcie déjà des Angles, laissant au moins ces mots Wessex, Essex, Sussex, Middlesex. Autant d'appellations qui contiennent celle de *Saxon*, en effet : mais cela se borne au langage géographique, l'Anglo-Saxon d'alors n'étant jamais désigné que par le premier des deux termes qui forment

(*) Bœda.

aujourd'hui son nom. Le déplacement de toute répon-
dérance ne se fit véritablement du Nord resplendis-
sant au Sud obscur, qu'après les Danois chassés de ce
dernier point par Albert-le-Grand, qui y régna. Plus
soldat que lettré, le Wessex, se contentait alors d'une
traduction des *Psaumes de David*, composée par
Aldhelm, un siècle avant, ainsi que de quelques hymnes
de ce saint personnage : tout à coup, s'inaugure une ère
admirable de renaissance. Rien d'aussi subit, cependant,
dans la croissance ordinaire d'un idiome et même dans sa
culture : le premier soin d'Alfred, son royaume débarrassé
de l'ennemi, fut bien d'y restaurer les nobles arts de l'é-
loquence et de la poésie, disparus alors de toute l'île ;
et des clercs vinrent du dehors, traducteurs habiles de
livres apportés par eux. Seulement, en quel parler leurs
traductions dictées par l'influence du prince ? si ce n'est,
précisément, dans le dialecte cultivé du Nord, le lieu
envahi : auquel le Midi, libre, offrait un refuge. Glorieux
pour le sol du Wessex, deux siècles alors qui durent
d'Alfred, roi savant d'Angleterre, à Guillaume-le-Conquérant, prince normand et le dernier des envahisseurs,
continuent les antiques traditions du Nord.

Du voisinage du Danemark, antérieurement à l'invasion dans l'île de Bretagne, l'Anglo-Saxon gardait
une teinture scandinave assez forte : point perdue mais
à lui mêlée très-profondément, il la voit donc renouvelée avec l'occupation danoise. Qu'était-ce que ces barbares ? des Norses, si l'on veut, qui, sous le nom différent encore de Pictes, occupèrent de bonne heure la
côte de l'Écosse actuelle et les îlots adjacents. Incursions
ordinaires que les leurs ; elles finirent par une station,

celle-là qu'on sait, sur toute la côte de l'Est et sur des points nombreux de la côte du Sud : pour disparaître. Très-ancienne donc et restaurée à quatre siècles de distance, l'influence scandinave atteignit l'Anglo-Saxon et marque encore l'Anglais contemporain.

Simplement, où en est, à ce point de notre récit, l'Anglo-Saxon ?

Pour la seconde fois, il sied de citer quelques versets du Pater : les mêmes que précédemment, afin qu'apparaisse le progrès ou la dégénérescence de ce langage.

GEWEORTHE THIN WILLA ON THOREAN, SWA-SWA ON HEOFENUM
Be-done thy will on earth so-as in heaven

URNE DÆGHWAMLICAN HLAF SYLE US TO DÆG
Our daily loaf give us to day

AND FORGYF US URE GYLTAS, SWA-SWA WE FORGISATH
And forgive us our debts so-as we forgive

URUM GYLTENDUM
our debtors

Les *flexions* demeurent fréquemment, n'est-ce pas ? mais il paraît aussi des *prépositions* placées *avant le mot*, les *désinences casuelles* semblant avec elles faire double emploi : détail caractéristique vu même en quelques lignes. Un jugement difficile à porter, avec un si court extrait où ne se montre même que peu la grammaire, c'est quant à l'état littéraire de la langue: opulente ou humble, ou vivace ou aride. Mais de tant de dires préliminaires résulte (notion à ne jamais trop affirmer ici) que l'Anglo-Saxon, à la veille d'être entraîné par le parler de l'Ile-de-France en l'aventure d'où sortira l'Anglais, figure, lui-même, comme un langage point grossier, non : puissant, jeune et capable de chants ; et à coup sûr le plus cultivé de tous les idiomes de l'occident. Maturité et presque perfection de son orthographe, régularité dans le maniement de ses formes : tout ce qui demandent la traduction des auteurs latins et une application à l'éloquence et à la poésie, ce parler (conquérant d'abord du Celte autochtone puis fait pour résister au Latin chrétien et ne céder que tard au Français Normand) l'avait en soi ; outre une noblesse authentique de race.

§ 3. ·

Langue d'Oil.

Qu'était-ce d'autre part, que le Français, plus proprement appelé langue d'Oil (à cause de *oui* qui s'y disait ainsi) ?

Une langue qui, comme le Grec eut jadis l'Ionien, l'Éolien, l'Attique et le Dorien, comptait quatre dialec-

tes : le *français* (ou celui de l'Ile-de-France) commençant à peine à triompher du Picard, du Bourguignon,
du Normand qui le versa dans l'Anglo-Saxon. Quatre
littératures différentes autant que les quatre modes
d'expression, se partageaient le sol aussi, abondantes
en cantilènes, c'est-à-dire en chants épiques, brefs. Une
succession de ces petits poëmes ne formait pas encore
la Chanson de Roland (xiie siècle) ; mais ils n'étaient
déjà plus, les uns ou les autres, la Cantilène de Sainte
Eulalie (xe siècle).

Voilà une stance extraite de la *Chanson de Roland.*

> Oliver est dessur un puy muntet,
> Or veit il ben d'Espaigne le regnet
> E Sarrasins ki tant sunt asemblez.
> Luisent cil elme, ki ad or sunt gemmez,
> E cil escuz et cil osbercs safrez,
> E cil espiez, cil gunfanum fermez.
> Sul les escheler ne poet il a cunt er,
> Tant en ad que mesure n'en set,
> En lui méisme en est mult esguaret ;
> Cum il einz pout del pui est avalet,
> Vint, as Franceis, tut lur ad acuntet.

Traduction littérale.

*Olivier est monté sur un puy : or il voit bien le
royaume d'Espagne et les Sarrazins qui sont tant d'as-
semblés. Leurs heaumes luisent, étincelants d'or, et les
écus et les hauberts frangés, et les épieux et les gonfa-
nons au vent. Il ne peut compter ces bataillons : tant il y*

en a qu'il n'en peut savoir le nombre. Il en est lui-même tout égaré. Il dévale du puy comme il peut ; il vient aux Français et leur raconte tout.

Vestige poétique antérieur, parvenu jusqu'à présent, voilà un fragment du chant composé en l'honneur de la « *Buono pulcella* » que « *fut Eulalia* » :

> Elle n'ont eskultet les mals conseillers,
> Qu'elle Deo raneiet chi maent sus en ciel,
> Ne por or ned argent ne paramenz,
> Por manatce regiel ne preimen ;
> Neule cose non la povret omque pleier,
> La polle s'empre non amast lo deo menestier.

Il est dit, d'Eulalie la bonne jeune fille :

« *Elle n'eût écouté les mauvais conseillers* (voulant) *qu'elle reniât le Dieu qui demeure là haut au ciel, ni pour or, ni pour argent, ni pour parure, ni pour menaces royales, ni pour prières ; aucune chose ne la put oncques plier, la jeune fille, à ne pas aimer toujours le service de Dieu.* »

Si l'une ou l'autre de ces citations ne contient pas les matériaux nécessaires à l'étude d'une langue, toutefois y notera-t-on deux points : c'est d'abord que dans le morceau du xiie siècle principalement apparaît mainte similitude avec le Français moderne ; et cependant quelques points de contact, dans le morceau du xe siècle, se montrent encore avec le Latin. Pour distinguer ici et là ce double trait saillant, comme on a, en l'absence d'un échantillon de la date même, pris deux morceaux, le premier d'un peu avant, le second de tout après, il convenait de les choisir dans le même dialecte, ou parler de l'Ile-de-France : or, c'est aussi le seul qui offre trace écrite. La divergence qui existe entre le Français ou dialecte de l'Ile-de-France et ses rivaux même le Normand, toute considérable dans le détail, n'infirmerait cependant pas le rapport évident présenté par un d'eux, si on en avait trace écrite, avec le Français du xix⁰ siècle, d'une part et de l'autre avec le Latin.

Oui, et c'est de l'idiome de Virgile et de Tacite ou de ses formes populaires que vient presque absolument ce vieux Français, distinct surtout du nôtre à cette époque encore par un vestige de déclinaison ; où se trouvent deux cas. Le nominatif et l'accusatif fournissent en effet nos noms et nos adjectifs, le dernier reconnaissable à une *n* persistant jusque dans l'Anglais (*). Pourquoi ces deux demeurés seuls : sinon à cause de la grande difficulté qu'éprouvèrent les barbares à manier habilement l'instrument, complexe et riche, aux six cas ! Du Latin comme détérioré peu à peu aux lèvres de barbares; ainsi apparaît donc ce Français ; bien, mais un tel changement dans quel sens ? La grammaire omise, quoiqu'une allusion aux cas tombés sauf deux oblige de constater la naissance des prépositions à mettre avant le nom, ainsi que de particules analytiques, telles qu'un article, etc., l'aspect nouveau des mots, seul, reste à déterminer.

(*) Ex. **fashion,** de *façon* (de factio-n-em).

Moins sonore, car les lettres ne se prononçaient plus isolément mais s'aggloméraient en diphthongue offrant quelque chose de corrompu, comme *oi*, *ail*, etc., ou de neutre et de stable, comme *eu*, *ou*, etc.; et plus assourdie au fur et à mesure qu'elle avançait au Nord, la langue d'Oïl perdit le caratère latin bien plus promptement que la langue d'Oc (*oui* aussi), parler des provinces du Midi apparenté à ces sœurs tardives, l'Italien et l'Espagnol. Quelque chose comme de la paresse à prononcer tout le vocable dont la fin point accentuée se perdait dans le vague et s'évanouissait; ou même à en articuler chaque consonne, une d'elles tombant et laissant les deux voyelles d'avant et d'après s'unir en un son complexe et récent : sommairement et au fond, voilà... Trois siècles avaient suffi pour que, du peuple où s'élabora mystérieusement ce langage, il passât chez les prêtres et chez les grands : Hugues Capet ignore le Latin.

Tous les vocables de l'idiome nouveau, alors *langue Romane* (nom qui s'applique aujourd'hui à chacune des langues de la famille entière) provenaient-ils du Latin ; point : aux Gallo-Romains se joignaient, pour s'en servir et l'altérer, les Francs envahisseurs venus de Germanie. Termes politiques et judiciaires, ou de guerre, au nombre presque d'un millier, ceux-là avec infiniment peu de noms de plantes, d'animaux ou d'objets familiers laissés par le Celte ; c'était, aux commencements, tout l'apport étranger. Les Gaulois avaient reçu de Jules-César une nationalité ; avec les vocables introduits par le Romain vainqueur et longtemps par eux-mêmes essayés, ils se firent une langue propre.

§ 4.

*Lutte de l'Anglo-Saxon et de la Langue d'Oil et leur fusion
en l'Anglais.*

Tels, ces deux éléments linguistiques qui allaient, sur
le même champ de bataille que les Normands et les
Anglo-Saxons, lutter ; puis longtemps après, dans les
châteaux et les villages, se fondre.

Idiomes malléables et où n'a rien cessé encore de la
vertu de se développer, mais chacun déjà doué d'une
stabilité suffisante pour représenter un état dans son
histoire ; la fusion était possible entre eux : l'Anglais
toujours perfectionné depuis son implantation, le Français montrant une récente et vigoureuse poussée, relativement complète. Suivre toutes les phases de cette
accointance, voilà où pourrait commencer la portion historique de l'Introduction, à quoi ce qui précède
sert comme de double Préface. Tout le laps qui s'ouvre
avec la Conquête pour finir avec la première œuvre de
génie où les deux langues n'en feront véritablement plus
qu'une, harmonieuse et point disparate, les poëmes de
Chaucer, a pour dates extrêmes les millésimes 1042,
Bataille de Hastings et les dernières années du XIVe
siècle, apparition des *Contes de Cantorbéry*. Séparez
ces chiffres, en y intercalant celui de 1250 dont se révè-

lera bientôt l'importance ; et vous avez les deux mo-
ments divers de la formation de l'Anglais proprement dit.

Le choc de la conquête porta immédiatement un coup
mortel à l'Anglo-Saxon : rudement secoué, celui-ci perdit son luxe de désinences casuelles qu'il gardait de
concert avec les particules analytiques ; mais là, également-
ment, il sied d'oublier la Grammaire pour ne penser
qu'au Lexique, si l'on se rappelle le titre adopté par le
tome présent de cette Philologie.

Tous les termes ayant trait aux dignités, à la politique, à la chasse, bref à la vie seigneuriale : normands,
comme **palace** et **castle**, *palais, château ;* à l'Anglo-
Saxon, le reste, humble et intime, c'est-à-dire, **home**
et **learth**, dans ses deux sens *le foyer.* Très-marquée
ici, cette distinction s'accentue encore dans des vocables restés parallèles de nos jours ; c'est **beef**, *le bœuf*
servi sur la table châtelaine, et **ox**, *le bœuf* tel que
l'amenait au marché un paysan : **calf** et **veal, sheep** et
mutton, swine et **pork, deer** et **venisoh, fowl** et
pullet, toujours le dernier qui est français ou normand,
traduisant le premier qui est anglais ou saxon. Le rustre
qui vendait la bête ou le morceau et le valet qui l'ache-
tait, l'un et l'autre la désignèrent, *veau, mouton* ou *porc,*
chacun d'un nom demandé à son idiome : et, comme ils
se comprenaient, le mot double persista. Ce fait ne se
montre-t-il pas à toutes les frontières et particulièrement
dans nos ports de mer situés sur la Manche : seulement,
rentré dans le chez soi, le marchand de Boulogne ou
de Calais oublie **ham** et **claret**, ne se souvenant que
de *jambon* et *bordeaux.* Un si curieux phénomène, où
s'entrevoit l'avenir entier de l'Anglais, n'existait toute-

fois, que dans le langage quotidien, ce qui est beaucoup : et dépossédée de tous les honneurs anciens, la
littérature, c'est-à-dire toujours la poésie, jette intacte
presque et originelle, un dernier et superbe éclat rétrospectif. Le *Brut* de Layamon et l'*Ormulum* d'Orm, écrits,
celui-ci dans le dialecte jadis triomphant de l'Est et du
Nord, celui-là dans le dialecte contemporain du Sud et de
l'Ouest, retiennent autant que faire se peut l'antique tradition du style : chez le peuple à tout jamais oubliée. Plus
rien après ; envahie, la langue ordinaire se débattra et,
si elle accepte beaucoup, ne perd pas autant : quant
au langage cultivé il ne produira plus ni fleurs, ni fruits,
jusqu'à Chaucer.

Plus de livres, plus d'écoliers ; dans les classes on ne
saurait presque point composer en une langue, trop
vague et trop mobile encore à vrai dire pour que la fixe
l'écriture. Éducation et affaires, tout, jusqu'aux rapports
sociaux, se plie à l'habitude, intronisée par l'administra-
tion, de parler français : car on atteint cet excès. « LE
ROI LE VEULT, OU LA REINE LE VEULT », une telle formule,
grassayée à la Normande, traduit maintenant encore
l'assentiment royal aux bills décretés par le Parlement.
Par **ace, deuce, trey, quart, cink, siz,** etc., comptait
le jour aux **dice** comme aux **cards** ; c'est-à-dire aux
dés comme aux *cartes* : car à tout le groupe des termes
dont il est question plus haut, tels qu'**arreroge, devise,
domain, homage, manor, rent, serjeant, traitor** et
vouchsafe, ajoutez tout ce qui exprime le jeu effréné
comme **chance** et **hasard** : ou les vices d'un vainqueur
brutal, représentés par **raven, pillage, ribald, vilian**
et **revelry,** par exemple : enfin tous les mots violents

ou malins rencontrés jusqu'à Shakespeare, **charity,
faith, grace, mercy** et **peace** n'y figurant qu'une rare
éclaircie. Les passions ont trouvé leur langage, au XIIIe
siècle, et la Poésie peut enfin renaître. Ni français, car
quel Français parlait-on, à voir ce premier vers d'une
chanson « Dieu vous saue, dam Emme ! (*) ; » et point
tracés non plus dans la langue trop inhabile du pays,
tous les écrits, lettres publiques et privées, en étaient
venus à se faire en Latin. Les poëmes de la *Genèse* ou de
l'*Exode* et celui du *Rossignol* et du *Hibou* renouent la
tradition interrompue par les versions des Romans de
chez nous, le *Lay d'Havelok le Danois*, par exemple, et le
Roman du Roi Alexandre, que fit oublier le *Roman de
la Rose*. Quelques vers au hasard extraits de l'une de
ces épopées montrent le Français juxtaposé à l'Anglais,
plutôt que mêlé : les deux langues ne se confondant
qu'à la faveur du sens.

> *That us telleth the* mais très saunz failte
>
> . . . .
>
> *And to have horses* avenaunt
> *To hem stalvorth* and asperaunt
>
> . . . .

Que ce soit en tant qu'hémistiche d'un vers ou rimes
de deux, les mots de chez nous, reconnus dans ces petits
fragments, montrent une intention certaine de s'isoler :
tant la sensibilité radicale de la langue, ses pudeurs ou
ses tendances, se manifestent dans la poésie, toujours prise

(*) Citée dans le vers 103 de *Piers Plowman*.

par cette Étude comme le type le plus juste du parler propre à une époque ! Longtemps et surtout dans Chancer, qui inaugure l'Anglais du Roi, s'affirme le dualisme anglo-français, impliquant parfois union profonde de l'un et l'autre de ses éléments par une mode de rhétorique singulière : elle consiste à répéter la même idée en une expression conjointe, ou originaire; d'ici comme pour le lecteur saxon, de là comme pour le lecteur normand, s'il est encore des Saxons et des Normands, autres que les Anglais. Exemple : **act and deed, head and chief, mirth and jollity,** steedes and **palfreys.** Singulière figure que cet accouplement, consacrant par la sanction attribuable à des écrits (chefs-d'œuvre et honneur de l'Anglais) la double origine de cette langue : une des formes de style les plus exquises de la poésie anglaise moderne en provient, placer un nom entre deux adjectifs ; car l'ancêtre magistral dont il est ici question a d'abord dit :

I see the woful *day* fatal *come*

simplement afin que la *fatalité* s'attachant à ce *jour* frappât également, quelle que soit leur naissance, les uns et les autres parmi les admirateurs du vers.

Une expression, dont il a été fait usage à l'instant, n'a pu rester inaperçue de maint lecteur, l'Anglais du Roi ; quel roi ? c'est le roi Edouard III et quel Anglais? c'est l'Anglais, celui que parlera toute la société polie et aussi le peuple jusqu'au temps d'Elisabeth et du Théâtre anglais.

Quelques explications, relatives à l'apparition d'une

langue nationale et stable, inaugurée par les derniers
d'entre les chefs-d'œuvre littéraires dont on vient
d'apercevoir des extraits, mènent à reprendre les choses
à peine de plus haut. La traduction de la *Bible* par
Wiclif et le *Piers Plowman,* deux œuvres importantes, fournissent surtout des spécimens des dialectes
anciens : car des dialectes ont régné durant la confusion qui précéda l'Anglais tout comme en France,
lors de la formation de notre langue. Quoique chaque
localité, dans l'adhésion de plus en plus étroite du
peuple à son parler indigène, universellement adoptât,
pour mieux éluder le Français à la faveur du charme
exercé par un jargon du crû, mille expressions de clocher, on peut ramener tout à de grands dialectes principaux, les deux que l'histoire de l'Anglo-Saxon a
toujours vus en présence l'un de l'autre : l'ancien Northumbrian, Englisc pur, et l'ancien Saxon de l'Ouest,
Wessex ; entre quoi se fit jour le Mercien, produisant le
Midland, parlé depuis lors dans les comtés à l'ouest
de la chaîne du Pennie ainsi que vers l'Est, et dans tout
le district du Midland avec la Tamise au Sud pour limite.
Le Northern, ou septentrional, c'est donc le patois des
Lowlands d'Écosse, des Northumberland, Durham et
presque tout Yorkshire ; le Southern, ou méridional,
c'est le patois parlé en Somersetshire, Gloucestershire,
des portions du Herefordshire et du Worcestershire :
car ce qui parut dialecte devint là, comme partout,
patois, une fois la suprématie reconnue d'une langue.
Tout son passé plus haut évoqué, il y aurait injustice
à quitter le vieux langage du Nord, sans jeter aussi les
yeux sur son avenir. L'Écosse, au xve siècle, se fait

royaume, événement historique qui redonne une vigueur à l'antique Northumbrian, maintenant l'Écossais :
un poëte comme toujours apparaît, sacrant l'Écossais,
Dumbar. Animé du feu lyrique des premiers hymnes,
avec sa chanson Burns et Walter-Scott dans maint dia-
logue qui interrompt la langue de ses romans, rajeu-
nissent la vieille gloire de leur patois natal. Digres-
sion que ceci ; non, car insister sur le caractère
taciturne et patriote des dialectes, hostiles à tout mélange avec l'idiome imposé par le continent, c'est montrer
la cause d'un fait considérable : le retour aux traditions
et au vestige du langage indigène, avec la naissance de
l'Anglais du Roi. Sous Henri III, au moment du triomphe des barons, ces chefs, anxieux d'expliquer au peuple
leur conduite, ne trouvent rien de mieux pour se faire
comprendre, que l'emploi du parler vulgaire jadis méprisé
d'eux. Henri III, lui-même à plusieurs comtés d'Angleterre
adresse une proclamation en Anglais à dessein entaché de
provincialisme en 1258. Quatre-vingt-dix ans plus tard,
ce n'est toutefois pas avant 1362 que, par un édit exprès,
l'Anglais se trouve officiellement promulgué. Comme un
langage vivant tout organisé et tout cultivé ne peut,
cependant, plaire à un Parlement et surgir ! il sied (ainsi
que je l'ai fait) de rapporter, autant qu'à cet acte royal
lui servant de sanction, l'existence, durable et neuve,
de l'Anglais du Roi au prince de la langue, Chaucer.

Skakespeare, Milton, Shelley et Byron et tant de merveilleux prosateurs, voilà des génies qui se sont, à travers les siècles, transmis le trésor double du langage ici
étudié ; sans qu'aucun de ces maîtres n'ait tenté par un
patriotisme mal entendu, de séparer dans la langue l'é-

lément barbare de l'élément classique, c'est-à-dire français : tous tirant des effets très-beaux de l'indissolu-
ble hymen qui a fait de l'Anglais le plus singulier et l'un
des plus riches d'entre les idiomes modernes. Le vieux
parler de la métropole a traversé l'Océan ; et il refleurit
sur le nouveau continent, aux mêmes conditions toujours, soit qu'il s'y adapte à la pensée d'un Poe ou
d'un Whitman : nulle tentative sérieuse, au loin non
plus de secouer une origine indéniable, mais quelque
propension là à effacer dans l'orthographe, la trace française, pour ne laisser en face l'une de l'autre que l'influence anglo-saxonne et l'influence grecque et latine.
A quoi bon contredire des annales certaines !

Annoncé dans les Préliminaires, le troisième cas de
formation linguistique, ni artificiel, ni naturel absolument, vous l'avez vu : celui d'une langue quasi faite
versée dans une langue presque faite, un mélange parfait s'opérant entre les deux. Quelle différence avec
les lentes dégradations subies par un seul idiome
dont le rameau donne pendant les siècles deux fruits,
par exemple ceux-ci, le Latin et le Français ; non moindre, cependant, qu'avec l'opération factice qui, chez
nous, a mûri aux fourneaux d'une alchimie savante des
vocables tout entiers évoqués : rien de tel. La greffe
seule peut offrir une image qui représente le phénomène
nouveau ; oui, du Français s'est enté sur de l'Anglais :
et les deux plantes ont, toute hésitation passée, produit
sur une même tige une fraternelle et magnifique végé-
tation.

Que ce fait se manifeste toujours mais à un degré différent, soit: et le Grec a mêlé de ses mots au Latin ; et

d'un parler germanique, nous-mêmes, püis de l'Espagnol et de l'Italien en grand nombre, avons reçu maint
vocable à peine distinct aujourd'hui du fond de notre
langue. Dans chacun de ces cas il n'y a eu qu'accident;
au lieu que pas d'Anglais sans Français, Philologues
demandez-le aux Littérateurs ; ce caractère, nouveau
dans les annales du Langage et particulier à un idiome
il en sera tenu compte quand il viendra l'instant de juger
l'Anglais, c'est-à-dire, les trois Livres de la présente
Philologie épuisés, dans la Conclusion, à laquelle se
rattache par ce trait l'Introduction.

LIVRE PREMIER

—

ÉLÉMENT GOTHIQUE ou ANGLO-SAXON

LIVRE PREMIER

Élément gothique ou Anglo-Saxon.

Aperçu

Analyser le double élément jusque maintenant entrevu de l'Anglais, ce semble, avant tout, la tâche par quoi commencer. Au premier coup-d'œil et sans l'initiation historique (car cette dernière n'a vraiment eu d'autre but que d'habituer le Lecteur aux sujets traités par les trois livres de la Philologie mais strictement pourrait ne point y apparaître) se reconnaît l'un et l'autre des langages, maintenant si admirablement mêlés ensemble. Quelques· erreurs, cependant, attendent le novice ; ou ceci dit quelques surprises. Sans parler de mots, anglais d'apparence (à jurer qu'ils le sont) mais d'origine française, il y a une autre classe de vocables ayant tout l'air de nous appartenir, tels que **block** qui serait *bloc*, **blue,** *bleu*, **brand**, *brand* (*on*) **to hail** (saluer) *héler*, **to hap** (advenir) *happer*, **to mark**, *marquer*, **to roll**, *rouler*, **to roast**, *rôtir*, etc. Point ; l'Anglais et nous, les avons pris à une source commune, celle germanique, qui ne laisse pas que de fournir au Français un vocabulaire assez nombreux : ce sont les mêmes mots indéniablement, mais surgis, chacun par sa propre vertu, dans deux langues destinées à s'unir ; cette observation faite, oui, l'on peut (à quelques exceptions près) discerner au regard seul le trésor original de l'Anglais : des mots courts ordinairement, riches en consonnes et en diphthongues disposées autrement que dans les langues néo-latines ; que ces termes appartiennent au fonds anglo-saxon constitutif de la langue, aux rameaux collatéraux, danois ou irlandais, écossais, hollandais ou flamand ; enfin aux dialectes anciens de l'intérieur, dont l'Écossais. Semblable diversité de provenance ne peut recevoir de sanction dans une dissertation aussi rapide que la précédente ; et chaque fois qu'il sera dressé un tableau de vocables avant tout certainement germaniques, ce sera sans aucune distinction faite entre ces frères d'aujourd'hui, d'hier, ou d'avant-hier. Le dépôt celte ne laisse pas que d'éparpiller beaucoup de sa vieille abondance ici et là : à cause de ce fait d'abord, que des mots celtes se sont si parfaitement amalgamés à l'Anglo-saxon, qu'ils roulent perdus dans l'ensemble de cette vaste couche, ou tout au moins pareils au reste. La création linguistique, où je cherche à retrouver un ordre mystérieux, consistant en le passage de l'Anglo-saxon à l'Anglais, sans qu'il soit tenu

compte, dans ce Livre tout spécial, de l'ingérence française, on ne peut me demander autre chose à présent
que de reconnaître strictement ceux des mots anglo-
saxons qui ont passé tels quels à l'Anglais, abolis et
en dehors de la formation régulière. Un tel phénomène
éclate, oui, dans la composition des mots, parce que
l'une des moitiés ou toutes les deux, groupées de
longue date en un agglomérat spécial, ne s'en sont jamais détachées pour circuler librement dans la langue :
ainsi que, dans **mistletoe** le gui, MISTLE et TOE, anglo-
saxons, dénués d'analogues dans l'Anglais. **Turnip,**
navet, c'est **to turn** *tourner* d'où rond, puis NOEPE un
navet ; **rather,** *plutôt* est un comparatif jadis en OR
de RATH, tôt ; et viennent **behest, to ransack, peddle**
et **wedlock,** etc., etc., dans lesquels le causeur anglais
lui-même, s'il n'a fait d'études rétrospectives, ne reconnaît ni HEST, ordre, ni RAN pillage (joint à **to seek**),
ni PED panier, ni LOCK cadeau, etc. Qui songe que
nightingale, le *rossignol,* n'est anglais que dans sa
première moitié ; la seconde signifiant de nos jours
brise, mais n'étant pas ce mot : car pourquoi appeler
brise de la *nuit,* celui qui en est le *chantre,* sens que
traduit en Saxon GALE, vocable fourvoyé. Tout ceci
(malgré qu'il n'y ait en jeu que singularité de quelques
cas) je l'explique pour remplir le Lecteur de prudence :
qualité qui, dans la philologie, doit équilibrer ce don
non moins utile, une vive perspicacité. Voir, oui ; et
réfléchir, très-bien.

Mots Simples et Mots Composés : à peine quelque recherches ont-elles surgi, avec des exemples même rares,
que cette division fondamentale entre les vocables appa-

raît à l'étudiant, qui se voit en face de toute une portion
de langage à analyser ; elle offre une lueur de classification. Les éléments traités ici avant un ensemble, dessin
naturel que suit une méthode : mais encore faut-il discerner de cet ensemble ces éléments. Tout élément enfin
est-il pur, et tout groupe complet? point, en philologie ;
car ce qu'on appelle du nom de *radical* (plutôt que
racine ou que *thème*), se trouve fréquemment contenir
des vestiges d'adjonction étrangère ; or ces fragments
se révèleront suffisamment à l'œil, pour qu'on les classe
dans un paragraphe. Voilà pourquoi, entre l'étude des
Mots Simples et de la Composition des Mots, celle des
Affixes ; qu'ils ouvrent, Préfixes, le vocable, ou Suffixes,
le ferment : et, parmi ces affixes, certains montrent
encore une si frêle ténuité, vague, évanouie, qu'on les
considérera plutôt comme de légères touches appliquées
au mot pour l'éclairer ici ou là, que comme une de ses
portions significatives.

La division suivante du Livre actuel intitulé : ÉLÉ-
MENT GOTHIQUE OU ANGLO-SAXON, s'impose donc au Lecteur : MOTS SIMPLES avec la DÉRIVATION DES MOTS ENTRE
EUX (c'est cet échange d'imperceptibles différences fait
pour les distinguer); puis COMPOSITIONS DES MOTS, en
passant par les AFFIXES qui se rattachent un peu à la
Dérivation et beaucoup à la Composition.

CHAPITRE PREMIER

Mots simples et dérivation.

§ 1.

Familles de vocables et mots isolés.

Relativement aux mots de terroir, c'est-à-dire aux vocables issus, pour l'Anglais actuel, du seul Anglo-Saxon ; qu'y a-t-il à faire, après les citer ? Toute distinction à noter, entre des traces antérieures dans la langue qui vécut jusqu'à la Conquête et se transforma depuis, représente de prime abord à vos yeux quelque chose d'intéressant, mais de spécial comme un caprice historique. Le profit ? connaîtrez-vous mieux l'Anglais pour cela : plus tard, soit ; mais ce dont il sied de se rendre compte, à présent, me paraît le rapport qui

existe entre le sens des mots que je vais croire inconnu
de vous, et leur configuration extérieure : et si quelqu'un de ces rapports concerne plusieurs vocables.
Citer, disais-je tout-à-l'heure ; je dis maintenant grouper
et éliminer. Tous les mots d'une langue ne sont pas
au nombre de deux ou de trois ; mais non plus peut-
être de mille et mille. Ceux de même famille, pourquoi
ne pas les considérer ensemble ; et d'autres, solitaires,
les discerner un à un quand ils présentent quelque
curiosité ? Captivante autant qu'utile, certes, voici l'u-
nique investigation ; mais l'esprit admet plus d'une
réflexion préliminaire..

Tâche grave, il ne faut point se le dissimuler : si
tous les mots du vocabulaire originel venaient ici s'assembler (car tous ont plus ou moins, peut-être, un lien
de parenté vague qui les unit) ou si ce groupement
donnait beaucoup moins qu'il ne semble d'abord promettre ! La vérité se trouve entre ces deux suppositions
extrêmes : non, l'on aura pas simplement à rapprocher
les uns des autres, dans un ordre différent, tous les
vocables que sépare l'arrangement alphabétique du Dictionnaire ; oui, le nombre en sera, après l'opération
faite avec sagacité, en quelque sorte restreint. Pourquoi :
parce qu'autant que possible il faut que la parenté
visible de ces termes ne soit pas située bien au-delà de
leur état contemporain, celui [de mots anglais ; et que,
d'un autre côté, quand plusieurs qui se sont quelque
peu différenciés à leur venue en la langue longtemps ne
firent qu'un auparavant, ce serait pédantisme pur que
ne pas les assembler selon leur passé véritable. Toute
à l'appréciation judicieuse du Lecteur s'offre cette clas-

sification, faite ou mieux tentée, je crois, pour la première fois ici ; et qu'il pourra, plus tard, remanier, lui, à
son gré : faisant passer tel mot des Isolés aux Familles,
ou dégageant l'une d'entre celle-ci d'un arrière-cousin
qui n'est qu'un parasite, et redressant les faiblesses et
comblant les oublis. Un excellent exercice s'offre là aux
étudiants désireux d'acquérir quelque sagacité en Philologie : mais tout porte à supposer qu'il ne contra-
riera pas du tout au tout la disposition des présentes
Tables. Ce qu'on nomme du *jeu*, il en faut, dans une
mesure raisonnable, pour réussir quelque chose comme
ce travail complexe et simple : trop de rigueur abou-
tissant à transgresser, plutôt que des lois, mille inten-
tions certaines et mystérieuses du langage. Quelle plus
charmante trouvaille, par exemple, et faite même pour
compenser mainte déception, que ce lien reconnu entre
des mots comme **house**, la *maison*, et **husband**, le *mari*
qui en est le CHEF ; entre **loaf**, un *pain*, et **lord**, un *seigneur*, sa fonction étant de le distribuer ; entre **spur**,
éperon, et **to spurn**, *mépriser ;* **to glow**, *briller*, et
blood, le *sang ;* **well!** *bien*, et **wealth**, la *richesse* ou
encore **thrash**, *l'aire* à battre le grain, et **threshold**,
le *seuil*, tassé ou uni comme un dallage ? Venus de plus
loin se rencontrer, même de trop loin, soit! certains
vocables ne montrent pas cette conformité d'impression ; mais alors comme une dissonnance. Le revire-
rement dans la signification peut devenir absolu au
point, cependant, d'intéresser à l'égal d'une analogie
véritable : c'est ainsi que **heavy** semble se débarrasser
tout-à-coup du sens de *lourdeur* qu'il marque, pour
fournir **heaven**, le *ciel*, haut et subtil, considéré en

tant que séjour spirituel. Que nul ne se rebute devant
l'apparente aridité des mots techniques qu'admettent
fréquemment les Familles, exprimant des opérations ou
des instruments en rapport avec les métiers nombreux.
Termes quotidiens et populaires et de souvenir touchant,
il sied de leur rendre honneur : quoique vous ayez pu
vous attendre à trouver à leur place des vocables d'un
sens général et synthétique (ceux-ci, l'âme même du
langage, perdus entre les Isolés). Remarquer ce fait que
les mots les moins usités servent souvent de conduc-
teurs, inattendus et précieux, entre une double acception
distante de deux termes considérables.

Le sens, certes, et le son, habilement essayés l'un
à l'autre, voilà le double indice guidant le Philologue
dans le classement familial. Sans s'aventurer jusqu'à
réunir **dry** et **thirst,** offrant une relation dans l'idée,
mais presque pas en la forme, on doit ne pas rapporter **to mow,** *faucher* à **mow,** *meule,* où s'accordent
l'esprit et la lettre, parce que celui-ci vient d'un mot
qui veut dire TAS et celui-là d'un mot qui indique COU-
PER : mais la filiation de vocables n'offrant qu'une analogie toute extérieure est principalement à éviter. Le
Mot, dans sa personnalité si difficile à reconnaître, il
faut en revenir à cela : quoique la Famille en compte
de très-divers, mais qui, tous, gravitent autour de
quelque chose de commun. Simplement ne pas croire,
en lisant un groupe, que les différents vocables rappro-
chés *viennent* fatalement *les uns des autres* ; cela se
peut faire, mais antérieurement à l'Anglais et ne vous
préoccupe donc pas.

Un lien, si parfait entre la signification et la forme d'un

mot qu'il ne semble causer qu'une impression, celle de
sa réussite, à l'esprit et à l'oreille, c'est fréquent ; mais
surtout dans ce qu'on appelle les ONOMATOPÉES. Le
croirait-on : ces mots, admirables et tout d'une venue,
se trouvent, relativement aux autres de la langue
(exceptons ceux comme **to write**, *écrire*, imité du bruissement de la plume dès le Gothique WRITH), dans
un état d'infériorité. Pourquoi : faute de titres nobi-
liaires et immémoriaux ; après plusieurs siècles d'existence, de tels vocables, qui ne sont point d'une race
quelconque, paraissent nés d'hier. Vos origines ? leur
demande-t-on ; et ils ne montrent que leur justesse : il
faut ne pas les humilier, cependant, car ils perpétuent
dans nos idiomes, un procédé de création qui fut peut-
être le premier de tous. Ces tard-venus causent, à qui
veut distribuer une langue en familles, quelque embarras :
car de fait ils n'appartiennent à aucune Famille. Historiquement, c'est vrai ; logiquement, point cependant :
et voici pourquoi les autres vocables montrent, eux
aussi, plus d'une analogie du sens à la forme. Si de
tels rapports que ceux fournis par un alphabet unique
et des milliers de significations offrent nécessairement
entre eux certaine similitude, à plus forte raison avec
un mot juste, issu tout fait de l'instinct du peuple même
qui parle la langue. Quelques onomatopées se trouveront donc presque toujours rangées ici dans les Familles;
rarement dans les Mots Isolés, car peu existent sans
quelque liaison ici ou là : la liaison se fera attache. A
moins toutefois que ces inventions de la parole (quelquefois contemporaine) ne revêtent un caractère exceptionnel comme **to fillip**, *frapper de l'ongle*, **to giggle**,

étouffer de rire, **to mumble**, *marmotter*, etc., etc., ceux comme **hurly-burly**, *brouhaha*, etc., ou des interjections **tut! pshaw!** *bah!* et *chut!* dont je préfère me débarrasser tout de suite.

La stricte observance des principes de la linguistique contemporaine cédera-t-elle devant ce que nous appelons *le point de vue littéraire*, ou de la langue une fois cultivée ; rien, à proprement parler, de semblable ici : qu'il s'agit de l'âme même de l'Anglais. Notre classification quelquefois s'étend fort loin ; mais elle se perdrait et s'effacerait, admis tels et tels secrets (banals pour quiconque écrit l'Anglais). Au poëte ou même au prosateur savant, il appartiendra, par un instinct supérieur et libre, de rapprocher des termes unis avec d'autant plus de bonheur pour concourir au charme et à la musique du langage, qu'ils arriveront comme de lointains plus forfuits : c'est là ce procédé, inhérent au génie septentrional et dont tant de vers célèbres nous montrent tant d'exemples, l'ALLITÉRATION. Pareil effort magistrat de l'Imagination désireuse, non-seulement de se satisfaire par le symbole éclatant dans les spectacles du monde, mais d'établir un lien entre ceux-ci et la parole chargée de les exprimer, touche à l'un des mystères sacrés ou périlleux du Langage ; et qu'il sera prudent d'analyser seulement le jour où la Science, possédant le vaste répertoire des idiomes jamais parlés sur la terre, écrira l'histoire lettres de l'alphabet à travers tous les âges et quelle était presque leur absolue signification, tantôt devinée, tantôt méconnue par les hommes, créateurs des mots : mais il n'y aura plus, dans ce temps, ni Science pour

résumer cela, ni personne pour le dire. Chimère, con-
tentons-nous, à présent, des lueurs que jettent à ce
sujet des écrivains magnifiques : oui, **sneer** est un
mauvais sourire et **snake** un animal pervers, le *ser-*
pent, *SN* impressionne donc un lecteur de l'Anglais
comme un sinistre digramme, sauf toutefois dans **snow,**
neige, etc. **Fly,** *vol ?* **to flow,** *couler ?* mais quoi de
moins essorant et fluide que ce mot **flat,** *plat.* Des analogies de ce genre que l'étudiant, ambitieux de se livrer
plus tard à la culture littéraire de l'Anglais, saisira dans
les familles de Mots, comme dans les Mots Isolés, qu'il
les confie à ses souvenirs : et attende ; maintenant il
ne fait autre chose sinon de considérer les lettres, sous
lesquelles viennent se ranger des groupes de vocables,
comme des initiales patronymiques. Que pour rompre
par quelque causerie une liste, monotone à qui doit la
parcourir, ainsi que pour relier entre elles deux classes
de mots fournis contenus dans chaque série, tantôt
apparaisse ici une tentative d'expliquer par la Consonne dominante la Signification de plus d'un vocable :
c'est là un recueil de notes, fournies par l'observation,
utiles à quelques efforts de la Science, mais ne relevant
pas d'elle encore. Noblement distraits tout à l'heure
par une des beautés du style, revenez à notre investigation modeste. Les mots, qu'ici l'on appelle Isolés,
paraissent offrir un intérêt moindre que ceux apparentés : naturellement ; il est toutefois à constater que
certains des plus importants du Langage se trouvent
dans le nombre, et que le lien qui les peut unir à
d'autres vocables habituels au Lecteur, ceux grecs et
latins, vu déjà dans les familles, se présente d'une

façon plus fréquente et plus suivie, non qu'il en soit ainsi de fait, mais par notre velléité seule d'illustrer de quelque façon une nomenclature un peu sèche. Un point à établir relativement à ces rappels classiques, que je vous donne ici comme fortuits, si vous le voulez, avant qu'il n'en soit inféré quelque conclusion importante à la fin des dernières pages de cette Philologie : c'est que des mots de même Famille en Anglais peuvent avoir pour corrélatifs en Latin et en Grec des vocables que n'alliait dans ces langues ni leur son ni leur sens ; et le contraire, ou que le même mot latin, grec, et ses analogues là-bas viennent ici s'inscrire loin les uns des autres, dans des groupes fort différents. Loin de rechercher les liaisons très-lointaines, je les évite ; et ne donne point LINGUA à la suite de **to lick** et de **tongue**, quoiqu'il les unisse dans une certaine mesure : ni κεφαλη près de **head**, parce qu'il me faudrait passer par KAUPT, *tête*, en Allemand. Gardez-vous bien surtout (je parle, non à l'un de mes Lecteurs, trop faits déjà aux habitudes des Philologues pour que cette recommandation les atteigne, mais à quiconque ouvre par hasard ce volume) oui, de vous figurer que l'apparition à certaines lignes ici de mots grecs et de mots latins implique en quoi que ce soit le fait que les mots anglais accolés *en descendent*. Nul rapport historique, dans l'Anglais (du moins) et c'est à une origine commune immémoriale qu'il faut demander la raison de ressemblances autorisant un rapprochement.

Observations à la Table.

Familles de vocables donc, et Mots isolés : voilà notre classification des Mots simples. Grouper le tout, en allant de la forme ou d'une notion relativement simples à telles autres effacées ou complexes, apparaît comme l'étude la plus intéressante et aussi la plus productive qu'on puisse faire du vocabulaire originel de l'Anglais : enfin l'isolement même des vocables réfractaires au groupe les signale d'une façon notoire. Rien de plus pratique ; ni qui soit mieux d'accord avec la théorie d'un Langage, ou avec la mnémotechnie intelligente. Séparés après s'être souvent rejoints depuis une origine commune, ces mots arrivent à se rejoindre une fois de plus, grâce à votre réflexion, dans un état du Langage, considéré avec ordre : l'Anglais s'embellit à l'esprit.

Cette Table est dressée, pour ce qu'on peut appeler les Mots régulateurs, ou ceux inscrits en marge, d'après la première de leurs lettres : quant aux vocables alliés, le plus ou moins de ressemblance entre le sens et le son cause leur éloignement ou le rapprochement autant qu'il y a lieu. L'ordre suivi est autre que celui du Dictionnaire, on y reconnaîtra la distribution en labiales, gutturales, dentales, liquides, sifflantes et aspirées, non par un emprunt fait à l'appareil scientifique, mais peut-être à cause de rapports entre la signification totale et la lettre : qui, s'ils existent, ne le font qu'en vertu de l'emploi spécial, dans un mot, de tels ou tels des organes de la parole.

Plus d'une critique visera la traduction en Français de ce vocabulaire : parfois donnant le sens primitif et à présent le moins usité ou fondant dans une stricte généralité mille nuances quotidiennes ; c'était à faire. Un cas fréquent même c'est, afin de rattacher un mot connu à quelque parent très-éloigné, qu'on ne montre de la signification de celui-là qu'une nuance presque accessoire.

TABLE

—

Voyelles.

Combien peu de mots, ayant pour lettre initiale une voyelle, appartiennent à l'Anglais originel, c'est-à-dire au fond anglo-saxon, tout le monde le remarquera : c'est une consonne principalement qui attaque dans les vocabulaires du Nord.

A

aft et **abaft,** *arrière* (marine).

after (comparat.) *après.*

*

again, *de nouveau.*

against, *contre.*
to gain(sy), *contredire.*

*

ant, *fourmi* et **emmet.**

*

arch, *de premier rang.*

arrant, *fieffé.*

*

Rien de particulier que nous suggère aucun de ces vocables, ceux groupés par Familles et les Isolés : sinon cette remarque (mais déjà faite) que le cas est relativement rare de mots de terroir commençant par une voyelle.

Ache, *mal* (Gr. ἄχος); **adder,** *vipère;* **addle,** *putride;* **adze,** *doloire;* **to ail,** *faire mal* ou *souffrir;* **ait,** *îlot;* **alder,** *aune,* Lat. aldus; **ale,** *bière;* **all,** tous; **I am,** je suis (Gr. εἰμι); **and,** *et;* **anger,** *colère,* Lat. ango ; **to angle,** *pêcher à la ligne* (Gr. ἀγκώς); **answer,** *réponse;* **ape,** *singe;* **apple,** *pomme;* **we.... are,** *nous sommes;* **ark,** *boîte,* Lat. arca; **arm,** *bras,* Lat. armus, *épaule;* **arms,** *armes,* Lat. arma; **arrow,** *flèche;* **thou art,** *tu es;* **as,** *comme;* **ashes,** *cendre;* **to ask,** *demander;* **ass,** *âne,* Lat. asinus; **at,** *à;* **awe,** *épouvante* (Gr. ἀγή); **awk(ard),** *gauche;* **awn,** *barbe* (d'épi) (Gr. ἄχνη); **axe,** *hache,* etc.

E

eager, *ardent.*

edge, *bord.*

to ear, *labourer.*

to earn, *gagner.*

earnest, *empressé.*

to yearn, *aspirer à*

earth, *terre.*	**hearth,** *âtre de terre.* (GR. ἔρα).
	★
to eat, *manger.*	**to etch,** corroder, LAT. edo. **oats,** *avoine.*
	★
ere, *avant.*	**early,** *de bonne heure.* **east,** *est.*
	★

E comme *a*, quand de telles voyelles ne s'unissent pas à une autre pour avec elle former une diphthongue, est fréquemment suivi d'*l* et d'*r* ainsi que d'*m* et d'*n*, ces dernières lettres ne causent pas de *son nasal*; à vrai dire, presque toutes les consonnes peuvent s'y joindre. Aucune tendance importante à remarquer dans le sens des mots en *e* donnés plus haut ou que voilà :

Each, *chaque;* ear, *oreille,* LAT. auris; ear, *épi;* earl, *comte;* ebb, *jusant,* LAT. ab; eddy, *rémous;* eel, *anguille,* LAT. anguilla; eft, *lézard* (GR. ὄφις); egg, *œuf,* LAT. ovum; eider, *l'eider;* either, *l'un ou l'autre;* to eke, *augmenter,* LAT. augeo; elk, *élan* (GR. ἀλκή);

ell, *aune*, allié à V. Fr. AUNE ; elm, *orme*, LAT. ulmus ;
else, *autre*, LAT. alius ; embers, *cendres ;* empty, *vide ;*
end, *fin ;* enough, *assez ;* err(and), *message ;* eve, even
et — ing, *soir ;* even, *égal*, LAT. æquus ; ever, *jamais ;*
ewe, *brebis*, LAT. ovis ; eye, œil (GR. ὄκος) ; LAT. oculus, etc.

I ET Y

ill, *mauvais, malade.*   evil, *mal.*

*

in, *dans.*   inly, *secret.*
inn, *auberge.*
inning, *rentrée* (de la ré-
colte).
on, *sur.*

*

year, *an.*   yore, *de jadis.*

*

yes, *oui*, et ay, puis aye.

*

Mêmes observations ou le manque d'observations, tant que l'on s'en tient aux voyelles ; noter pour Y au commencement du mot, que cette demi-voyelle s'appuie ici sur *a*, *e*, *o*, etc., point sur une consonne.

I, *je*, LAT. ego ; **ice,** *glace ;* **idle,** *paresseux ;* **to imp,** *enter ;* **inch,** *pouce* (mesure), LAT. uncia ; **to irk,** *lasser ;* **iron,** *fer*, LAT. æs, ær ; **he... is,** *il... est*, LAT. est ; **it,** *il, elle* (neutre) ; **itch,** *démangeaison ;* **ivy,** *lierre ;* **island,** *île ;*

Yard, *cour*, **et yard,** *mesure ;* **to yawn,** *bâiller*, LAT. his ; **yet,** *encore* (GR. ἔτι) ; **yester,** *d'hier*, LAT. heri ; **yon,** *là-bas ;* **yoke,** *joug*, LAT. jugum ; **young,** *jeune*, LAT. juvenis, etc.

O

oaf, *idiot.*   elf, *lutin.*

oak, *chéne.*

a(corn), *gland.*

*

of, *de.*

off, *loin de.*
offing, *le large* (en mer).

*

old, *vieux.*

elder (comparat.), *aîné.*
world, *monde*, LAT. alo.
alder(man).

*

one, *un, une.*

an et a, *un*, etc. LAT. unus.
any, *du* et *quelque.*

*

out, *hors.*

outer (comparat.), *extérieur.*
ut et utter(most), *extrême.*
to utter, *proférer.*

*

to owe, *devoir.*

I ought, *je devrais.*
to own, *posséder.*

*

over, *par-dessus.*

above, *au-dessus.*

Tout ce qui précède et le peu qui suit est exact ; mais rien de plus à dire concernant les mots en O.

Oar, *rame;* **oath**, *serment;* **odd**, *impair,* d'où *étrange;* **oft**, *souvent;* **ogle**, *œillade,* Lat. oculus; **or**, *ou;* **ore**, *minerai;* **other**, *autre;* **oven**, *four,* Lat. ignis; **ox**, *bœuf,* etc.

U

Ugh! *fi!*

Ugly, *laid.*

*

Up, *sur,* d'où **upper**, *supérieur.*

To open, *ouvrir.*

*

Us, *nous.*

Our, *notre.*

*

U ne fournirait aucun mot à quiconque n'irait pas rechercher la relation peut-être lointaine, qui existe entre les quelques exemples précités; ajoutez-y

Udder, *mamelle*, LAT. uber; **Under**, *sous*, LAT. inter, *enlève*.

Consonnes.

Si très-peu de mots, parmi ceux d'origine Anglo-Saxonne, montrent une voyelle initiale, tout au contraire beaucoup commencent avec plusieurs consonnes.

L'adjonction la plus fréquente à la consonne d'attaque est celle d'*l* et d'*r*, puis d's, et d'*m* ou d'*n*, enfin d'*h* : une analyse exacte de ces alliances de lettres, qu'adopte le Français ou de lui inconnues, relève de la portion de cette PHILOLOGIE où apparaîtra la Grammaire (Vol. II).

Le sens qui peut résulter de mainte combinaison, voici, dans les limites de l'observation exacte, l'objet seul des Notes accompagnant cette Nomenclature, et encore rien ne se passe-t-il qu'au commencement des vocables : mais il sied d'ajouter que c'est là, *à l'attaque*, que réside vraiment la signification (la voyelle ou la diphthongue médianes prenant dans les langues du Nord une importance médiocre et les consonnes finales apparaissant à l'état de suffixes point toujours discernables).

B

babe, *enfant,*
et **baby.**

booby, *béta.*

babble, *babil,*
et **to —** *balbutier.*
blab, *jaseur,*
et **to —** *jaser.*

★

back, *dos,* et la préposition
de retour.

bank, *rivage.*
beach, *bord.*

★

to bake, *faire cuire* au
four.

to bask, *chauffer.*

batch, *fourmi.*

★

bat, *gros bâton.*

to beat, *battre.*
bate, *abat.*

beetle, *maillet.*

bat, *chauve-souris*, battant
l'air de son vol.

*

to bear, *porter.*

burden, *fardeau* ou *re-*
et burthen.   *frain.*

barm, *écume*, que porte la
bière.

birth, *naissance.*
berth, *case*, (lit dans les
vaisseaux).

*

beech, *hêtre.*

book, *livre*, d'abord écrit sur
l'écorce du hêtre.

buck, *lessive*, faite aux cendres de hêtre.

*

beck, *signe.*

to beckon, *faire signe.*

beakon, *feu, signal.*

*

bell, *cloche.*

peal (*), *carillon.*

*

(*) Quelques-unes le font venir d'appeal, FR. *appeler* et *appel.*

to bend, *se pencher,*
et **to bow,** *se courber,*
puis **to bind,** *lier.*

bough, *branche.*

band, *lien.*
et **to —** *se liguer.*
bond, *lien.*

buxom, *gai,* prêt à tout.
bout, *fois, dose,* ce qui obéit
à un retour.
bundle, *paquet.*
bunch, *bouquet.*
bunt, *enflure de voile.*

*

better, meilleur, *mieux,*
et **best,** *le — le —*

boot, *profit.*

*

to bet, *parier.*

to wedd, *fiancer.*

*

to bid, *ordonner* et *prier.*

to bode, *prophétiser.*
bead, *chapelet.*

boon, *prière.*

*

big, *gros.*

bag, *sac,* enflé.
to beg, *demander.*

to bilge, *défoncer.*

to bulge, *bomber.*
belly, *ventre.*
billow, *bague.*

＊

to bite, *mordre.*   bait, *amorce.*
beetle, *scarabée*, qui mord.
bitter, *amer.*

bit, *morceau.*

＊

black, *noir*, d'abord ; *pâle*,   to bleach, *pâlir*,
puis *neutre.*   et — *pâle.*
bleak, *livide.*

blight, *brouis.*

＊

to blend, *mêler, con-*   blunder, *bévue.*
fondre.

＊

to blink, *cligner des yeux.*   blind, *aveugle,*
et to — *aveugler.*

＊

to blest, *bénir.*   bliss, *bénédiction.*

blithe, *joyeux.*

＊

4

block, *bloc.*

blot, *tache.*

to blow, *souffler.*

blow, *coup.*

bluff, *bouffi.*

bole, *tronc* rond.

plug, *tampon.*

★

to blotch, *éclabousser.*

★

blast, *coup de vent*
ct *fléau.*
to bloom, *fleurir*
et *floraison.*
flower, *fleur.*

blister, *ampoule.*
bluster, *rodomontade.*
puis **to —** *tempêter.*
to boast, *se vanter*
ct **fluster,** *s'agiter.*

★

blue, *bleu,* comme une
meurtrissure.

bil(berry), *airelle,* baie
bleuâtre.

★

blunt, *grossier.*

★

bul(wark), *boulevart,*
(fait de troncs).

bolt, *verrou.*

★

brass, *airain.*

to braze, *bronzer,*
et *endurcir.*

brazier, *brasier.*

★

borough, *bourg.*

to borrow, *emprunter*
avec sécurité.

★

to break, *briser,*
— *rupture :* d'où
to burst, *éclater,*
et — *éclat.*

brook, *ruisseau,* aux mille
brisures.
brake, *voiture,* à rompre
les chevaux.
breach, *brèche.*
to bray, *broyer.*

breeches, *culotte,* mise là
où le tronc humain
se partage.
bread, *pain* qu'on rompt.
brittle, *cassant.*

★

to breed, *nourrir.*

to brood, *couver.*

bird, *oiseau.*

★

bubble, *bulle.*

to blubber, *se gonfler*
de pleurs.

boil, *furoncle.*

★

bug, *punaise* (épouvantail).

bug-bear, *loup garou.*
puck, *lutin.*

bogle, *spectre.*
et **to —** *barguigner.*

★

bull, *taureau.*

bellows, *soufflet de foyer*
qui mugit.

★

bump, *bosse.*

bun, et **bunn,** *baba.*

thump, *bourrade.*
et **to —** *frapper dru.*

★

to burn, *brûler.*

brand, *fer chaud,* bran-
don.
et **to —** *marquerau.*
brandy, *eau-de-vie.*

brown, *brun,* couleur brûlé.
brinded, *tavelé.*
bruin, *l'ours brun.*

★

busy, *affairé*.   to bustle, *s'agiter*.

*

B fournit de nombreuses Familles; et s'appuie, au commencement de chacun des mots, sur toutes les voyelles, peu d'entre les diphthongues et les seules consonnes *l* et *r* : cela pour causer les sens, divers et cependant liés secrètement tous, de production ou enfantement, de fécondité, d'amplitude, de bouffissure et de courbure, de vantardise; puis de masse ou d'ébullition et quelquefois de bonté et de bénédiction (malgré certains vocables dont plus d'un va isolément défiler ici); significations plus ou moins impliquées par la labiale élémentaire.

Bad, *mauvais;* bald, *chauve;* bane, *destruction;* bang, *coup lourd;* bare, *nu;* bark, *écorce;* basket, *panier;* bath, *bain;* to bawl, *souffler;* to be, *être;* beam, *tronc* et *rayon;* bean, *fève;* bear, *ours;* beard, *barbe;* bed, *lit;* bee, *abeille;* berry, *baie;* better et best, *meilleur, mieux* et *le —;* bight, *anse;* bill, *bec;* bitch, *lice;* to bleat, *béler;* boot, *botte;* board, *planche;* boat, *bateau;* bold, *hardi;* bone, *os;* bag, *marais;* to bare, *percer;* bottom, *fond;* box, *boîte,* Lat. buxus (Gr. ωύξος); to break, *briser;* bramble,

4.

ronce; **brat,** *souillon*; **brain,** *cerveau*; **breast,** *poitrine*; **breath,** *souffle*; **bride,** *épousée*; **bridge,** *pont*; **bright,** *brillant*; **to bring,** *apporter*; **bristle,** *poil* épais et court; **brother,** *frère,* LAT. frater; **broom,** *balai*; **brow,** *front*; **bubble,** *bulle*; **bud,** *bouton*; **to build,** *bâtir*; **bunch,** *bouquet*; **bush,** *buisson*; **butter,** *beurre*; **to buy,** *acheter*, etc., etc.

W

to wad, *bourrer*.

pad, quelque chose de *rembourré*.

*

to wag, *agiter*, ou
to — gle,

to swag et **sag,** *courber*.
to sway, *manier, régir*.
to swing, *balancer*.
to weigh, *peser,*
et (**weight,** *poids*).
wey, *mesure*.

puis **to wave,** *ondoyer*,
et **to — er,** *vaciller*,

to waft, *flotter*.
to waddle, se *dandiner*.
        LAT. veho.

puis **to weave,** *tisser.*

web, *toile.*
weft, *trame.*

weed, *vêtement* de veuvage.
woof, *étoffe.*

*

wall, *mur.*

to welt, *border.*

wainscot, *lambris.*
LAT. vallum.

*

to watch, *veiller.*

to wake, *s'éveiller.*

to wait, *attendre.*
LAT. vigeo.

*

wan, *blafard.*
to — *pâlir.*

to wane, *décroître.*
want, *besoin.*
et **to —** *manquer.*

gaunt, *décharné.*
to quench, *éteindre.*
LAT. vanus.

*

war, *guerre.*

to vie, *lutter* (rivaliser).

*

ward, *garde.*

to warn, *avertir.*
warry, *prudent.*
aware, *au fait de.*
to (be)ware, *faire attention.*

wart, *verrue.*

★

to warp, *ourdir.*

to wrap, *envelopper,*
et — *enveloppe.*

to swerve, *errer.*

★

water, *eau.*

wet, *humide.*

to ooze, *suinter,*
et — *limon.*
to wade, *s'insinuer.*

★

whale, *baleine.*

wal(rus), *morse.*

narwhal, *licorne de mer.*

★

way, *chemin.*

away, *loin de.*

★

to wear, *user.*

weary, *fatigué.*

★

well, *bien.*

weal, *bien-être.*

wealth, *richesse.*

*

well, *source.*

to weld, *battre ensemble et bouillir.*

*

wind, *vent.*

wind(ow*), *fenêtre.*
winter, *hiver.*
weather, *temps.*
to wither, *se faner.*

I went, *j'allai,*
de to wend (vieux), *errer.*
to wander, même sens.

*

wicked, *méchant.*

witch, *sorcier.*

*

wig, *ver.*

earwig, *perce-oreille.*

*

wight, *personne.*

whit, *point.*
aught, *quelque chose,*
et naught pour whit,
ou no whit, donnant aussi
not, *ne pas.*

* ANGA, œil, en Anglo-Saxon.

naughty, *méchant* ou *vaurien*, de **naught**.

*

to weep, *pleurer*.

to whoop, *huer*.

to whittle, *couper* en petits morceaux.

*

wife, *épouse*.

wo(man), *femme*.

*

I will, *je veux*.
et — *volonté*.

wild, *farouche*.

*

to wink, *cligner*.

to wince, *tressaillir*,
et **winch**.

wing, *aile*, aux battements vifs.

*

wit, *esprit*.

wise, *sage*.

wizard, *sorcier*.
witness, *témoin*,
LAT. video.

*

whim, *caprice.*

wimble, *vilbrequin.*

gimlet ou
gimblet, *vrille.*

*

whelk, *pustule.*

periwinkle, *bigorneau.*

*

to whirl, *tournoyer,*
et whorl.

wheel, *roue.*
to twirl, *pirouetter.*

wire, *fil de fer.*
LAT. volvo.

*

to whisk, *effleurer.*

wisp, *touffe.*

*

to whistle, *siffler.*

to whisper, *chuchoter.*

*

white, *blanc.*

wheat, *froment.*

*

woe, *malheur.*

to wail, *se lamenter.*
LAT. vœ.

*

wood, *bois.*

weald, *région.*
why, *pourquoi.*

*

who, *qui.*

how, *comment.*

woad, *guède.*
which(who like), *lequel.*
what, *ce que.*

when, *quand.*
whether(who there)
       lequel (des deux :
       dubitatif).
     LAT. qui, etc.

★

worth, *digne.*

worship, *culte.*

★

to work, *travailler.*
et **wrought** — *é.*

wright (et ses composés),
     artisan.
    (GR. εἴργω).

★

to wring, *tordre.*

wrong, *tort.*
wrench, *torsion.*
wrinkle, *ride.*

to wriggle, *tortiller.*

★

to writhe, *tordre.*

wry et **awry,** *tors.*
wrist, *poing.*
to wrest, *torturer.*
— **tle,** *lutter.*

wrath et **wroth**, *colère*.
to wreath, *entrelacer*.

*

wort, *herbe, plante.*

orchard (WORT YARD),
verger.
(mad)wort, *plante* contre
la rage.

Très-fréquent en tant que lettre initiale, **W** s'appuie à toutes les voyelles et peut-être moins aux diphthongues, dont il risque aussi d'être séparé par un *h* inscrite ; on ne le rencontre que devant une seule consonne, *r*, et il reste muet alors. Les sens d'osciller (celui-ci semblerait dû au dédoublement vague de la lettre, puis de flotter, etc. ; d'eau et d'humidité ; d'évanouissement et de caprice ; alors, de faiblesse, de charme et d'imagination) se fondent en une étonnante diversité : peut-on, par exemple, dire que *wr*, authentiquement, désigne la torsion, à cause de toute une famille nombreuse où règne ce digramme ? L'appréciation la plus judicieuse à offrir de cette lettre, c'est que : parfois traduisant régulièrement l'initiale *g* ou *v* d'une série entière de mots qui appartiennent à d'autres langues, elle se trouve, toute grammaticale alors, dénuée de vitalité.

5

Waggon ou **wagon** et **wain**, *charriot*, LAT. vehes ; **waist**, *taille ;* **to walk**, *marcher ;* **wanton**, *folâtre ;* **wasp**, *guêpe*, LAT. vespia ; **to wattle**, *tresser*, LAT. vitilis ; **wax**, *cire ;* **to wax**, *devenir* (GR. αὐξάνω) ; **way**, *chemin*, LAT. via ; **we**, *nous ;* **weak**, *faible ;* **weapon**, *arme ;* **weed**, *mauvaise herbe ;* **week**, *semaine ;* **to ween**, *s'imaginer ;* **weird**, *charme ;* **west**, *ouest ;* **wharf**, *débarcadère ;* **whelp**, *petit chien ;* **to whet**, *aiguiser ;* **whey**, *petit lait ;* **whiff**, *bouffée ;* **whim**, *caprice ;* **whip**, *fouet ;* **widow**, *veuve*, LAT. vidua ; **willow**, *saule ;* **to win**, *gagner ;* **to wind**, *tourner ;* **wine**, *vin*, LAT. vinum ; **with**, *avec ;* **wolf**, *loup*, LAT. vulpes, *renard ;* **wonder**, *merveille ;* **to woo**, *courtiser ;* **wool**, *laine*, LAT. villus ; **word**, *parole*, LAT. verbum ; **worm**, *ver*, LAT. vermis ; **wound**, *blessure*, LAT. vulnus ; **wreck**, *naufrage*, LAT. frango ; **to write**, *écrire*, etc., etc.

V

De V il n'y a rien à dire, sinon que cette lettre commande très-peu de mots originels : il faut un certain raffinement pour arriver à la prononciation du *v* qui n'est ni l'*u* simple ni le double (*w*) ; et l'Anglais a reçu cette labiale de nous, qui la tenons du Latin. Exemples, presque les seuls, il faut noter

Vave, *girouette,* Lat. pannus ; et **vat,** *cave,* Lat. vas ;

en dehors de tout groupement de Familles.

P

to pack, *emballer.*

peck, *picotin.*

peg, *cheville.*
    Lat. pango, punctum.

pale, *palis.*

pile, *tas.*
ball, *balle,*
et **bowl,** *bol.*

bole, *tronc.*

pole, *perche.*
pollard, *arbre étété.*
to poll, *étêter.*

★

pat, *coup léger.*

pitapat (reduplic.), *palpi-tations.*

to patter, *frapper* comme la grêle.

★

patch, *morceau.*

to botch, *rapetasser.*

to bodge, *manquer de.*

★

path, *sentier.*

to pad, *cheminer.*

pad(lock), *cadenas* pour la porte d'un sentier.

★

peddle ou **piddle,** *s'amu-ser* à des riens.

pedlar, *colporteur.*

★

pelf, *richesse.*

to pilfer, *dérober.*

★

to **pick**, *piquer, choisir* et *cueillir.*

pitch, *degré.*
beak, *bec.*
peak, *pic.*

to poke, *fourrager.*
et — **er**, *tisonnier.*
pocket, *poche.*
to pucker, *rider,*
LAT. pungo.

★

pillow, *oreiller.*

pillion, *selle à coussin.*

★

pool, *mare.*

puddle, *flaque.*

★

pore, *fixer les yeux* sur.

purblind (pour **pore** —)
très-myope.

★

to pound, *mettre en four-rière.*

pond, *étang*, qui enferme l'eau.

★

to prank, *orner.*

to prance, *se cabrer*, comme en se pavanant.

★

D se joint à *l*, souvent grâce à l'intermédiaire d'une
voyelle ou d'une diphthongue, que peuvent aussi suivre
parfois une autre lettre ; et à *r*. Tire-t-il de son union
avec l'une ou l'autre de ces consonnes un sens qui lui
manquerait, isolé : on peut en douter ; d'autant plus
qu'à part l'intention très-nette d'entassement, de richesse acquise ou de stagnation que contient cette lettre
(laquelle s'affine et précise parfois sa signification pour
exprimer tel acte ou objet vif et net), on ne saurait
y voir que rarement la contre-partie, parmi les dentales, de la labiale *b*.

Paddock, *petit parc* à paître ; **pale**, *poêle*, Lat. pal-
lium ; **paltry**, *loqueteux, vil* ; **pan**, *casserole* ; **pang**,
angoisse, Lat. pango ; **to patch**, *repriser* ; **paw**, *patte*
(Gr. πούς) ; **pebble**, *caillou* ; **to pen**, *mettre en cage* ;
pert, *pétulant* ; **pickle**, *conserve* ; **pig**, *cochon* ; **pimp**,
complaisant ; **pin**, *épingle* ; **to pine**, *languir* ; **pink**,
œillet, rose ; **pit**, *trou*, Lat. puteus ; **pith**, *moëlle*,
Lat. plaga (Gr. πληγή) ; **plaid**, un *plaid* ; **to plait**,
ployer, Lat. plico (Gr. πλέκω) ; **to plight**, *engager* ; **to
plough**, *labourer* ; **to pluck**, *éplucher*, Lat. pilus ;
plum, *prune* ; **to plunder**, *piller*, et —— *butin* ;
poodle, *bichon* ; **pool**, *flaque*, Lat. palus ; **pop** et **to** —
coup bref et *le donner* ; **poppy**, *coquelicot*, Lat. pa-
paver ; **to pour**, *verser* ; **to prate**, *divaguer* ; **pretty**,
joli ; **to prop**, *soutenir*, Lat. propago ; **proud**, *orgueil-
leux*, et **pride**, *orgueil* ; **to pull**, *tirer* ; **puss**, *minet* ;
to put, *mettre*, etc., etc.

F

to fall, *tomber.*

fang, *croc, serre.*

far, *loin.*

to foist, *interpoler.*
offal, *issue, desserte.*

anvil, *enclume* (où tombe le marteau).

*

finger, *doigt.*

*

to fare, *aller, se porter.*
fern, *fougère* (envoyant sa semence au loin).

to ferry, *passer en bac.*
farrier, *passer.*
wherry, *yole.*
    LAT. porro.

*

fast, *solide, fixé.*

to fetch, *aller chercher,*
    (atteindre à).

fast, *jeûne.*

*

to feed, *nourrir.*

food, *nourriture.*

father, *père* (ou nourricier).

fat, *gras.*

fodder, *nourriture* pour
    les bestiaux.

foster, *nourricier* (frère,
    père, sœur — de lait).

to foal, *mettre bas.*

filly, *pouliche.*

*

feud, *querelle.*

foe, *ennemi.*

*

to fight, *se battre.*

fit, *accès.*

*

fire, *feu.*

peat, *tourbe.*
    (GR. πῦρ).

*

foot, *pied.*

fetter, *chaîne.*
    (GR. πούς).

*

fore, *avant*.

(be)fore, *avant*.

first, *premier*.
further, *en outre*.
former (compar.) *premier*
(celui d'avant).
for, *pour*.

★

foul, *vil*.

filth, *ordure*.

★

fox, *renard*.

vixen, *mégère*, femelle du
renard.

★

flat, *plat*.

floor, *plancher*.
LAT. planus.

★

flax, *lin*.

fleece, *toison*.
(GR. πλέκω).

★

to flow, *couler*.

flood, *inondation*.
to float, *flotter*.

flush, *afflux*.

5.

fleet, *flotte.*

     LAT. fluo.

*

to fly, *voler.*

to flee, *fuir.*

to flag, *ondoyer* au vent.

flake, *flocon.*

to flaunt, *flatter,* se pavaner.

to fledge, *emplumer.*

to flinch, *déserter.*

to flare ⎫
to flicker ⎬ *scintiller.*

to flap, *battre des ailes.*

flurry, *coup de vent.*

to flutter, *battre des ailes.*

to flit, *voltiger.*

     LAT. volo.

flock, *troupeau* et *bande d'oiseaux.*

flea, *puce.*

fowl, *volaille.*

floe, *banquise* poussée par le vent.

to flay,

flag, *flasque* et *pendant.*

lap, *giron,* où le vêtement d'une personne est lâche et fait des plis.

*

fresh, *frais.*

frisk, *guilleret.*
to — *frétiller.*
brisk, *vif* et *piquant.*
LAT. frigidus.

★

Lettre d'une valeur très-particulière, quoique commençant moins de mots que *b* et *p*, deux des autres labiales, F indique de soi une étreinte forte et fixe, c'est devant les voyelles et les diphthongues : unie aux liquides ordinaires *b* et *r*, elle forme avec *l* la plupart des vocables représentant l'acte de voler ou battre l'espace, même transposé par la rhétorique dans la région des phénomènes lumineux, ainsi que l'acte de couler, comme dans les langues classiques ; avec *r* c'est tantôt la lutte ou l'éloignement, tantôt plusieurs sens point apparentés entre eux.

Fain, *aise,* et to — *désirer;* fair, *beau;* fan, *éventail,* allié au FR. *van;* to fall, *tomber,* LAT. fallo ; fallow, *fauve,* LAT. pallidus ; farrow, *portée de porcelets,* LAT. porcus ; to fawn, *se réjouir;* fear, *crainte;* to feel, *sentir;* fellow, *compagnon;* fen, *marais;* fennel, *fenouil,* LAT. fenum ; to fetch, *aller chercher;* few, *peu;* fickle et fidget, *instable;* fiddle, *violon,* LAT. fides ; field, *champ;* fiend, *démon;* file, *lime,* LAT. polio ; to fill, *remplir* (GR. πλέος), LAT. plere ;

film, *pellicule;* **fin**, *nageoire,* LAT. pen ; **finch**, *pinson,*
LAT. fringilla ; **fir**, *sapin;* **fist**, *poing,* LAT. fustis,
bâton; **fond**, *épris* de, LAT. vanus ; **flaw**, *fente;* **fleer**,
grimace; **flest**, *chair;* **to fling**, *darder,* LAT. fligo ;
flint, *pierre à flèche;* **to flirt**, *folâtrer;* **flog**, *fouetter,*
LAT. flagrum ; **to flounce**, et **flounder**, *se débattre;*
to flout, *se moquer de;* **to flow**, *couler,* LAT. fluo ;
flummery, *gelée;* **flunky**, *domestique en livrée;*
feather, *plume,* LAT. penna ; **fish**, *poisson,* LAT. piscis ;
foam, *écume;* **fog**, *brouillard;* **folk**, *gens,* LAT.
vulgus ; **to follow**, *suivre;* **fold**, LAT. plex — comme
dans *duplex;* **foot**, *pied* (GR. ποῦς) ; **foul**, *vil, bas,*
LAT. puteo ; **four**, *quatre;* **frame**, *forme,* LAT. forma ;
free, *livre;* **to freeze**, *geler* (GR. φρίσσω) ; **to fret**,
ronger; **friend**, *ami;* **frog**, *grenouille;* **from**, *de*
(ablat.) ; **to fumble**, *tâtonner* et — *maladroit;* **funnel**,
trou à air; **fur**, *fourrure;* **furze**, *ajonc;* **fuss**, *hâte*
et *tumulte;* **furrow**, *sinon,* LAT. forca, etc., etc.

G

to gabble, *criailler.*   gibberish, *baragoin.*

                                        to jabber, *bredouiller.*

*

gander, *jars.*

goose, *oie.*
goshawk, *l'autour.*

gosling, *oison.*
gannet, *boubie.*

⋆

gate, *porte.*

gait, *marche.*

⋆

to gather, *cueillir.*

together, *ensemble.*

⋆

to get, *obtenir.*
et beget, *produire.*

to guess, *deviner.*
to begin, *commencer.*
child, *enfant.*

(ini)got, *moule à métal.*
to jut, *saillir.*
(GR. χανδάνω).

⋆

to gird, *ceindre.*

garden, *jardin* (enceinte).

yard, *cour.*

⋆

to go, *aller.*

gang, *bande,* allant de concert.

goat, *chèvre* (sauteuse)

⋆

God, *Dieu.*

gossamer (GOD'S SUMMER),
fil de la Vierge.

gossip (GOD'S SIP, familier
de Dieu, nouvelliste) d'où
commère et *commé-*
rage.

gospel, (GOD'S SPELL, discours de Dieu) ou
l'Evangile.

*

gold, *or.*

yolk, et
yellow, *jaune.*

guilt(y), *coupable* (passible
de payer).
to **yeld,** *céder.*

*

gore, *sang versé.*

gore(crow) *corneille,*
qui se repait de sang.

*

glad, *aise.*

glee, *gaîté.*
glade, *clairière.*

to **glitter,** *étinceler.*
LAT. lœtus.

*

glare, *grande clarté.*
to — *éblouir, darder.*

garish (v. Angl. GARE)
     voyant.

to glance, *jeter un éclat,*
         un regard.
to glimmer, *luire.*
to glisten, *resplendir.*
glass, *verre.*

to gleam, *rayonner.*
glimpse, *clarté.*
glitter, *scintillement.*
gloss, *lustre.*
to glaze, *vernir.*
to leer, *regarder oblique-*
         ment.

*

to glide, *glisser.*

glede, *milan* (qui plane).

*

to glow, *briller.*

to blow, *s'épanouir.*
bloom, *en fleur.*
blossom, *épanouissement.*

blush, *rougeur.*
et **to —** *rougir.*
blood, *sang.*

*

to grasp, *vouloir saisir.*

to gripe, *agripper.*
to grab, *saisir.*

to grapple, *saisir,* à bras le corps.

★

grave, *tombe.*
de **to** — *graver.*

grove, *bosquet* (arbres taillés).

to groove, *creuser.*

★

to grind, *moudre.*

grin, *rire,* grinçant des dents.
grit et **grout,** *farines grossières.*
groats, *farine de gruau.*

grim, *lugubre.*
grist, *blé à moudre.*

★

to grope, *tâtonner.*

to grovel, *se vautrer.*

to grub, *creuser dans la boue.*

★

to grow, *croître, pousser.*

great, *grand.*
grass, *herbe.*
groats, *monnaie ancienne* (la plus grande d'alors).

green, *vert* (quand poussent
les feuilles).
to graze, *paître.*
Lat. cresco.
(Gr. χραίνω).

*

guile, *ruse.* **wile,** *artifice.*

*

G (tout en n'étant pas la lettre qui commande le
plus grand nombre de mots) a son importance, signifiant d'abord une aspiration simple, vers un point où
va l'esprit : que cette gutturale, toujours dure en tant
que première lettre, soit suivie d'une voyelle ou d'une
consonne. Ajoutez que le désir, comme satisfait par *l*,
exprime avec la dite liquide, joie, lumière, etc., et
que de l'idée de glissement on passe aussi à celle
d'un accroissement par la poussée végétale ou par tout
autre mode ; avec *r*, enfin, il y aurait comme saisie
de l'objet désiré avec *l*, ou besoin de l'écraser et le
moudre.

Gable, *pignon,* Lat. caput ; **goad,** *aiguillon ;* **gaff,**
une *gaffe ;* **to gag,** *fermer la bouche à ;* **gale,** *brise ;*

gall, *fiel* (Gr. χολη); **gallows**, *potence;* **game**, *jeu;*
gander, *jars,* Lat. anser, oie; **to gape**, *bayer;* **garb**,
mode; **to gasp**, *haleter;* **gher(kin)**, *cornichon;*
ghost, *fantôme*, esprit; **girl**, *fille;* **to give**, *donner;*
glair, *blanc d'œuf*, Lat. clarus; **glen**, *vallon;* **glib**,
poli, Lat. glaber; **to gloat**, *ouvrir grands les yeux;*
gloomy, *obscur;* **glove**, *gant;* **to glut**, *avaler gou-*
lument, Lat. glutio; **to gnarl; good**, *bon* (Gr. αγαθός);
gore, *sang coagulé*, Lat. cruor; **gorse**, *ajonc;* **gown**,
robe; **to greet**, *saluer;* **grisly**, *hideux;* **to groan**,
gémir; **groom**, *palfrenier*, Lat. homo; **guest**, *hôte;*
gum, *le palais;* **gust**, *coup de vent*, etc., etc.

J

to jangle, *se disputer.*   to jingle, *s'entre-choquer.*

to gingle, *tinter.*

*

jaw, *máchoire.*

to chew, *mácher.*
chin, *menton.*

cud, *chique.*

*

to jump, *sauter.*

to jumble, *jeter par la fenêtre.*

*

Très-rare, **J**, placé rien que devant une voyelle ou une diphthongue, y montre une tendance à exprimer ainsi quelque action vive, directe : plutôt qu'il ne possède à lui tout seul un de ces sens.

Jay, *geai;* jam, *confiture* (Gʀ. ζὼϽϬ); to jeer, *railler;* to jerk, *lancer* brusquement; jilt, *effrontée;* jab, *coup* avec un instrument pointu; jug, *cruche.*

C

I can, *je peux*.

to ken, *savoir*.
keen, *affilé*.
cunning, *rusé*.

noose, *nœud coulant*.
knoodle, *caboche*.

★

candle, *flambeau*.

to kindle, *enflammer*.

★

cap, *bonnet*.

cape, *couvre-chef*.
cob ou **cop**, *le sommet*.
cop(-loft), *grenier, mansarde*.

★

cat, *chat*.

kitten, *chaton*.
kid, *chevreau*.

to **kid**(nap), *voler un enfant.*

*

caudle, *brouet.*   to **coddle**, *mitonner.*

*

cave, *caverne.*   to **cove**, *voûter.*

*

chap, *gars.*   **chubby**, *joufflu.*

*

char, *tournée.*   **ajar**, *entre-baillé.*

*

cheap, *à bon marché.*   to **cope**, *échanger.*

*

check, *échec.*   **chess**, *échec* (jeu).
    cheque —

*

chat, *causerie,*   **chit-chat**, *caquet.*
et **to** — *jaser.*
to **chatter**, *jacasser.*

*

to **clasp**, *étreindre.*   to **clap**, *claquer* des mains.

*

to cleave, *fendre.*

claw, *griffe.*

cliff, *falaise.*
clift, *fente.*

*

to cleave, *s'attacher à,*
et to clog, *obstruer.*

clod, *motte,*
et clot, *caillot.*
cloud, *nuage.*
clay, *argile.*
to plod, *travailler ferme.*

clew ou clue, *peloton de
fil.*
to clay, *affadir.*
club, *bâton.*
clump, *bloc.*
lump, *tas.*
clumsy, *grossier.*

*

to climb, *grimper.*

to clamber, *grimper.*

*

clock, *horloge.*

to clack, *claquer.*
klick, *claque.*

to click, *faire tic-tac.*

*

to chop, *trancher*,
et — *côtelette*.

chip, *copeau*.

*

cold, *froid*.

cool, *frais*.
chill, *glacé*.
LAT. gelidus.

*

cole, *chou*.

kail, *chou*.

*

comb, *peigne*.

oakum, *étoupe*.

*

corn, *grain*.

kernel, *noyau*.

*

cow, *vache*.

kine, *vache*.

*

to cook, *cuire*.

cake, *gâteau*.

coke, *coke*, houille cuite.

*

crate, *caisse* à claire voie.

cratch, *crèche*.
crib, *mangeoire*.

cradle, *berceau*.
grate, *grille*.

*

crash, *fracas.*

crush, *éclat.*

to craze, *broyer.*

*

crane, *grue.*

cranberry, *canneberge,* baie à grue. (GR. γέρανος).

*

to creak, *crier,* comme sur des gonds.

crick, *spasme.*

*

to creep, *ramper.*

cribble, *bancroche.*

*

crowd, *foule.*

crew, *équipage* (maritime).

to cuddle, *se blottir* plusieurs ensemble.

cub, un des *petits* (du renard, etc.).

curd et — **dle,** *lait coagulé.*

*

to cry (for food) *pleurer* (pour demander à manger).

greedy, *gourmand.*

*

cudgel, *rondin.*   **cog,** *joute.*

★

cuckoo, *coucou.*   **gawk,** *dadais.*

★

Les mots en **C**, consonne à l'attaque prompte et décisive, se montrent en grand nombre, recevant de cette lettre initiale la signification d'actes vifs comme étreindre, fendre, grimper, grâce à l'adjonction d'une *l* ; et avec *r*, d'éclat et de brisure : *ch* implique souvent un effort violent et garde de cela une impression de rudesse, qui n'a rien de défavorable. Aux deux liquides et à l'aspirée, C initial s'allie principalement ; puis à celles des voyelles qui lui permettent de se faire dur (car *ce* — et *ci* — doux, initials, viennent de langues étrangères) : enfin à quelques diphthongues analogues. Nombre des mots très-significatifs, que commande, seule ou avec une consonne, cette gutturale C, sont des onomatopées faites par l'Anglais ou l'Anglo-Saxon, quelquefois même antérieurement, mais étrangères à la filiation qui rattache l'Anglais à des langues très-anciennes, voire à celles latine et grecque.

Calf, *veau* ; **to call,** *appeler,* allié à Fr. *hâler* ; **care,**

6

soin ; **to carve,** *découper ;* **to cast,** *jeter,* allié à Fr. *casser ;* **cheese,** *fromage ;* **to chide,** *gronder ;* **chicken,** *poulet ;* **chime,** *carillon,* Lat. campana ; **chin,** *menton,* Lat. gena (Gr. γένυς) ; **chink,** *fente ;* **chirp,** *gazouillis ;* **chit,** *rejeton ;* **to choke,** *étouffer ;* **clap,** *clappement ;* **chub,** *chabot,* Lat. caput ; **church,** *église* (Gr. κυριος) ; **churl,** *paysan ;* to **churl,** *tourner fort ;* **to clamber,** *grimper avec peine ;* **to clasp,** *embrasser ;* **clean,** *propre ;* **clear,** *clair,* Lat. clarus ; **clang** et **clink,** *choquer* ou *retentir,* Lat. clango ; **to clash,** *se heurter* (Gr. κλάζω) ; **cloth,** *drap,* Lat. claudo ; **clown,** *paysan* et — Lat. colonus ; **coals,** *charbon,* Lat. caleo ; **caugh,** *toux ;* **cod,** *morue* (Gr. γάδος) ; **cole,** *tige,* Lat. caulis ; **colt,** *poulain ;* **comb,** *peigne ;* **to come,** *venir ;* **cony,** *lapin,* Lat. cuniculus ; **to cook,** *cuire,* Lat. coquo ; **copper,** *cuivre* (Gr. κύπρος) ; **cork,** *liége,* Lat. cortex ; **cow,** *vache ;* **to cow,** *soumettre ;* **cowl,** *capuchon,* Lat. cucullus ; **crab,** *acerbe,* Lat. acerbus ; **to craft,** *saisir ;* **crag,** *rocher escarpé ;* **crate,** *manne ;* **craven,** *poltron ;* **craw,** *gésier ;* **to creep,** *ramper* (Gr. ἑρπω) ; **to crash,** *craquer ;* **to crush,** *broyer ;* **to craunch,** *grincer ;* **crow,** *corneille ;* **to croak,** *croasser ;* **crock,** *aiguière,* en faïence ; **cuff,** *claque* (Gr. κόλαφος) ; **to curl,** *enrouler ;* **custard,** *œufs, lait,* etc., Lat. caseus, *fromage,* etc., etc.

K

keg, *caque.*

kegde, *flotteur d'ancre.*

*

kin, *parenté.*

kind, *familier* et *bon.*

king, *roi*, père du peuple.

*

to kill, *tuer.*

to quell, *s'apaiser.*

*

to knit, *tricoter.*

knot, *nœud.*
LAT. nodus.

*

knop et knob, *nœud* du bois.

knuckle, *phalanges* (jointures).

*

Remplacée dans un grand nombre de mots par *c* dur, la gutturale K, là où elle subsiste, apporte assez généralement les sens de nodosité, de jointure, etc., mais en s'alliant à *n* et devenant muette au profit de cette nasale. Noter encore le groupe *kin, kind, king,* d'où ressort une notion de bonté familiale. Autres lettres d'appui, les voyelles *e* et *i* manquant à *c* qui (mis devant, ne serait pas dur), ainsi que les diphthongues qui procèdent d'*e* et d'*i*.

Keel, *cale ;* **to keep,** *garder ;* **kelp,** *cendres d'herbe ;* **kettle,** *bouilloire,* Lat. catillus ; **key,** *clé* (Gr. κλείώ), Lat. claudo ; **to kick,** *donner un coup de pied ;* **kidney,** *rognon ;* **to kiss,** *baiser* et — *un baiser ;* **kite,** *milan ;* **knacker,** *sellier ;* **knag,** *nœud du bois ;* **knave,** *coquin ;* **knee,** *genou ;* **knell,** *glas,* Bas-Lat. nola, *cloche ;* **knife,** *couteau ;* **knight,** *chevalier ;* **knock,** *coup,* etc., etc.

Q

to quake, *trembler.*　　　　**quag(mire),** *fondrière.*

quaggy, *marécageux.*

*

qualm, *étouffement* avec nausée.

squeamish, *dégoûté.*

queasy, ayant la *nausée.*

*

queen, *reine.*

wench, *donzelle.*
(Gr. γυνή).

*

Très-rare le Q, placé d'après notre langue après un *u*, tandis que l'usage primitif fut d'inscrire là un *w* : cette gutturale équivaut donc à *cw* ou *kw*, un son double et spécial, à ne mettre que devant des voyelles ou des diphthongues. La vivacité, la violence du mouvement, voilà (avec un détail très-particulier et très-divers) la signification que comporte habituellement ce digramme.

Quaff, *boire* à grands traits; queer, *bizarre;* quill, *plume* à fort tuyau (Gr. κοῖλος); quick, *vif*, Lat. vivo; quirk, *échappatoire;* quoit, *lancer* un palet; quoth, *dit-il*, Lat. (in)quit.

6.

S

to scatter, *éparpiller.*

to shatter, *briser* en morceaux.
LAT. scindo.

*

sea, *mer.*

seal, *veau marin.*

*

to sell, *vendre.*

sale, *vente.*
handsel, *arrhes.*

*

to set, *placer.*

to settle, *régler.*

*

to sit, *s'asseoir.*

to seat, *établir,*
et — *siége.*

*

to sew, *coudre*.

seam, *couture*.
seamstres, semptress et
     sempter, *couturière*.
LAT. suo.

*

shade, *ombre*.

shed, *hutte*, abri.
shoe, *soulier*.
shy, *timide*, ombrageux.
to shun, *éviter*.

shoulder, *épaule*.

*

to shake, *ébranler*.

to shackle, *enchaîner*,
et — s, *liens*.
to shiver, *voler en* éclats
     ou grelotter.

shock, *choc*.

*

shame, *honte*.
sham, *imposture*,
et to — *feindre*.

*

to shear, *tondre*.

to scare, *entailler*.
scar, *cicatrice*,
et to — *balafrer*.

scab, *croûte* sur la peau.
to scrabble, *gratter,*
                et *griffonner.*
to scrape, *gratter.*
scrap, *bribe.*
scrub, *frotter* sur,
et **rub,** *frotter.*
scrawl, *barbouiller.*

share, *part.*
to sheer, *dévier.*
shire, *comté.*
sheriff — et **shrievalty,**
                charge de —
shore, *rivage,*
to shave, *raser.*
shabby, *râpé.*
        LAT. scabies.

*

sheath, *fourreau.*   **shelter,** *abri.*

shield, *bouclier.*

*

shell, *coquillage.*   **shallow,** *banc de sable.*
shoal, *bas-fond.*
shelf, *rayon, planche.*
scall, *coquillage.*

scale, *plateau de balance.*
skull, *crâne.*

★

ship, *vaisseau.*

scupper, *dalot* (marine).

skiff, *esquif.*

★

to shoot, *déchocher,*
      et *s'élancer.*

shot, *coup.*
sheet, *feuille,* étendue, de
      papier, de drap, etc.
shuttle(cock), *coq* de clo-
      cher, *transpercé.*

to scud, *s'enfuir* précipi-
      tamment.
to scuttle, *courir* vite.

★

short, *court.*

shirt, *chemise.*

skirt, *pan.*
     LAT. curtus.

★

to shove, *pousser,* éloigner.

sheaf, *gerbe.*

shuffle, *poussée,* évasion.
to scuffle, *lutter* avec les
      mains.

★

to show, *montrer,*
et **to see,** *voir.*

to shine, *briller.*
sheen, *splendeur.*
sight, *vue.*

to gaze, *regarder* avec fixité.

★

shriek, *cri perçant,*
et **to —** *jeter un —*

to screech, *jeter un cri* à la façon des oiseaux de nuit.
shrill, *aigu.*

★

to skid, *diviser.*

skill, *discernement.*

shrike, *pie-grièche.*

★

to slaver, *baver,*

et **slab,** *visqueux.*

★

slack, *faible.*

to slake, *étancher, éteindre.*

slouch, *lourdaud.*
slug, *lambin.*
    LAT. laxus.

★

to slay, *assassiner.*

slaughter, *meurtre.*

sledge, *marteau d'en-clume.*

*

to sleep, *dormir.*

slumber, *assoupissement.*

*

to slent, *incliner,*
et to slide, *glisser,*
et to glide,

slope, *pente* et *biais.*
to — *aller en.*
sledge, *traîneau.*
to sled, *transporter en —*
to slink, *ramper.*
to slip, *glisser,*
et — er, *pantoufle.*
slab, *dalle,* pierre plate.

slight, *léger.*
slim, *svelte.*
slender, *mince.*
sleight, *rusé.*
sleek, *luisant* ou *lisse.*

*

to slit, *fendre.*

slice, *tranche.*

*

to smile, *sourire.*

to smirk, *sourire* avec
affectation.

to smite, *frapper* du poing.　　**smith,** *artisan* (et composés finissant, en français, par... *fèvre*).

smooth, *doux*, battre au marteau.

★

to snatch, *agripper.*　　**to snap,** *happer.*

★

to sneak, *ramper.*　　**snake,** *serpent.*

snail, *escargot.*

★

to sneer, *rire amèrement.*　　**to sneeze,** *étonner.*
to snore, *ronfler.*
to snivel, *brailler.*
to snarl, *grogner.*

to sniff, *respirer* du nez.
to snuff, *priser.*

★

to soak, *tremper.*　　**to sink,** *sombrer.*

★

sore, *blessé grièvement.*　　**sorrow,** *chagrin.*

sorry, *fâché.*
　　　LAT. severus.

★

to spell, *épeler.*

to spin, *filer.*

spike, *épi.*

spear, *lance.*

spat, *taper.*

spade, *bêche.*

to spit, *cracher,*
et — e, *salive.*

to spill, *verser* goutte à
goutte.

*

spindle, *fuseau.*
spider, *araignée.*

spill et spile, *allumettes
de papier.*

*

spoke, *jante.*
LAT. spica.

*

sparrow, *moineau* au bec
pointu.

*

spot, *lieu.*

spavin, *épervin.*

*

to paddle, *patouiller.*

*

to spatter, et (nasal)
squander, *éclabousser.*
sputter, *salive*, que plusieurs crachent en parlant.

7

to spout, *jaillir,*
et — *goulot.*

spawn, *frai.*
spume, *écume.*

★

split, *fendre.*

to splice, *épisser* (marine).

to splint, *faire éclater* et
se briser,
et to — er, —

★

to spread, *s'étendre.*

spray, *brindille.*
to sprout, *pousser.*

broad, *large.*

★

to spring, *jaillir,*
et — *source, printemps.*

to sprinkle, *arroser* et
bruiner.

springe, *lacs,* piége à ressort.

★

sprite et spright, *esprit,*
et *âme* ou *spectre.*

sprightly, *vif.*
Lat. spiritus.

★

spur, *éperon.*

to spurn, *mépriser.*

★

to squint, *loucher.*

askant et **askew,**
    Lat. scœvus.
    (Gr. σχαίος).

★

stairs, *escalier.*

stir(rup), *étrier.*

★

to stand, *se tenir.*

stem, *tige.*
    Lat. sto.
    (Gr. ἴστημι).

★

staff, *bâton.*

to stab, *blesser.*

★

stark, *franc,*
et (adv) *totalement.*

starch, *empesé.*

to starve, *mourir d'ina-
    nition,* ou *roide
    de froid.*

★

steam, *vapeur.*

damp, *humide.*

★

steel, *acier.*

stal(wart*), *hardi.*

★

step, *pas.*

stamp, *cachet, empreinte.*

★

stick, *trouer* et *coller.*

steak, *tranche.*
stich, *point* (à l'aiguille).

stake, *pieu.*
stock, *souche.*
stockings, *bas,* qui couvre
les jambes.

★

still, *tranquille.*

to steal, *dérober.*

★

to stink, *puer.*

stench, *puanteur.*

★

to stint, *s'arréter, cesser.*

stunt, *rabougri.*

★

to stir, *exciter.*

to steer, *gouverner*
(marine).

storm, *orage.*
star(board), *tribord.*

★

* FERTH, esprit, en A. S.

stone, *pierre.*

stool, *escabeau.*

to stow, *ranger.*

*

to stoop, *se pencher.*

to steep, *tremper.*

*

stove, *poële.*

to stew, *faire cuire* à l'étuvée.

*

straight, *droit.*

to stretch, *s'étendre.*

*

to stray, *errer,*

to straggle, *rôder.*

*

to strew, *joncher,* et **strow**.

straw, *paille,*

straw(berry), *fraise,* baie jonchant le sol.

*

to stride, *marcher* à grands pas, et — *enjambée.*

to straddle, *enfourcher.*

*

to strike, *frapper.*

to streak, *bigarrer.*

stroke, *coup.*

*

to stripe, *rayer.*   strip, *bande.*

★

strong, *fort, musculeux.*   strength, *force.*

string, *corde.*

★

strap, *courroie,*
et to — *fouailler.*   strop, *cuir à repasser*
un tranchant.

★

stub, *souche.*   stubble, *chaume.*
stubborn, *entêté.*

stump, *tronçon.*
LAT. stipes.

★

stud, *haras.*   steed, *coursier.*

★

to stuff, *rembourrer.*   stiff, *roide.*
to stiffle, *suffoquer.*

to stop, *arrêter* et *boucher.*
stopple, *bouchon.*
LAT. stipo.

★

to stun, *étourdir.*   astound, *abasourdi.*

★

sup, *goutte*,
et to — *boire* à petits coups.

to sip, *buvoter.*
to sop, *faire une trem-pette.*
et — *morceau trempé.*

supper, *souper.*

*

to sunder, *séparer.*

sundry, *divers.*

*

sweet, *doux.*

to soothe, *flatter* et *caresser.*
LAT. suavis.

*

to swallow, *avaler.*

to swill, *boire* à longs traits.

*

to swash, faire *clapoter* de l'eau.

to splash, *éclabousser.*

to wash, *laver.*

*

swathe, *maillot.*

swaddle, *langes.*

*

to sweep, *balayer.*

to swoop, *fondre sur.*

to wipe, *essuyer.*

to swelter, *accabler de chaleur.*

sultry, *suffocant.*

*

swift, *rapide.*

swivel, *pierrier.*

*

swine, *porc.*

sward, *gazon,* pareil aux soies du porc.

*

to swim, *nager.*

to swindle, *escroquer.*

sound, *détroit,* puis *vessie de poisson.*

*

S, presqu'autant qu'*r*, prétend à la première place entre les consonnes. Son importance grammaticale et le nombre extraordinaire de mots qu'elle commande, voilà les titres qu'objecte cette lettre à sa rivale; outre un bien plus grand, qui est de s'unir à presque toute la liste des consonnes et de former, avec l'aspirée (*h*), un son nouveau. Que de significations différentes il va résulter de ces alliances continuelles et diverses, cause de la multitude des vocables ayant la sifflante pour do-

minante, en une langue surtout qui ne possède pas à
l'origine de *c* doux initial ! Pour tout saisir, il sied
d'étudier la lettre en elle-même d'abord ; puis ses diverses combinaisons. *S*, seule, n'a presque pas d'autre
sens que celui très-net de placer, d'asseoir, ou, tout
au contraire, de chercher : or, à part la notion de séparer, rencontrée non loin de celle de parité, les autres
(auxquelles on s'attend) ne se dessinent que grâce à
l'adjonction de *w (en sw)*, c'est rapidité et quelquefois
gonflement ou absorption ; de *c (en sc)*, c'est scission,
éparpillement, entaille et tondaison, ou frottement et
bribes, ébranlement fort, plusieurs de ces derniers sont
fournis par *h (en sh)*, dégénérescence alors d'un *sc*
Anglo-Saxon. *Sh* donne encore, avec netteté, jet lointain, mais plus souvent ombre, honte, abri et, contra-
dictoirement, action de montrer, par laquelle vous revenez à l'acte pur et simple de voir, avec *s* seul. *St*
est l'une des combinaisons qui, dans beaucoup de langues, désigne stabilité et franchise, trempe, dureté et
masse, montrant ainsi la parenté de ces idiômes ; enfin
incitation, le sens principal peut être de la lettre *s* :
st s'adjoint même *r (en str)* pour dire force, élance-
ment et par suite errer et joncher. Spéciales à l'Anglais,
si l'on compare du moins celui-ci au Français, au Latin,
et même parfois au Grec, apparaissent les initiales :
doubles soit avec une linguale pure ou une nasale,
comme *sl* (*sr* n'existe pas) *sm*, *sn*, soit avec une labiale,
comme *sp ;* triples, comme *sp* avec *l* et *r*. *Sc* ainsi que
sn, rejetés par le Français notamment, ne se présentent
en Anglais que sous un mauvais jour : ici montrant
les idées de faiblesse et de lâcheté, d'inclinaison et de

glissement, puis soudain celles de fendre ou bien d'un crime ; et là de perversité rampante comme chez le serpent, de piége et de faux rire. Les bons sentiments apparaissent fréquemment par le fait de *sm*, ceux qu'impliquent le sourire et le travail honnête, ou de *sp*, ceux d'un travail très-fin ; ainsi, du reste, que le sens d'objets nets et affilés ou d'un endroit quelconque précis : enfin *spr* et *spl* témoignent l'un du jaillissement de tout ce qui point à la vie, s'étend et se développe, l'autre se rattache à la notion principale de fente.

Z n'existe pas, en Anglais, comme lettre initiale.

Sack, *sac*, Lat. saccus ; **to sack**, *mettre à sac* (Gr. σαξις) ; **sad**, *triste*, Lat. sedo ; **saddle**, *selle*, Lat. sedula ; **sail**, *voile* ; **sake**, *but, cause* ; **sallow**, *saule*, Lat. salix ; **salt**, *sel*, Lat. sal ; **same**, *semblable*, Lat. similis (Gr. ὁμός) ; **sand**, *sable* (Gr. ψάμαθος) ; **sap**, *sève*, Lat. succus (Gr. οπος) ; **to say**, *dire* ; **scabbard**, *fourreau* ; **scant**, *modique* ; **scar**, *escarre* ; **to scare**, *épouvanter* ; **scarf**, *écharpe* ; **to scold**, *gronder* ; **to scout**, *rejeter* ; **to scowl**, *se renfrogner* ; **to scramble**, *jouer des pieds et des mains* ; **to scream**, *crier sur un ton aigu* ; **screw**, *vis* ; **scythe**, *faucille*, Lat. scio ; **to sear**, *dessécher* (Gr. ξήρος) ; **seed**, *semence* ; **to seeth**, *chercher*, Lat. sequor ; **to seem**, *sembler* ; **to seeth**, *faire bouillir* (Gr. ἕζω) ; **seldom**,

rarement; **self,** *soi-même,* Lat. se ; **to send,** *envoyer;*
seven, *sept,* Lat. septem ; **shaft,** *dard* (Gr. σκηπρον);
shag, *hérissé;* **I shall,** *je dois;* **shamble,** *stalle d'un*
boucher, Lat. scabellum ; **shape,** *forme;* **she,** *elle;* **to**
shed, *verser;* **sheep,** *mouton;* **sheer,** *pur;* **shower,**
averse; **shred,** *lambeau;* **shrew,** *revêche;* **shrimp,**
crevette; **shrine,** *écrin;* **to shrink,** *se recroqueviller;*
shroud, *suaire;* **shrive,** *confesser;* **shrub,** *broussaille,*
ronce ; **to shrug,** *hausser les épaules;* **to shudder,**
tressaillir; **to shut,** *fermer;* **side,** *côté,* Lat. sidus ; **silk,**
soie, Lat. sericum ; **silly,** *sot;* **silver,** *argent;* **sin,** *péché,*
Lat. sons ; **since,** *depuis que;* **sinew,** *tendon;* **to sing,**
chanter; **sister,** *sœur,* Lat. soror ; **six,** *six,* Lat. sex ;
skate, *patin;* **skin,** *peau;* **to slur,** *souiller;* **small,**
petit; **to smear,** *oindre;* **smoulder,** *brûler lentement;*
to snap, *mordre;* **snare,** *piége;* **snow,** *neige;* **so,** *ainsi,*
Lat. sic ; **soap,** *savon,* Lat. sapo ; **sock,** *soc,* Lat. soccus ;
soft, *doux;* **some,** *quelque;* **soon,** *bientôt;* **soul,** *âme;*
sound, *sain,* Lat. sanus ; **to sow,** *semer,* Lat. sero ;
spark, *étincelle,* Lat. spargo ; **speck,** *tache;* **speed,** *hâte*
(Gr. σπεύδω) ; **spell,** *charme;* **to spend,** *dépenser,* Lat.
expendo ; **spire,** *clocher* (Gr. σπειρα) ; **spit,** *broche;*
spleen, *rate,* Lat. splen (Gr. σπλήν) ; **spoon,** *cuillère;*
stalk, *tige* (Gr. στέλεχος) ; **star,** Lat. stella (Gr. ἀστήρ);
to stare, *regarder fixement;* **to start,** *parler;* **stead,**
lieu; **steer,** *veau,* Lat. taurus ; **to squabble,** *se que-*
reller; **to squat,** *s'accroupir,* Lat. coactus ; **to squeeze,**
pressurer; **stag,** *cerf;* **stagger,** *vaciller;* **stern,** *grave;*
to sting, *piquer;* **stork,** *cigogne;* **strand,** *rivage;*
stream, *courant;* **to stroll,** *rôder;* **to struggle,** *lutter;*
to stumble, *trébucher;* **stutter,** *hésiter en parlant;*

summer, *été;* **sun**, *soleil;* **swain**, *paysan;* **swan**, *cygne;* **swarm**, *essaim;* **swarthy**, *noir;* **to swear**, *jurer;* **to sweat**, *suer*, Lat. sudo; **to swell**, *s'enfler;* **swoon**, *s'évanouir*, etc., etc.

D

day, *jour.*

dawn, *aurore.*

⋆

damp, *humide*, et

dank, —

dumps, *humeur mauvaise.*

⋆

dear, *cher.*

darling, *chéri.*

⋆

deck, *toit* et *pont de vaisseau.*
to — *couvrir.*

thatch, *chaume.*
     Lat. tego.

⋆

to deal, en *user* avec.

ordeal, *ordalie* (épreuve).

*

dew, *rosée.*

to daggle, *s'humecter.*

*

to dip, *plonger.*

to dive, —
dove, *colombe* (oiseau dont le vol plonge).
dipdapper, *plongeon* (oiseau).

deep, *profond.*
to dibble, *planter.*
dibber
ou dipple } *plantoir.*
dimple, *fossette.*
duck, *canard.*
to dap, *frapper* (avec quelq. chose de doux ou d'humide).
steep, *précipice.*
to — *plonger.*

*

to die, *mourir.*

death, la *mort.*

*

to dig, *creuser.*

ditch, *fosse.*

dock, *bassin.*

*

dim, *obscur*.

dun, *brun foncé*.
donkey, *baudet*.

dingy, *sombre*.

★

disc, *disque*.

desk, *pupitre*.

★

dog, *chien*.

to dodge, *suivre* comme
un chien.

★

down, *colline*.

down, *en bas*.

★

doze, *s'assoupir*.

dizzy, *étourdi*.

to dazzle, *éblouir*.

★

dull, *lourd* et *terne*.

dolt, *lourdaud*.
dill, *aneth*, plante calmante.

dwale, *ombre* hébétante de
la nuit.

★

drop, *goutte*.
to — *laisser tomber*.

drip, *dégoutter*.
to droop, *tomber* languis-
samment.
to drizzle, *bruiner*.
drivel, *bave*.

to — *baver.*

dribble, *s'égoutter.*
to drowse, *s'assoupir.*
to drain, *faire s'écouler.*

*

dry, *sec.*   drought, *sécheresse.*
to — *sécher.*   drug, *drogue,* herbe séchée
                                          et médicinale.

*

drab, *gris-brun.*   draff et dregs, *marc* et *lie.*

*

to draw, *tirer.*   to drag, *traîner.*
                            to drudge, *travailler* sans
                                          relâche.
                            dray, *camion.*

                            draught et draft, *trait.*
                            dredge, *drague.*

*

to drive, *pousser,* mener   drove, *troupeau* poussé.
des bêtes.

*

to drink, *boire.*   drench, *boisson.*
                            to — *tremper.*

*

D, en tête de vocable très-nombreux, s'unit à toutes les voyelles; pas à *l*, mais à *r*, enfin à *w*. Seul, il exprime une action suivie et sans éclat, profonde, comme plonger, creuser, ou tomber par goutte, ainsi que la stagnation, la lourdeur morale et l'obscurité; avec *r*, c'est l'effort prolongé dans un sens ou dans l'autre, ou pousser ou tirer. Les Mots Isolés n'ajoutent rien de nouveau à ces impressions extraites de chacune des Familles; mais les confirment simplement. Appartiennent à cette dentale (de signification si évidente que, l'une des plus importantes du Dictionnaire, elle se contente d'une notice toute sommaire) les Mots Isolés :

Dad, *papa;* **dainty**, *délicat;* **dale**, *vallée*, LAT. dens; **to dally**, *baguenauder;* **to dangle**, *pendiller;* **dapper**, *pétulant;* **to dare**, *oser;* **dark**, *sombre;* **to darn**, *repriser;* **darnel**, *ivraie;* **to dash**, *jeter;* **dast(ard)**, *poltron;* **daughter**, *fille* (comme GR. θυγάτηρ); **death**, *mort* (GR. θάνατος); **deaf**, *sourd;* **dear**, *cher;* **deer**, *daim;* **den**, *antre;* **dim**, *obscur;* **dint**, *force;* **dirt,** *sale;* **to do**, *faire;* **to dock**, *écourter;* **doe**, *femelle du daim;* **door**, *porte* (GR. θύρα); **dot**, *point;* **dough**, *pâte;* **dough(ty)**, *vaillant;* **to douse**, *plonger;* **down**, *duvet;* **drake**, *jars;* **to drawl**, *languir;* **to dream**, *rêve, rêver;* **drear**, *lugubre;* **drill**, *sillon;* **dross**, *rouille, déchet;* **drub**, *volée de coups;* **drum**, *tambour;* **to drone**, *bourdonner;* **dumb**, *muet;* **dung**, *fiente;*

dusk, *crépuscule ;* dust, *poussière ;* dwarf, *nain ;* to dwell, *demeurer ;* to dwindle, *diminuer ;* to dye, *teindre,* etc., etc.

T

to take, *prendre.*

tack, *clou.*
tackle, *ustensiles.*
taggle(-ergot), *éperon.*

*

tar, *goudron,*
    d'où *matelot.*

tar(paulin*), *bâche* de voiture.

*

to tear, *déchirer.*

to tire, *fatiguer.*
    LAT. tiro.
    (GR. τείρω).

*

* PAULIN comme PALL.

to teem, *produire.*

team, *attelage* de plusieurs bêtes de même espèce.

★

to tell, *dire.*

tale, *conte.*

to talk, *causer.*
to tattle, *jacasser.*

★

ten, *dix.*

tithe, *dixième.*
twenty (two et **ten),** *vingt.*
thousand, *mille.*

★

that, *ce - là,*
puis **there** (datif), *là,*
et **than** (accus.) *que,* du comparatif.

this, *ce - ci.*
the, *le, la, les.*

then, *alors.*
though, *quoique.*

★

thee, *toi.*

thy, *ton, ta, tes.*

★

thigh, *cuisse.*

thew, *muscle.*

★

thin, *mince.*

tiny, *mignon.*

★

to think, *penser*.

thing, *chose*.
to thank, *remercier*.

*

three, *trois*.

third, *troisième*.

*

thrash, *battre le grain*.

thresh(hold), *seuil* de pierre
comme l'aire.
LAT. trituro.
(GR. τείρω).

*

to thwart, *contrecarrer*.

through, *à travers*.
thorough, *tout à travers*. .
LAT. trans.

*

tick, *mite*.

to tickle, *chatouiller*.

*

to tie, *lier*.

tight, *serré*,
et to tighten, *serrer*.

tire, *bande de roue*.

*

to till, *labourer*. .

till, *jusqu'à ce que*.
still, *encore*.

to toil, *travailler dur.*
tool, *outil.*
> (Gr. διδημι pour δεώ).

tiller, *barre* (marine).
de **till**, *tronc.*

*

tip, *bout,*
ou **top.**

to topple, *jeter d'en haut.*

*

to tipple, *se griser.*

tipsy, *gris.*

*

tit, *petit.*

tit(mouse*) et
tit(lark), tit(ling),
> *moineau.*

(tom)tit, *mésange.*

tittle-tattle (redupl.), *ba-
vardage oiseux.*

*

to, *à.*

too, *aussi.*

*

toad, *crapaud.*

tad(pole**), *têtard.*

---

* Mot hollandais autre que MOUSE, *souris.*
** POLE comme Gr. πωλος et LAT. pullus.

toady, *sycophante*, comme avaleur de crapauds.

*

to trail, *traîner*.

to trawl, *filet* de fond.

*

to tread, *fouler*.

trudge, *voyage à pied*.
treadle et treddle, *pédale*
et *plate-forme* d'une
machine.

trade, *commerce, chemin
battu*.

*

thrush, *grive*.

throstle, *tourde*.
LAT. turdus.

*

trough, *auge*.

tray, *plateau*.
LAT. trudo.

*

true, *vrai*.

truth et troth, *vérité*.
to (be)troth, *fiancer*.
to trow, *croire* comme vrai.
truism, *vérité évidente*.

to trust, *se confier à*.
truce, *trêve sur parole*.

*

to tug, *tirailler.*   **tough,** *dur, coriace.*

                                            tow, *toue.*
                                            et **to** — *remarquer.*

                                                        *

to turn, *tourner.*   **trundle,** *roue.*
et — *tour.*   et **to** — *rouler.*

                                                        *

to tinkle, *tinter.*   **tinker,** *chaudronnier.*

                                                        *

T initial règne sur un grand nombre de mots dont
beaucoup s'assemblent presque d'eux-mêmes en Familles : cette lettre, qui représente, entre toutes, l'arrêt,
(comme *s*, le jet indéfini), s'appuie à chaque voyelle et
à chaque diphthongue, et admet, comme unique combinaison, celle que lui présente *r*. Un son, absolument
nouveau pour nous et pour le Latin, mais connu du
Grec, le *th* fort ou doux, acquiert en Anglais le sens le
plus net : celui d'objectivité. Chose et pensée, toi, enfin
tous les démonstratifs et l'article commencent ainsi.
La signification fondamentale de fixité et de station-
nement, exprimée admirablement par la combinaison
st (voir *s*), se trouve très-souvent ramenée ici par cette
notion d'objectivité qui se manifeste tout entière avec *th :*
c'est donc prendre, produire, dire, où des actes variés

comme lier, labourer, etc. *Tr* ne diffère pas sensible-
ment, si ce n'est une fois, en transportant la notion de
stabilité dans le domaine moral, pour former le groupe
vérité et confiance : enfin, il aboutit au sens de fouler
aux pieds.

Tail, *queue;* tall, *grand;* tallow, *gras* (des animaux);
to tame, *dompter* (Gr. δαμιαζω); to tangle, *mêler;*
taper, *cierge;* target, *petit bouclier,* Lat. tergus; to
tarry, *tarder,* Lat. tardus; to teach, *enseigner,* Lat.
doceo; to tear, *pleurer* et tear, *larme* (Gr. δαχρυω);
to tease, *taquiner;* tarn, *toison,* Bas-Lat. sterna;
thaw, *dégel;* thick, *épais;* to thieve, *voler* et thief,
voleur; thin, *mince,* Lat. tenuis; thirst, *soif,* Lat.
torreo; thistle, *chardon;* thorn, *épine;* thread, *fil;*
threaten, *menacer;* throb, *tressauts au cœur;* throng,
foule; to throw, *jeter;* to thrust, *fourrer,* Lat. trudo;
thunder, *tonnerre,* Lat. tonitru; thus, *ainsi;* tide,
marée; timber, *bois de construction,* Lat. domus (Gr.
δέμω); time, *temps* (Gr. τεμνω); toe, *orteil,* Lat.
digitus; token, *gage,* Lat. doceo (Gr. δείχνυμι); toll,
péage, Lat. telanium; tongs, *pincette;* tongue, *langue;*
tooth, *dent* (Gr. ὀδούς); to toss, *secouer;* tower, *tour,*
Lat. turris; town, *ville;* toy, *jouet;* to tramp, *fouler*
au pied; trash, *sans valeur;* triffle, *bagatelle;* to
trim, *border;* turf, *gazon,* Lat. turba; tusk, *défense*
(de bête), etc., etc.

H

hair, *poil* et *chevelure.*

hoar, *chenu.*
hare, *lièvre.*

*

hamper, *manne* (panier).

hammer(cloth), *housse* et *bâche.*

hound, *limier.*
LAT. hirtus.

*

hand, *main.*

to handle, *manier.*

handy, *adroit.*
haudsome, *beau.*

*

to hap et **happen,** *arriver,* et — *chance.*

(per)haps, *peut-être.*

happy, *heureux.*

*

to hash, *hacher menu.*

to hack, *casser l'œuf.*
to hatch, *éclore* et *couver.*

*

to hasten, *se hâter.*

fast, *vite.*
    LAT. festino,

*

hawk, *faucon.*

to haggle, *marchander,*
    chipoter.

*

to have, *avoir.*

haft, *ce qu'on tient.*

it behoves, *il convient.*
    LAT. habeo.

*

haven, *havre.*

awning, *baune, pavillon.*

*

he, *il.*

his, *son, sa, ses* (*à lui*).
him, *lui.*

their, *leur.*

*

8

head, *tête.*

hood, *chaperon.*

*

to hear, *entendre.*

to heark, *en écouter.*

*

to heave, *élever* et *sou-lever.*

heavy, *lourd.*

heaven, *ciel,* ce qui est élevé.

*

hedge, *haie.*

hauthorn, *aubépine,* disposée en haie.

to hug, *étreindre.*

*

herb, *herbe.*

arbour, *parc,* où se montre l'herbe.

*

heriot, *tribu* de guerriers.

herrings, *harengs.*

*

to hide, *cacher.*

to heed, *protéger.*

hose, *bas.*

*

high, *haut.*

height, *hauteur.*
huge, *vaste.*

hunch,

et **huckle,** *bosse.*

hank, *poignée d'éche-*
veaux.

hackle, *filasse.*

to hang, *pendre.*

to hook, *accrocher,*

et — *crochet.*

hinge, *gond.*

Lat. uncus.

*

hind et **(be)** — *derrière.*

to hinder, *empêcher.*

*

hob, *tête* (d'un clou, par
exemple).

to hop, *sauter, aller* à
cloche-pied.

hobby, *dada.*

to hobble, *clocher* (verbe).

hob(-goblin), *personnage*
rustique, lutin,

et **hub,** *rustre.*

*

hole, *trou.*

hollow, *creux.*
(Gr. χοῖλος).

*

holy, *saint.*

to heal, *guérir,*
et **health,** *santé.*
healthen et **hoiden,** *gar-
çonnière.*
hail, *salut,* comme en Latin
vale.

hallow, *consacré.*
hale, *robuste.*
whole, *entier.*

*

holly-hock, *rose trémière.*
holi(dom), *Sainte Vierge.*

wassail, *liqueur,*
et **to —** *faire fête.*

*

hog, *cochon,*

et **sow, —**

*

to hold, *tenir.*

hilt, *poignée d'épée.*
hold, *frise.*

to hull, *flotter* au gré du
vent.

*

house, *maison.*

hus(band*), *mari.*

* Possesseur, en A. S.

hustings, *lieu du vote.*

LAT. casa.

*

hough et hock, *jarret.*   to hockle, *couper le jarret.*

*

to howl, *hurler.*   to yell, *hurler.*

LAT. ululo.

*

to hum, *bourdonner.*   humble(bee), *chevre-*

feuille.

to hint, *suggérer.*

*

hump, *bosse.*   hom(moch), *monticule.*

*

Doit-on accorder à H, appuyée forcément sur une voyelle ou sur une diphthongue, la même valeur qu'à toute autre consonne ; oui, puisqu'à de rares exceptions près, cette lettre s'aspire au commencement des mots aussi distinctement qu'éclate ou se prolonge toute autre articulation de l'alphabet. *H* traduit, quoique avec quelque vague, un mouvement direct et simple comme

8.

le geste de tenir avec la main, hâtivement même ; et
le cœur ou la tête, ce qui *se cache derrière*, oui, mais
ce qui *s'élève* très-haut, enfin puissance et domination.
Ces caractères, ici plus que jamais, se révèlent dans les
Familles ; pour disparaître un peu dans les Mots Isolés.

Hag, *sorcière* (Gr. ἅγιος) ; **hail,** *grêle* (Gr. χάλαζα) ;
half, *moitié ;* **ham,** *jambon ;* **ham(mer),** *marteau ;*
hamper, *panier ;* **hard,** *dur* (Gr. χαρτός) ; **harm,** *mal ;*
harrow, *herse ;* **harsh,** *rude ;* **hart,** *cerf* (Gr. κέρας) ;
harvest, *moisson,* Lat. carpo ; **hat,** *chapeau ;* **to hate,**
haïr ; **havoc,** *dévastation ;* **hawk,** *faucon ;* **to hawk,**
colporter ; **hedge,** *haie ;* **heel,** *talon,* Lat. calx ; **to heel,**
incliner, Lat. clino ; **heifer,** *génisse ;* **hell,** *enfer ;* **to
help,** *aider ;* **helve,** *un manche ;* **hem,** *bord ;* **hemp,**
chanvre, Lat. cannabis ; **hence,** *d'ici,* Lat. hinc ; **her,**
son, sa, ses (à elle), et **hers,** *le sien,* etc. ; **herd,** *trou-*
peau ; **hay,** *foin ;* **hazel,** *noisetier,* Lat. cosylus ; **he,** *il ;*
his, *son, sa, ses (à lui) ;* **head,** *tête,* Lat. caput (Gr.
κεφαλή) (rapprochement sensible, par exemple, à travers
kaupt, Allemand) ; **to hear,** *entendre,* Lat. auris,
oreille ; **heart,** *cœur,* Lat. cor (Gr. καρδία) ; **heat,**
chaleur (Gr. αἴθω) ; **heath,** *bruyère ;* **to hew,** *couper ;*
high, *haut ;* **hill,** *colline,* Lat. collis ; **hind,** *femelle*
du cerf ; **hind,** *membre d'une famille ;* **hire,** *louer*
(avec ou sans bail) ; **to hit,** *frapper ;* **hitch,** *osciller,* allié
à Fr. *hochet ;* **hive,** *essaim, ruche ;* **hoarse,** *rauque ;*

hod, *hotte ;* hog, *cochon ;* to hoist, *hisser ;* holly, *houx ;* holm, *îlôt de rivière ;* holt, *poulain,* LAT. silva (GR. ὕλη); home, *chez soi ;* hone, *pierre à aiguiser* (GR. ἀκονη); honey, *miel ;* hoof, *sabot* (du cheval, etc.) (GR. ὁπλή); hope, *espoir,* et to — *espérer ;* horn, *corne,* LAT. cornu; horse, *cheval ;* hovel, *cabane ;* to hover, *planer ;* hurdle, *claire ;* to hurry, *hâter ;* to hustle, *se ruer,* etc., etc.

L

to lag, *traîner,* et — *dernier.*

to lug, *tirer* (l'oreille).

luggage, *bagage,* tiré après soi.

to lack, *manquer.*

'lank, *mou.*

slack, *lent.*

to loiter, *s'attarder.*

to lounge, *flâner.*

LAT. langueo.

(GR. λαγαρος).

★

land, *terre.*

lawn, *pelouse.*

lane, *sente.*

★

laity, *les laïques* ou *lais.*

lewd, *licencieux.*

★

to lay, *placer,*
et to lie, *gésir.*

ledge, *rayon où placer.*
— er, *grand livre* où l'on couche par écrit.
lea ou ley, *couche* d'herbe.
lair, *tanière.*

low, *bas.*

★

to lead, *conduire.*

lode, *filou.*

★

to leap, *sauter.*

to elope, *se sauver.*

★

to leave, *laisser.*
et — *congé.*

(be)lieve, *croire.*

(fur)lough, *congé.*
(e)leven et (twe)lve, *onze*
et *douze* (one et two avec
leave).

★

to **learn,** *apprendre.*

lore, *science.*

*

less, *moindre* ou *moins.*

puis **least,** *le moindre* ou *le moins,*
et **lest,** *de crainte que.*
little, *petit.*

to **lose,** *perdre.*
to **loose,** *relâcher.*
et — *lâche.*

*

to **let,** *laisser.*

to **lade,** *écoper.*

*

to **lift,** *hausser.*

loft, *élevé.*
luff, *loffe,*
et **to** — *loffer.*

loof et **aloof,** *au loin.*

*

light, *léger.*
to — *descendre,*
et **to** — **(en),** *alléger.*

lights, *poumons* (des bêtes).

lighter, *bateau* à décharger.

*

light, *lumière.*

look, *regard,*
et **to —** *regarder* et *paraître.*

* * *

lime, *chaux* et *glu.*

loam, *sol boueux.*

* * *

linen, *linge.*

linnet, *linot,* qui se nourrit
des graines du lin.
LAT. linum.

* * *

linden, *tilleul.*

lime-tree, *limonier.*

* * *

to list(en), *écouter.*

to lust, *désirer.*
et **—** *désir.*

* * *

loaf, *pain entier.*

lammas, *fête* (ou masse) *des
primeurs.*

lord, *seigneur,* qui fournit
le pain.
LAT. libum.

* * *

long, *long.*

length, *longueur,*
et **to —** **(en),** *s'allonger,*

d'où **lent**, *carême*, où les jours s'allongent.

to ling, *s'allanguir*.

*

love, *amour*,
et **to —** *aimer*.

le(man), *homme aimé.*

lief, *cher, aimé.*
Lat. libeo.

*

lull, *calmer* par le chant, *bercer.*

lullaby, *berceuse* (chant).

*

lump, *tas* et *morceau.*

lunch,
et **—** **eon**, *goûter.*

*

L, ne pouvant s'unir à l'autre liquide *r*, ni en tant que consonne initiale se redoubler, frappe, au commencement des mots, toujours une voyelle ; et apparaît donc là dans toute son intégrité. Cette lettre semblerait parfois impuissante à exprimer par elle-même autre chose qu'une appétition point suivie de résultat, la

lenteur, la stagnation de ce qui traîne ou gît ou même
dure ; elle retrouve, cependant, de la spontanéité dans
des sens comme sauter et tout son pouvoir d'aspiration
avec ceux d'écouter et d'aimer, satisfait par le groupe
le *loaf* à *lord :* noter aussi liaison et analogie.

Ladder, *échelle ;* **lamb,** *agneau ;* **lame,** *faible ;*
lar(board), *babord, à gauche* en venant du gouvernail ;
lark, *alouette ;* **to last,** *durer ;* **last,** *cargaison ;* **late,**
tard, et **last,** *dernier ;* LAT. lassus ; **to laugh,** *rire ;*
law, *loi,* LAT. lex (GR. λέγω) ; **lay,** *chant ;* **lazy,** *paresseux,* LAT. lassus ; **lead,** *plomb ;* **to lead,** *conduire ;*
leaf, *feuille,* **to lean,** *pencher* (GR. κλίνω) ; **to leap,**
sauter ; **leasing,** *mensonges ;* **leather,** *cuir ;* **leech,**
sangsue ; **left,** *gauche,* LAT. lœvus ; **leg,** *jambe ;* **to
lend,** *préter,* et **loan,** *prêt ;* **to let,** *laisser ;* **level,** *ni-
veau,* LAT. libra ; **to lick,** *lécher* (GR. λείχω) ; **lid,** *pau-
pière,* LAT. claudo ; **lie,** *mensonge,* et **to — ** *mentir ;*
like, *égal* (GR. λίκος) ; **to like,** *aimer ;* **limb,** *membre ;*
limp, *vaporeux* et *faible ;* **link,** *joint, chaînon ;* **lip,**
lèvre, LAT. labium ; **to lisp,** *chuchoter ;* **lithe,** *flexible,*
LAT. lenis ; **to live,** *vivre ;* **liver,** *foie ;* **to lead,** *charger ;*
to loll, *s'éteindre ;* **loom,** *manche ;* **to loom,** *luire de
loin ;* **loop,** *trou ;* **lorry,** *charrette ;* **louse,** *pou ;* **lout,**
grossier ; **to lower,** *se rassembler* (des nuages) ; **lubber,**
pataud ; **lug,** *bûche,* etc., etc.

R

to raise, *lever* (exhausser).

to rise, *se lever*.
to rouse, *réveiller*.

to rear, *élaver*.

*

to romp, *batifoler*.

ramble, *promenades*.

to rap, *frapper* vivement.
(GR. ῥαπίς).

*

to read, *lire*.

riddle, *énigme*.

*

to reach, *atteindre*.

ridge, *crête* (de montagne).

rack, *chevalet* et *roue* (où
étendre le patient).
ratch, *rochet* (d'horloger).

*

9

red, *rouge.*

ruddy, *rouge* comme la peau.

rust, *rouille.*
        Lat. rutilus.

*

ripe, *mûr.*

to reap, *moissonner.*

rife, *fertile* et *abondant.*
        Lat. rapio.

*

to ride, *monter à cheval.*

raide et **rade,** *incursion*
                chez l'ennemi.

*

to rob, *voler.*

to reave, *ravir.*
to rive, *déchirer.*

to rap, *faire main basse*
        sur.
        Lat. rapio.

*

rod, *verge.*

rood, *mesure.*
root, *racine.*

rudder, *gouvernail.*
row, *rangée.*
to row, *ramer.*
        Lat. radix et rudis.

*

to rock, *bercer*.

to wriggle, *tortiller*.

*

rough, *rude*.

rugged, *inégal*.
rug, *couverture* grossière.

ruff, *fraise* (col).
to ruffle, *froisser*.

*

to rue, *déplorer*.

ruthless, *sans pitié*.

*

R, malgré le nombre presque restreint des mots commandés, pourrait se dire l'articulation par excellence, autant qu'*l*, qui n'en est, au reste, qu'une arrière-vibration, très-délicate : cette autre liquide ne s'appuie aussi que sur des voyelles et des diphthongues. L'élévation, le but atteint même au prix d'un rapt, la plénitude; enfin, par onomatopée, une déchirure et, d'après l'importance même de la lettre, quelque chose de radical : ce sont les sens principaux qui frappent le linguiste.

Rabbit, *lapin;* rabble, *cohue;* race, *course;* raft, *radeau;* rag, *haillon* (Gr. ῥάκος); rail, *barre;* rain, *pluie* (Gʀ. ῥαίνω); **ram**, *bélier;* **rank**, *rangée,* et **rankness**, *vigueur,* d'où *goût, odeur,* Lᴀᴛ. rancidus; **rash**, *éruption;* **to rattle**, faire *du fracas* (Gʀ. κρόταλον); **raw**, *cru,* Lᴀᴛ. crudus; **ready**, *prêt;* **to reck**, *avoir des égards pour;* **reed**, *roseau;* **to reef**, *carguer,* Lᴀᴛ. rapio; **reek**, *vapeur;* **to rend**, *déchirer,* et **rent**, *fente;* **rib**, *côte;* **rick**, *meule;* **to rid**, *se débarrasser;* **rickets**, *rachitis* (Gʀ. ῥαχίς); **rifle**, *mousquet;* **to roar**, *rugir;* **rig**, *après;* **right**, *droit,* Lᴀᴛ. rectus; **rill**, *petit ruisseau,* Lᴀᴛ. rivulus; **rim**, *bord;* **rim**, *givre;* **rind**, *pelure;* **ring**, *bague;* **to ring**, *sonner;* **to rip**, *découdre;* **to ripple**, *clapoter;* **roe**, *œufs de poisson;* **roe(buck)**, *femelle du cerf;* **roof**, *toit;* **room**, *place* et *chambre;* **rope**, *câble;* **to run**, *courir;* **rush**, *jonc,* et **to —** *s'élancer;* **rustle**, *bruissement;* **to roll**, *rouler;* **to rot**, *pourrir,* Fʀ. *rouir;* **to rumble**, produire *un grondement,* etc., etc.

M

I may, *je peux*
(passé : **might**).

mighty, *puissant.*

main, *principal.*
  LAT. magnus.
  (GR. μέγας).

*

to make, *faire.*

match, *pareil.*
  LAT. magnus.
  (GR. μέγας).

*

to mash, *mélanger.*

mesh, *maille de filet.*

*

maze, *labyrinthe.*

to amaze, *stupéfier.*

*

to meet, *rencontrer.*

mate, *compagnon.*

to moot, *discuter.*

*

to melt, *fondre.*

molten, *de fonte.*
  (GR. μέλδω).

*

merry, *joyeux.*

mirth, *joie.*

*

mid, *moyen* (adj.),
et midst (superlat.).

amidst, *parmi.*

middle, *milieu.*

*

milk, *lait.*

milch, *laitière* (à lait).

milt, *laite.*

★

to mil(dew)★, *tacher d'hu-midité.*

meal, *repas.*
     Lat. molo.

★

to mingle, *mêler.*

among, *parmi,*
et — st (superlat.).

mongrel, *métis.*
     (Gr. μιγναμι).

★

moon, *lune.*

mon(day), *lundi.*

month, *mois.*

★

moor, *bruyère* (lande).

morass, *marécage.*

★

morn, *matin,*
et — (ing).

morrow, *lendemain.*

★

★ Mihl, farine, en Anglo-Saxon.

to mow, *faucher*.

mead, *prairie*,
et — (ow).

*

Lettre qui, bien que précédant les voyelles seules
et toute la gamme, il est vrai, des diphthongues, commence un nombre de mots anglais aussi considérable
qu'aucune autre, **M** traduit le pouvoir de faire, donc
la joie, mâle et maternelle ; puis, selon une signification venue de très-loin dans le passé, la mesure et le
devoir, le nombre, la rencontre, la fusion et le terme
moyen : par un revirement enfin, moins brusque qu'il
ne le paraît, l'infériorité, la faiblesse ou la colère. Tous
sens très-précis et qui ne groupent pas, autour d'*m*,
un multiple commentaire.

Mab, *enfant mâle*, et *reine des fées* ; **mad**, *fou*, Lat.
mattus ; **maggot**, *lubie* ; **maid**, *vierge*, allié à MAC, *fils* ;
mallow, *mauve*, Lat. malva ; **man**, *homme* ; **to mangle**,
emmêler, Lat. mancus ; **many**, *maint* ; **to mar**, *gâter*,
Lat. marceo ; **mare**, *jument* ; **mark**, *marque* ; **market**,
marché, Lat. marcatus (de merx) ; **marrow**, *moëlle* ; **to
mash**, *battre* et *piler*, Lat. misceo ; **matter**, *pus* ; **maw**,
panse et *gésier* ; **mead**, *hydromel* (Gr. μέλι) ; **mean**,
moyen, Lat. communis ; **to mean**, *avoir en l'esprit* et
signifier, Lat. memini ; **meales**, *rougeole* ; **meat**, *viande*,

LAT. mando; **meed,** *récompense* (GR. μισθός); **meek,** *faible;* **to mete,** *mesurer;* LAT. metior; **mill,** *moulin,* LAT. molo (GR. μυλη); **mind,** *esprit, mens;* **mint,** *monnaie,* LAT. moneo; **mire,** *boue profonde;* **to miss,** *manquer;* **to moan,** *gémir;* **monger,** *commerçant,* LAT. mango; **mood,** *dispute, colère;* **to moar,** *amarrer;* **mop,** *torchon,* LAT. mappa; **mope,** *lourd* et *taciturne,* LAT. magis; **moth,** *mite;* **mother,** *mère,* LAT. mater (GR. μήτηρ); **mound,** *défense,* LAT. munio; **mouse,** *souris,* LAT. mus; **mouth,** *bouche,* allié à FR. *manger;* **much, more, most,** *beaucoup, plus, le plus,* LAT. magnus, magis; **muck,** *viscosité,* LAT. mucus; **mud,** *boue;* **mug,** *cruche;* **mul(berry),** *mûre,* LAT. morus; **to munch,** *mâcher;* **murder,** *meurtre,* LAT. mors, mortis; **murky,** *obscur;* **I must,** *je dois;* **must,** *vin nouveau,* LAT. mustum, etc.

N

nail, *ongle* et *clou.*

needle, *aiguille.*

nettle, *ortie,* et **to —** *piquer.*

*

near, *près,*
et nigh.

neigh(bour*), *voisin.*

next, *proche.*
narrow, *étroit.*

*

neat, *net.*

net, *pur.*

*

neck, *cou.*

nape, *nuque* ou *chignon.*

*

to neigh, *hennir.*

nag, *bidet.*

*

nether, *inférieur.*

be(neath), *au-dessous.*

*

nib et neb, *bec.*

nipple, *tétin.*

*

to nick, *entailler.*

notch, *entaille.*

*

nine, *neuf.*

·noon, *midi,* neuvième heure
à la vieille mode.

*

---

* BOOR, paysan, en Anglo-Saxon.

9.

to nod, *dodeliner* du chef.	**noddy**, *niais*. Lat. nuo. (Gr. νεύω).

✶

north, *nord*.	**norse**, *norse*. **norman**, *normand*.

✶

nose, *nez*.	**nozzle**, *bec* (des choses). **naze**, *cap*. **ness**, *promontoire*. **nos(tril*)**, *narine* Lat. nasus.

✶

Avec sa valeur gardée pure (car, pas plus qu'*m* et *l*, cette lettre ne supporte le voisinage d'une consonne) **N** est beaucoup moins fréquent qu'*m*, marquée au sceau de la plénitude : jugez-la plutôt incisive et nette, comme dans l'acte de tailler ou dans les sens exprimés par les Familles de **nail** et de **nose**, *ongle* et *nez*, d'où *bec*. Voir **near**, *près*, et **new**, *nouveau*, où semblerait se révéler l'intention même de la lettre : celle d'un état

---

* Thril, comme door, porte, en Anglo-Saxon.

simple comme pour *l*, avec proximité dans l'espace ou dans le temps. **Name, nasty, need,** très-divers, ne restent pas moins significatifs.

New, *neuf,* LAT. novus ; **to nick,** *frapper juste ;* **nigg(ard),** *avare ;* **night,** *nuit,* LAT. nox (GR. νὺξ, νυκτορ) ; **name,** *nom,* LAT. nomen (GR. ονομα) ; **nine,** *neuf,* LAT. novem (GR. ἐννέα) ; **naked,** *nu,* LAT. undus ; **nap, noper,** *surface duvetée du drap* (GR. κνάπτω) ; **nasty,** *sale ;* **nave,** *moyen ;* **neb,** *bec d'oiseau ;* **need,** *besoin ;* **nest,** *nid,* LAT. nidus pour nisdus ; **to nip,** *mordiller ;* **nook,** *coin ;* **now,** *maintenant,* LAT. nunc ; **nudge,** *poussée douce ;* **numb,** *stupide ;* **nut** *noix,* LAT. nux, etc., etc.

Deux remarques s'imposent à l'attention de quiconque a jeté les yeux sur ce résumé du vocabulaire originel : c'est d'abord que presque tous les vocables apparaissent à l'état de Monosyllabes, résultat principalement obtenu dans le passage de l'Anglo-Saxon à l'Anglais ; enfin que beaucoup de ces mots, réduits à leur plus simple expression, sont à la fois Noms et Verbes. A une autre étude philosophique que la présente appartient le soin de considérer cette double particularité d'une façon générale et comparative, dans l'ensemble des langues : ici notez ce fait que, très-pri-

mitif, dans sa fonction autant que par sa forme extérieure et rapide et sonore, le Mot Anglais demeure une
sorte d'interjection à qui des articles ou des prépositions assignent tel ou tel emploi spécial. Grammaire
même que ceci : oui ; et, pour rester dans les limites
de l'investigation actuelle (ayant trait aux Mots en eux)
il faut se demander plutôt si tous les vocables cités plus
haut existent en tant que *racines* ou comme *radicaux*.
La question est complexe ; et je la divise : Qu'est-ce
qu'une *racine ?* Un assemblage de lettres, de consonnes souvent, montrant plusieurs mots d'une langue
comme disséqués, réduits à leurs os et à leurs tendons,
soustraits à leur vie ordinaire, afin qu'on reconnaisse
entre eux une parenté secrète : plus succinct et plus
évanoui encore, on a un *thème.* Le Sanscrit, langue
sœur du Latin et du Grec, et peut-être la plus ancienne
d'entre les filles de l'Aryaque (à quoi se rattache l'Anglais lui-même, si, dès maintenant, vous en jugez par
les analogies latines ou grecques consignées ici) ne
compte pas beaucoup plus de cinq cents racines et
thèmes, dont voici les quelques principaux :

AC ou AÇ, *vif* ou *aigu* (ἀκμή, ducus, **edge**, etc.) ;

AR, *labourer* (αρω, aro, **to ear**; ἔργον, ars, **work** et **to
earn**) ;

BHA, *montrer* (φημί, fari, etc.) ;

BHAR, *porter* (φέρω, fero, **to bear**) ;

GAN, *engendrer* (de γιγνώμαι à γυνή, genus, et de **kin** à **king**);

GNA, *savoir* (γίγνώσκω, nosco, **to know**, etc.);

LOK, *briller* (λύχη, luceo, **to look**);

MA, *mesurer* (μέτρον, metior, **mete**);

MAN, *penser* (μένος, mens, **mind**);

SPAC, *regarder* (σκοπέω, aspicio, etc.);

STA, *se tenir* (ἵστημι, sto, **stiff** ou **to stand**);

STIG, *adhérer* (στίζω, instigo, **stick**, etc.);

STRA, *joncher* (στρώννυμι, sterno, **to strow**);

TAR, *traverser* (τέρμα, intrare, **through**);

VAH, *porter* (ὄχος, veho, **to weigh**);

VID, d'où Veda, *voir* et *savoir* (εἶδος, video, **wit**).

Mais à **art**, s'allient **work, errand**, etc.; mais à **to bear**, c'est **birth**, et c'est **burden, bier, barrow**, etc.; mais à **stiff** ou **stead, stern, still, stark, staple**, etc.; et à **stick**, ceci **stake, stitch, to sting**, etc.; à **to strow**, cela **straggle**, etc. : d'où l'on pourrait conclure

à bon droit que les milliers de mots d'une langue sont
apparentés entre eux. Tout est de savoir commencer
et finir ou de préciser à quel degré se rompra, plus ou
moins prolongé, le lien familial : discernement très-
subtil, car il ne dépend d'aucune règle absolue. De
racines et de thèmes, à proprement parler, il n'y en a
plus, puis qu'on a été obligé de remonter à des époques
immémoriales pour trouver ceux-ci : est-ce au Gothique,
est-ce à l'Anglo-Saxon qu'il faudrait s'arrêter, mais
l'étude reste sans intérêt pour qui ne s'adonne pas
à ces langues très-particulièrement. Ne pas charger de
mots, inconnus d'elle et destinés à s'y perdre, la mémoire du Lecteur. Qui veut parler sagement ne peut
dire qu'une chose de l'Anglais, c'est que cet idiome,
grâce à son monosyllabisme et à la neutralité de certaines formes aptes à marquer à la fois plusieurs fonctions grammaticales, présente presque à nu ses Radicaux : si par cette dénomination on désigne certains
mots (qui tous peuvent également y prétendre) simples de notion et d'aspect ; quoique telle notion se
trouve quelquefois élargir de beaucoup le sens d'une
Famille ou que tel aspect présente certains vestiges
purement figuratifs aujourd'hui, c'est-à-dire sans signification contemporaine dans la langue. Comprendre
exactement ces choses mène à reconnaître chaque *Affixe*,
ce qui aura lieu bientôt : on se rappelle la division
du Livre actuel en ce chapitre-là et le présent. Mieux ;
pensez à la distinction faite une fois pour toutes, dans
l'Introduction, des parties vivantes d'une langue, c'est-
à-dire en train d'être, et de ses parties mortes, comme
abstraites. Très-vague, entre le *Radical* et l'*Affixe*,

vient en effet se placer maint appoint formatif, dénué
aujourd'hui de sens ; et qui, pour ce, ne constituant
pas, à bien dire, un Affixe, permet qu'on le comprenne
dans le Radical. J'aligne ces observations pour l'intelligence du tableau dressé plus haut des mots de terroir : car il va jusqu'à tenir compte des changements
internes qui en modifient la valeur, ainsi que de leurs
diminutifs ; c'est quand la différence des sens est importante ou quand le dérivé n'a point, dans la langue,
conservé de primitif. Rien ne reste à dire, maintenant,
au sujet des Familles, comme des vocables Isolés :
sauf que chacun des cas à l'instant posés y offrent
mille exemples à consulter, en plus de deux ou trois
preuves données immédiatement à l'appui des remarques que voici.

§ 2.

Dérivation.

D'un nom à un nom, à un verbe ou à un adjectif ;
d'un adjectif à un nom ou à un verbe ; d'un verbe à
un nom ou à un adjectif, en n'omettant point la part
qu'y prend l'adverbe, etc., etc., a lieu comme il suit,
c'est-à-dire sans modifier le mot dans son essence, la
Dérivation.

Cette multiplicité de cas se produit, soit

Par un changement de la voyelle ou de la diphthongue médianes; exemples :

de noms à noms : **stake, stick; cat, kit; top, tip.**

de noms à adjectifs : **pride, proud; heat, hot.**

de noms à verbes : **song, to sing; bless, to bliss; gold, to gild; blood, to bleed.**

d'adjectifs à verbes : **full, to fill.**

de verbes à noms : **to sit, set; to fall, fell; to rise, raise; to deem, doom.**

de verbe à adjectif : **to live; live *.**

de verbe à verbe : **to quiver, to quaver.**

Par un changement d'une consonne finale ou de plusieurs; exemples :

de verbes à noms : **to strive, strife; to speek, speech; to dig, ditch; to house, house**.**

de noms à verbes : **dag, to dadge; pink, to pinck; wink, to wince.**

* **To live,** pr. *i;* **live,** pr. *aï.*
** **To house,** pr. *z;* **house,** pr. *ç.*

*Par un changement de la voyelle ou de la
diphthongue médianes et d'une consonne finale ou
de plusieurs;* exemples :

de noms à noms : **cock, chick; goat, kid; fray, fright.**

d'adjectif à adjectif : **cool, chill** (diminut.).

de verbes à verbes : **to drag, to dredge; to blink, to
blench.**

de verbes à noms : **to live, life; to weave, wool; to
wake, watch.**

Que vous font voir ces citations? une chose entre
toutes, c'est qu'alors que la consonne initiale demeure
immuable (car en elle gît la vertu radicale, quelque chose
comme le sens fondamental du mot) un changement se
produit, pour en marquer la fonction dans le discours,
tantôt à la voyelle ou à la diphthongue médianes,
tantôt atteignant la physionomie des consonnes finales.
Voyelles ou diphthongues, à l'intérieur, rien de plus
simple que ce soit elles, avec leur insignifiance relative, qui reçoivent l'effort de la voix tendant à diffé-
rentier la valeur grammaticale du mot ; or, ces consonnes de la fin venant ajouter comme leur sens
secondaire à la notion exprimée par celles du commencement, qu'est-ce? point encore des Affixes : non,
mais bien de très-anciennes désinences, frustes et abolies, reste toujours discernable pour œil spécial du
Philologue. Familières déjà au Lecteur qui, toutes ou

presque toutes, les a entrevues dans les Tables des Familles ou des Mots Isolés, en voici plusieurs : détachées prudemment et méthodiquement classées, ainsi que des fragments de plantes ou de fleurs sèches dans l'herbier du botaniste.

Remarque, il sied de donner ici les Terminaisons seules qui concourent à la formation des mots. Historiquement, leurs pareilles, affectées à des usages grammaticaux (comme le vieil *s* du génitif ou l'*s* simple du pluriel, enfin de rares désinences verbales désignant, soit des personnes, soit des modes ou des temps) n'en diffèrent point ; quant à la division, faite des matériaux de la langue par notre Philologie, en mots purs, voire nuls, abstraits, immobiles, d'une part, et de l'autre en pratiques et en règles mises en usage par le discours.

Désinences autres que Grammaticales (formant des Radicaux).

..V (nom et adj.) **grave, to rove** ; ..P (nom et adj.) **drop, sharp, to curb** ; ..B (nom, adj. et verbe) **club, to stab.**

..FF (nom et adj.) **staff, gruff** ; ..F (nom) **leaf.**

..W (nom et adj.) **glow, raw** ; ..OW (nom, adj. et verbe) **shadow, hallow, to swallow** ; ..AW (verbe) **to draw** ; ..EW (verbe) **to strew.**

..T (nom et verbe) **blot, to hart** ; ..ET (nom) **pocket** ;

..OT (nom et verbe) **spigot, to trot**; ..D (verbe) **to gird.**

..K (nom, adj. et verbe) **link, dark, to talk**; ..CK (nom, adj. et verbe) **dock, slack, to stick**; ..KE (nom) **spike**; ..ICK (nom) **lassick**, égale IE, dans **lassie**; ..OCK (nom) **paddock**; ..UOK (verbe) **to pluck.**

..G (nom et adj.) **frag** et **snug**; ..GH (nom et adj.) **laugh, taugh**; ..Y (nom) **penny**; ..AG, ..UG, ..AUGII et ..Y (verbes) **to drag**; **to shrug**; **to laugh**; **to fly, to morry.**

..R (adj.) **drear**; ..ER (nom et verbe) **whisper** et **to whisper, to glimmer.**

..L (nom et verbe) **a stool, to drawl**; ..LE (nom, adj. et verbe) **a freckle, little, to sparkle**; ..EL (nom) **shovel**; ..IL (adj.) **wil.**

..N (nom et verbe) **scorn, to burn**; ..EN (nom et verbe) **chicken, to listen**; ..ON (verbe) **to reckon.**

..M (nom et adj.) **bloom, warm**; ..OM (nom) **blassom.**

..SS (nom et adj) **grass, gross**; ..ASS (verbe) **to harass**; ..SH (nom, adj. et verbe) **flesh, harsh, to wish**; ..ISH, **to blaskish**; ..USH, **to blush.**

..CH (nom) **scratch**; ATCH (verbe) **to scratch** et **to snatch**; OTCH (verbe) **to blotch**; ..UTCII (verbe) **to clutch.**

..NCH (verbe) **to blench**; NG (nom, adj. et verbe) **spring, strong, to swing**; ..ING (nom) **shilling**; ..NK (verbe) **to drink**; ..NT et ..ND (verbes) **to pant, to bind.**

Diminutifs.

Le pur et simple diminutif entre pour une part considérable en la multiplication des vocables : rappelez-vous **drabble** de **drab**, ou **draggle** de **drag**, ou **freckle** de **freak**, ou **nestle** de **nest**, ou **muffle** de **muff**, ou **gamble** de **game**; c'est-à-dire LE, précédé du *redoublement* de la *consonne* si elle est simple, ou quelquefois d'une *altération* de cette consonne ainsi que de la *voyelle*.

Une légère modification a lieu encore dans le sens du mot : mais de trop peu d'importance pour qu'exige d'être classée au nombre des Suffixes chacune des *particules* qui la cause. Toutes, strictement nominales, les voici; et, on peut le dire, strictement diminutives.

..ACLE, **barnacle**; ..ICLE, **hornicle**; ..CKLE, **knuckle**; ..KLE, **sparkle** : c'est ..OCK avec ..EL.

..EREL, **cockerel**; ..REL, **nuckrel** : c'est ER avec EL.

..EROCK, **laverock**; ..RK, **lark** : c'est ..ER avec OCK.

..IKIN, **bootikin**; ..KIN, **lambkin** : c'est ..OCK avec EN.

..LET, **hamlet** : c'est ..EL avec ET.

..LING, **darling** : c'est ..EL avec ING.

..LOCK, **warlock** : c'est ..EL avec OCK.

CHAPITRE II

Affixes et Composition des Mots.

§ 1.

Affixes.

Faire connaître à peu près la signification d'un Mot simple ainsi que son rôle dans le discours, c'est le résultat qu'ont visé les Chapitres précédents : mais le vocable peut devenir sinon composé, cas réservé à une étude ultérieure, du moins muni d'Affixes ; c'est-à-dire de fragments de mots ou de mots brefs appelés Préfixes, s'ils se placent avant et, s'ils se mettent après, Suffixes. Que ces particules gardent ou non un sens dans le langage contemporain.

Préfixes.

Prépositions employées à tout instant par la langue ou déterminatifs tombés en désuétude, les Préfixes anglais, ne bougent pas, doués comme d'une dureté intrinsèque ; c'est ainsi qu'à l'exception de **wel** qui perd une de ses *l*, rien, pas même **un..** où l'*n* ne fait pas *m* avant une labiale, ne se contracte : car il faut attribuer *im* et *em* que donnent **in** et **en** à une analogie avec le Français qui importa ces mêmes Préfixes dans un grand nombre de mots. La distribution la plus logique de tels ajouts semble, une fois pareil fait observé, celle-là qui, d'un côté, met les morceaux unis complétement au vocable ; et, de l'autre, les fragments qu'en sépare un trait-d'union.

Préfixes liés au Mot.

A... et A ..   (nom, adj. et verbe) *bien* ou *à* — dans **aweary** bien las ; **a-foot**, à pied ; *é...*, ou *dé...* dans **to awake**, éveiller ; **to alight**, descendre, s'abattre.

ALL...   pour ALL, *tout ;* **always**, toujours ; **alone**, tout seul ; **also**, aussi ; etc.

AFTER... et AFTER -	*après ;* **afternoon,** après-midi, **after-taste,** arrière-goût.
BACKSLIDE	
BE...	(nom et verbe) comme *con...* et *quelquefois ajoutant de l'intensité à la signification du verbe simple :* **to deck,** parer ; **to bedeck,** charger de parure ; 1° *rend actif les verbes neutres :* **to lie,** mentir ; **to belier,** calomnier ; 2° *particularise le sens :* **to speak,** parler ; **to bespeak,** ordonner ; 3° *d'un adjectif fait un verbe :* **calm,** calme ; **to becalm,** calmer ; 3° et *d'un nom :* **head,** tête ; **to behead,** décapiter. Exemple enfin *d'un nom pur et simple :* **behalf,** faveur.
BE...	n'est parfois que *by :* **before, besides.**
EN... ou EM...	(nom, adj. et verbe) ne pas confondre avec EN et EM tirés du français.
IN... ou IN...	(nom, adj. et verbe) ne pas confondre avec IN et IM tirés du français.

EN ou EM changent les noms et les adjectifs en verbes : **to embody,** incorporer ; **to endear,** faire aimer.

IN ou IM sont des augmentatifs de verbes : **to inclose,** enfermer ; **to imbed,** fixer.

FOR	*dehors*, comme **to forfeit**, forfaire ; et *loin de*, comme **to forbid**, défendre ; et **to forger**, oublier.
FORE	(nom et verbe) *devant, avant :* **forehead,** front ; **to foretell**, prédire.
ILL	(nom et participe) **ill-luck**, malechance ; **ill-bred**, mal élevé (ne pas confondre avec ILL résultant, chez nous, de IN-L, dans **to illude** et **illiterate**, trompé et illettré.
MID... et MID -	comme notre *mi — :* **midsummer**, la St-Jean-d'Été, et **mid-day,** récréation de midi.
MIS...	(nom et verbe) comme *mé —* et *mes —* dans méfait et mésuser ; **misdeed** et **to misuse.**
ON...	(noms) *sur, en avant*, comme *a... :* **onset,** attaque.
OFF... et OFF -	(nom) *loin de, hors de :* **offspring,** rejeton ; **off-side**, hors main (ne pas confondre avec OFF résultant, chez nous, d'OB-F, dans office).
OUT...	(nom et verbe) *hors, au-delà*, comme notre *é... :* **outburst**, *éclat ;* **to outlive**, survivre.

OVER... — (nom et verbe) *par dessus*, comme notre *sur*, marquant excès : **to overdo**, surmener, supériorité ; **outsight**, surveillance, extension ; **to overlay**, couvrir.

TWI... — de **two**, *deux*, *demi* ; **twilight**, crépuscule ou demi-jour.

UN — (noms, adj. et verbe) **untruth**, mensonge ; **unguilty**, innocent ; **to unbend**, débander ; il reste UN, devant une labiale, ex **to unbosom**, dévoiler.

UNDER — (nom et verbe) *sous...*, *sou...* et *sub...* : **underwood**, taillis ou sous-bois ; **underwrite**, souscrire ; **undergo**, subir ; dans **to understand**, comprendre, et **understanding**, intelligence, il a le sens d'INTER.

UP — (nom, adj. et verbe) *en haut, vers les hauteurs*, au propre et au figure, *debout sur* : **upright**, droit, matériellement et moralement ; **to upraise**, lever, exalter ; comparatif **upper** dans **upperhand**.

WITH — (verbe) *opposition* et *éloignement*, *ré..* et *dé..* : **to withstand**, résister à ; **to wilhdraw**, détourner.

WEL — (nom et verbe) pour WELL, *bien* : **welcome** et **to welcome**, bienvenu et souhaiter la bienvenue.

10

Préfixes détachés du Mot.

AT -   **at-fall,** chûte.

BY -   **by-stander,** assistant; **by-gone,** de
           jadis.

DOWN -   **down-fall,** chûte et ruine; **down-cast,**
           baissé (en parlant de l'œil).

SELF -   **self-love,** amour de soi.

TO -   **to-day, to-night, to-morrow,** aujour-
           d'hui, ce soir, demain.

THOROUGH - **thorough-fare,** rue traversière et pas-
           sante; **thorough-bred,** accompli (quel-
           qu'un d').

WAN   **wan-hope,** espoir fugitif.

Suffixes.

Aucun des Suffixes anglais n'a conservé un sens
indépendant; et c'est à cette particularité qu'on doit
attribuer l'ordre exactement alphabétique où ils vont

se succéder. A quoi bon établir, autrement que par la juxtaposition d'exemples, une différence entre des formes comme NESS et TY, quand **ship** n'a pas lieu de soi, mais emprunte le sens de **shape?** Groupés ainsi ou autrement, il les faut étudier avec un soin plus qu'ordinaire; car c'est d'eux, avant tout, qu'un mot tire sa valeur dans la phrase. Plusieurs Suffixes ont rarement la même valeur, quoique la *charge de maire* s'appelle **mayoralty** parallèlement à **mayoralship :** quelle différence, au contraire, entre **manhood**, la *virilité*, et **mankind**, le *genre humain !* Rien ici des terminaisons que revendique la Grammaire, on l'a dit plus haut; si ce n'est une observation faite pour prémunir le Lecteur contre un manque d'attention, qui lui ferait confondre une désinence féminine, ESS dans **lion-ess**, par exemple, avec NESS dans **kind-ness**, etc.; mais d'autres confusions que celle-là peuvent avoir lieu de Suffixe à Suffixe. Aucune còntraction, cependant, ne favorise l'erreur; à l'exception de cas très-rares, comme celui de **warship**, pour **warth** SHIP, etc.

Suffixes qui s'ajoutent à des mots existants ou susceptibles d'exister, noms et adjectifs, verbes et adverbes, pour former des

noms :   ..ARD, *augmentatif* (français aussi) : **drunkard**, ivrogne; et ..ART, puis ..HEART; **braggard**, fanfaron; **sweet-heart**, bien-aimé.

noms : ..DOM, *état condition :* **kingdom**, royaume ; **freedom**, liberté.

adverbes : ..E, *souvent perdu,* comme dans **fact** et **bright**, *qui ressemblent aux mêmes adjectifs ;* et *conservé par quelques rares mots.*

adjectifs : ..ED, *participe passé régulier,* traduisant *é* français : **gifted**, doué ; ..D, **kind**, bon ; ..T, **short**, court.

noms : *deed,* fait ; *flood,* inondation ; *seed,* semence.

noms : ..EN, *terminaison féminine,* souvent en français *ine :* **vifen**, la femelle du renard.

adjectifs : ..EN, ..N, *vieux génitif :* **golden**, d'or, **wooden**, de bois, et **leathern**, de cuir.

noms : ..ER, *agent,* en français souvent *eur :* **singer**, chanteur, etc. ; et ..AR, ..OR, **beggar**, mendiant ; **sailor**, marin ; **lawyer**, homme de loi.

noms : ..ER, *terminaison masculine :* **widower**, veuf.

noms : ..ER, *dans les noms verbaux,* souvent *er* français : **dinner**, dîner ; **fodder**, fourrage.

adjectifs et adverbes : ..ER : comme **more**, plus, terminaison du comparatif impliquée dans le sens du mot.

verbes : ..ER : **to linger** (de l'adjectif **long**).

adjectifs : ..ERN : **northern,** du nord.

noms : ..ERY et ..RY, *abtraits,* ou marquant *localité* et *collectivité,* souvent *crie* ou *rie* français : **knavery,** gredinerie; **brewery,** brasserie; enfin **yeomanry.**

adjectifs : ..EST et ..ST : **the most,** le plus, terminaison du superlatif impliquée dans le sens du mot.

adjectifs : ..FOLD, *ajouté aux nombres,* comme **tiple,** d'ordinaire français : **threefold,** triple; **manifold,** multiple.

adjectifs : ..FUL (contraction de **full**) *plein de :* **scornful,** méprisant.

noms : ..HEAD et ..HOOD, *état dignité :* **Godhead,** divinité; **boyhood,** adolescence (du mâle).

adjectifs : ..ISH : **girlish,** de fille.

adjectifs : ..ISH et ..CH : **English,** anglais; **French,** français.

noms : ..ING, *participe nominal, action de :* **reading,** lecture; **kneeling,** agenouillement; enfin on a **morning,** matin.

noms : ..ING : *patronymique* **Browning.**

10.

adjectifs : ..ING, *participe présent*, en français *ant*, **sleeping**, dormant, etc.

adjectifs : ..LESS, *négation* : **godless**, sans dieu ; **hopeless**, désespéré.

adjectifs et adverbes : ..LY et LIC (de **like**) parité : **manly**, viril ; **surly**, morose ; **frolic**, badin ; enfin **sadly**, tristement ; **merrily**, joyeusement, etc. : c'est dans ce cas l'équivalent de *ment*, adverbial français.

noms : ..LOCK et LEDGE, *état, acquis :* **weldock**, mariage, et **knowledge**, savoir.

adjectifs : ..MOST, *l'excellence* et *le digne superlatif*, en français *le plus :* **innermost**, le plus intime, soit intérieur, etc.

noms : ..NESS, *abstraction d'une qualité*, comme en français *té, essé*, etc. : **goodness**, bonté ; **weakness**, faiblesse ; **witness**, jadis savoir, aujourd'hui témoin, montre une application incorrecte de ce Suffixe aux personnes.

adverbes : ..OM : dans **seldom** et **whilom**.

noms : ..RAKE, *terminaison masculine :* **drake**, canard.

noms : ..RED, *condition :* **kindred**, parenté ; **hundred**, centaine.

noms : ..RIC, *juridiction :* **bishopric,** celle de l'évêque.

verbes : ..SE : **to cleanse,** nettoyer.

adjectifs : ..SE et ..S, *pejoration :* **worse,** pis; **less,** moindre.

adverbes : ..SE, **else;** ..CE, *once, hence, since;* ..S, **needs, outwards;** ..ES, **unawares, some- times, besides.**

noms : ..SCAPE et SHIP, de **shape,** forme; **landscape,** paysage; **fellowship,** camaraderie.

adjectifs : ..SOME : **troublesome,** gênant.

noms : ..ST : **trust,** confiance; **rest,** repos.

noms : ..STER, *terminaison féminine :* **spinster,** fileuse; d'où célibataire, puis *agent;* **songster,** chanteur, et *pejoratif;* **youngster,** blanc-bec.

noms : ..T : *height, gift, draught.*

adjectifs : ..TEEN, désinence générale de la *seconde dizaine* dans les *nombres cardinaux,* c'est une forme de dix|en, traduit en français par ...*ze* et *dix-* **fifteen,** quin*ze;* **nineteen,** *dix-*neuf.

noms : ..TER : **laughter,** rire; **slaughter,** meurtre.

noms : ..TH : **truth, death,** etc.

adjectifs : ..TH et ETH, désinence des *nombres ordinaux*, traduisant le français *ième :* **fourth, twentieth,** quatrième, vingtième, etc.

adverbes : ..THERE, *abréviation* de **there**, là, indiquant *le mouvement* ; **hither,** etc. ; ici dans *viens ici.*

adjectifs : ..TY, désinence des *dizaines* dans les *nombres cardinaux,* forme ancienne de *dix,* traduit en français par *ente, ante ;* **thirty,** trente ; **forty,** quarante.

adverbes : ..WARD et WARDS, vers ; **homewards,** vers la maison, ou **homewards,** etc.

adverbes : ..WISE, qui s'écrit encore WAYS, indiquant *la façon :* **otherwise,** autrement ; **always,** toujours.

noms : ..Y, *pour les personnes et les choses :* **stilthy** enclume ; **smithy,** forgeron.

adverbes : ..Y et ..EY, *qualité :* **woody,** boisé ; **clayey,** argileux.

verbes : ..ZE, *action :* **to freeze,** geler ; **to sneeze,** éternuer.

Notons que les changements à l'intérieur des mots,

dont il a été question plus haut, ont lieu principalement avant certains de ces Suffixes : TH, étant l'un des plus usités. Songez à **young** d'où **youth**, à **broad** d'où **breadth**, à **die** d'où **death** : **drought** vient également de **dry.**

Reste une Observation.

Quelque précise que soit la signification attribuée ici à chacun des Affixes, on ne saurait, après l'avoir attentivement lue, suivre, dans toutes leur gradation, les nuances ajoutées au mot. Mille exceptions viennent à l'esprit du Philologue : il ne peut que les omettre, dans un travail succinct comme celui-ci, sous peine de devenir un lexicographe; et de la dissertation faite en causant, je renvoie au Dictionnaire même quiconque désire maîtriser un infini de détails. Oui, un sens, neuf et surprenant, qui résulte de la juxtaposition au Radical d'un Affixe n'est jamais inexplicable : mais comment le prévoir, c'est-à-dire formuler à l'avance que si **rope** signifie *cable*, **ropy** sera *gluant;* etc., etc. Deviner au Suffixe ou au Préfixe ce que veut dire, muni d'Affixes, un mot dont il connaît le sens originel, tout enfant pourra le faire mainte fois, ou cette étude demeurerait pure et spéculative; elle est autre chose : mais on trouve encore un plaisir à constater simplement une dérivation de sens lointaine et difficile. Sauf à combler plus tard avec la double notion de l'un et l'autre des termes, étudiés patiemment, la distance d'abord apparue.

Rien de plus ne saurait être appris à la lecture d'un simple tome; car si la langue aime à grouper ses mille matériaux autour de règles moins nombreuses, c'est pour les éviter parfois celles-ci et les fuir jusqu'aux frontières les plus bizarres de l'esprit.

§ 2.

Mots Composés.

Une transition subtile conduit le Lecteur d'abord des Radicaux pris en bloc aux Finales oblitérées qu'ils contiennent; puis de celles-ci aux Affixes proprement dits, Suffixes et Préfixes; plusieurs d'entre ces derniers se séparent du mot, plutôt qu'ils ne s'y relient, par un trait-d'union, indice de la *Composition des vocables*. MOTS SIMPLES cependant, à parler Grammaire, que tout ce qui précède; et l'on aborde seulement ici les MOTS COMPOSÉS. La Grammaire : mais n'est-ce pas à elle qu'appartient l'étude de ce cas spécial des langues, où deux termes et plus se réunissent pour n'en faire qu'un seul? Oui, quand il y a comme qui dirait apposition; et l'on peut, dans les deux noms placés l'un à côté de l'autre, comme un adjectif et un nom, voir presque une tournure de style tout-à-fait dans le génie anglais, ex. : **chester cheese, summer rose, silver spoon, tea-cup.** Tout diffère, dès qu'un trait-d'union (autre que **tea-cup** où il n'a, à proprement parler, qu'un rapport d'usage, analogue aux trois invoqués avant, rapports de lien de temps et de matière) réunit légitimement les deux mots; ou qu'ils se joignent, soit à l'aide d'une contraction, soit par l'intercalation d'une particule ou d'une désinence, soit par leur simple rapprochement, fait le plus ordinaire. Échantillons de cette composition diverse : avec contraction, **standish** pour STAND DISH, **to doff** ou **to don** pour TO DO OFF et TO DO ON, **newt** pour AN EWT, etc.; avec particule ou désinence, l'*s* possessif, par exemple, seul vestige que garde l'Anglais de la déclinaison saxonne, **thur(s)day, monk(s)hood, land(is)man, brid(es)maid,** etc. : et noter encore qu'on retrouve la préposition OF dans **o** comme dans **clock**, ex. **Jack-o-lantern,** et même l'article, THE, ex. **will-o-the-wisp,** enfin la préposition IN, **night—in—gale** (*chanteur dans la nuit*). Cent exemples de simple rapprochement se présentent : n'en rejetons pas deux ou trois comme **schoolmaster** et **methinks** lequel fait bien METHOUGHT, et **shepherd** qu'il faut lire SHEP HERD, sans liaison, comme on dirait SHEEP HERD. Ajoutés par l'instinct seul du langage, rien d'étonnant à ce que plusieurs mots perdent souvent quelque chose de leur sens primitif ou en changent totalement; et, par suite, l'orthographe elle-même disparaît. **Moleskin,** une sorte de toile cirée, signifie au fond *peau de taupe;* et **merry-thought,** l'*os du croupion,* veut dire *joyeuse pensée,* à cause d'un *jeu d'osselets;* et **selvage** remplace SELVE EDGE, **daisy** DAY'S EYE, **load stone,** LYDIEN STONE; **sennight** est pour SEVEN NIGHT, l's du pluriel disparaissant comme dans **fortnight** pour FOURTEEN NIGHTS, car le mot composé devient, en pareille· occurence, un tout massif et immuable, et reprenant le singulier d'un mot simple.

La réduplication, pour appeler d'un terme savant une habitude enfantine, joue aussi un rôle visible dans les langues, en dehors de syllabes simples répétées comme papa et maman. Rappelez-vous, en Anglais, **chit-chat**, **tittle-tattle**, etc.; tantôt ce jeu admet une allitération véritable comme dans **pick-nick**, **hum-drum**, etc.

Cock-Robin et **Shrove-Tuesday** montrent que la composition des mots place un nom propre à côté d'un nom commun; mais quelqu'intérêt qu'offrent les exceptions et les singularités, ces dernières doivent le céder devant le tableau, régulier et emprunté à leur fonction grammaticale, des vocables faits pour s'allier entre eux: et **Gray malkin**, lui-même, nom shakespearien d'un chat fatidique, s'évanouit dans sa bizarrerie charmante sans avoir le temps presque de nous montrer que **Malkin** c'est **Mary** ou *Marie* corrompu, et **gray**, le mot *gris*, employé ici pour *sale*.

Assez.

Quelques exemples maintenant de composition régulière, avec ou sans trait-d'union.

Nom et nom, donnant un nom, **railway**, **moon—light**, et donnant un verbe, **to hand—cuff**; un adverbe, **side—ways**; nom et nom, donnant un adjectif, **sun—bright**, et un adverbe, **head—foremost**; nom et verbe, donnant un nom, **wind=fall** et **drawing-room**; donnant un adjectif, **terror=striken** ; donnant un verbe, **to back-bite.**

Adjectif et nom, donnant un nom, **blue-bell**; un verbe, **to black=ball** ; un adjectif, **mean-time** ; adjectif et verbe, donnant un verbe, **to ful-fil.**

Pronom et nom, donnant un nom, **he-goat** ; un adverbe, **some-times**, qui peut être fourni encore par un pronom et une préposition, **else=where.**

Verbe et nom, donnant un nom, **break-fast**; verbe et verbe, donnant un nom, **hear=say** ; adverbe et verbe, donnant un adjectif, **ill-looking** et **high-bred**; adverbe et verbe, donnant un verbe, **to cross=question.**

Préposition et préposition, donnant un adverbe, **there-upon.**

Côtoyant ou point la Grammaire, cette étude se montrerait incomplète, même au point de vue exclusif du Dictionnaire, si rien n'y était dit de la terminaison du participe passé régulier ED. Les Suffixes nous l'ont présentée comme un d'eux : oui, dans certaines formes toutes faites; mais, la plupart du temps mobile, cette terminaison copule au gré de qui en fait une application exacte, avec le nom, cela pour composer un adjectif destiné à durer une minute ou toujours, suivant que la langue ou l'autorise comme la simple manifestation d'un de ses jeux naturels ou l'admet dans son répertoire définitif. Exemples (car aux Mots Composés eux-mêmes peut venir s'ajouter cette particule de composition) : **lion-heart(ed) ou eagle=ey(ed), fair=hair(ed)** et **four-sid(ed).**

9

Tout est dit, dans un cercle nécessairement limité
à l'investigation, sur les Mots Simples et les Mots
Composés appartenant à la couche originelle de l'Anglais, à savoir l'Anglo-Saxon ou le Saxon. Les mots
de ce genre appelés à naître aujourd'hui et dorénavant
à la langue, ce sont forcément des termes restés jusqu'à
présent provinciaux, c'est-à-dire patois, puis acquérant
droit de cité ; et d'autres, onomatopées ou dégradations
de vocables de chaque jour, que forme ou déforme l'argot
multiple, mais d'après une analogie avec le fonds naturel
du parler ; enfin, les composés nouveaux. A la faveur
du don merveilleux de Composition, rajeunissement de
toute heure tiré de sa provenance germanique, l'Anglais,
en effet, par le génie de Shakespeare qui crée **to unsex**
(*dessexer*) ou la hâte du journal demandant hier qu'on
décrétât d'**unseaworthiness** les vaisseaux *incapables
de supporter la mer*, peut infiniment accroître le trésor
de son lexique. Heureuses, de telles alliances, survivent
quelquefois à l'auteur comme à la génération qui les
risquèrent, prenant une place dans le Dictionnaire :
oubliées quelque part ou même inconnues, elles n'en
ont pas moins librement jailli, utiles, neuves, charmantes, pour une heure ; ce qui ne messied pas à la
parole ailée.

Résumé.

L'étude d'un vocable comporte, pour qui raisonne
bien, des opérations diverses que commandent plusieurs

questions : Ce *mot* est-il de TERROIR, c'est-à-dire ANGLO-
SAXON ? Oui. — Est-il SIMPLE ? je le rattache à quelque
famille ou, tout bonnement, retrouve ses DÉRIVATIONS
de l'état de *nom* à l'état de *verbe*, etc., et ce qu'il est
dans le cas actuel. COMPOSÉ ? en voici les deux ou trois
éléments : pas tout-à-fait *simple,* mais pas visiblement
composé ? c'est qu'il a un AFFIXE, que j'écarte comme
avec un instrument habile de dissection, PRÉFIXE ou
SUFFIXE ; peut-être même est-ce moins, quelque simple
lettre venue de loin à travers les âges comme le plus
subtil des déterminatifs, je la tiens. Composer des mots,
en effet, il faut laisser cette tâche aux Anglais eux-
mêmes : nous, Français, pouvons les analyser. Très-
bien : car on ne voit presque jamais si sûrement un
mot que de dehors, où nous sommes ; c'est-à-dire de
l'étranger.

LIVRE DEUXIÈME

—

ÉLÉMENT ROMAN ou FRANÇAIS

LIVRE DEUXIÈME

Élément Roman ou Français

Mots français faits anglais : mais, les vocables que contient le Livre précédent étudiés, c'est-à-dire ceux du cru (Anglo-Saxons ou à tout le moins Gothiques), pourquoi ne pas déclarer, simplement, que tout autre est d'origine Romane; ou Normand, ou Picard, ou issu de l'Ile-de-France? Cela n'est pas toujours; tel vient du Latin ou, si l'on veut, n'en vient point, mais en aucune façon ne procède directement du Français. — Comment? n'importe, et attendez le Livre prochain. Que ce mystère, fait pour interrompre plus d'une fois l'étudiant et l'auteur au cours du Livre présent, n'empêche ni l'un ni l'autre de comprendre et d'expliquer jusqu'au bout le sujet du moment : à savoir quelle est la figure faite à l'étranger par une portion considérable de notre propre vocabulaire.

A côté de mots innombrables que l'Anglais s'est plu,
quoique avec presque tous nos procédés de dérivation, à
faire venir une seconde fois du Latin (car voici, en trois
mots, le secret), se montre aussi une série rare d'autres
vocables, non moins ressemblants aux nôtres; et qui,
à vrai dire, n'ont rien à faire avec la Conquête. Parallèles, ou procédant, en Angleterre et en France, du
fonds Gothique, c'est isolément que s'en est accompli
le développement : et tantôt ils se ressemblent d'assez
loin entre eux, ce qui est le cas normal; tantôt de
très-près ou même tout-à-fait, ce qui n'indique rien de
plus qu'une influence exercée par notre orthographe.

Des faux-semblants offerts par ces deux catégories
de mots, l'un est écarté pour faire, plus tard, l'objet
d'une étude considérable; et l'autre peut s'évanouir
sous un regard un peu subtil : il reste un enfantillage
à éviter, lequel? Mettre trop aisément le doigt sur un
vocable, comme **beau, bagatelle, belles-lettres, bouquet, déjeûner, éclat, ennui, penchant, soirée,
trousseau**; ou sur une locution comme **à la bonne
heure, d'accord, entre nous, je ne sais quoi, nom
de plume, ruse de guerre, tant mieux** et **tant pis**;
en s'écriant : « Je les reconnais ! » Ces exemples de-
vraient, mieux qu'ici même figurer, presque à la fin de
cette Philologie, dans les listes de mots empruntés par
l'Anglais à toutes les flores du langage. Introduits par
la lecture de nos œuvres polies des grands siècles,
l'imitation du ton exquis de nos salons et de notre
goût pour l'ajustement et la toilette, enfin par une recherche, faite au dehors, des qualités toutes françaises :
es termes se trouvent là aussi bien que dans le lan-

gage de presque tous les peuples épris de civilisation.
L'étranger les respecte souvent même dans leur prononciation; et ils font censé partie de l'idiome où ils
s'exilent, jusqu'à ce qu'une mode nouvelle nous les
rende comme elle nous les prit. Rien qui intéresse, au
point de vue linguistique, sauf une nuance, cependant, à
établir entre le plus ou le moins de sanction accordé par
le temps à tel vocable ou à tel autre : *yacht* et *sport*
(pour invoquer la réciproque), ayant chez nous, par
exemple, des droits au Dictionnaire, refusés à *high-life*
et à *starter*.

L'objet seul de l'investigation actuelle, c'est nos mots
transplantés avec la Conquête, et assimilés au parler du
vaincu par une élaboration de plusieurs siècles ; mais
ne veut-on qu'en constater le nombre ? Quel discernement que demande cette tâche, elle ne suffit pas à
la Science, dont le but reste autre chose qu'une statistique. Stérile occupation même, si chaque vocable a
jadis éprouvé quelque détérioration hasardeuse, que
d'aller la chercher dans les colonnes du lexique anglais
d'à-présent, pour en exhiber le cas aux yeux habitués
à voir, chez l'écrivain, le mot entier habilement mis en
lumière. A coup sûr, il y a davantage à tenter. Voyons !
d'où résultent de pareils changements dans le son, si ce
n'est d'une impuissance, sentie par des organes vocaux
étrangers, à prononcer comme nous. Ces gosiers, ils ne
savent donner que telle note et se refusent à celle-là ; les
dents se resserrent au point d'omettre telle articulation :
oui, et ceci presque uniformément. Vingt mots, soixante
ou cent, se rencontreront en conséquence, abîmés non
sans analogie. Une parenté résulte entre ces groupes,

9.

que souvent a, de son côté et chez elle, songé à réunir
la Grammaire française dans quelque note ou quelque
tableau faciles ; et comme rien ne procède ici que d'un
effort naturel, toujours logique avec lui-même, il y
aura des Lois, absolues ou relatives. Ainsi permutent
du Français à l'Anglais la voyelle — ou la diphthongue,
— ou la consonne. Toujours ? non, souvent. Voilà ce
que pourra dire, y ayant peut-être, mais sans fixité,
songé de longue date, quiconque lit ce deuxième Livre.

Mais si le mot, anciennement prêté par nous, s'était
chez nous perdu ?

Division alors du travail en deux parties. L'une
comptant les Changements, à l'Intérieur du mot ou à
la Fin, répétés d'une langue à l'autre un nombre suffisant de fois pour qu'il y ait motif à faire une Règle ;
l'autre qui aligne les mots, non-seulement tombés ici
en désuétude tandis qu'ils survivent là, mais dont
l'orthographe même se modifia, avec le temps, au point
de rendre malaisée une comparaison entre leur double
forme contemporaine, ici et là.

Tel, se trouve, en deux Chapitres fondamentaux :
Lois de Permutation et Vieux Mots, divisé le présent
Livre, traitant de l'immixtion en l'Anglais contemporain
de plusieurs milliers de nos vocables apportés par les
Normands, l'année de la Conquête.

Je crois, non moins que le Lecteur, nécessaire d'élu-
cider un point grave : où s'appuie presque tout l'effort
poursuivi maintenant, et l'un des plus neufs que
contienne la présente Philologie.

Un doute doit venir à l'esprit de quiconque réfléchit : il a trait à l'anachronisme que semble impliquer une comparaison faite entre la portion française de l'Anglais actuel, qui n'y a été introduite qu'en tant que vieux Français à ses commencements, d'une part ; et, d'autre part, le Français moderne. Ces deux termes de la relation à établir ne sont-ils point disparates ? cas grave puisque l'on ne lui demande rien moins que de vous fournir des Lois : mais n'anticipons pas.

Avant de rien répondre, il sied de noter ce fait, entrevu précédemment : que, tout primitif, le Langage d'Oïl, prenant racine en terre saxonne, se trouvait alors dans un état de formation cependant assez avancé pour ne point différer du tout au tout avec ce qu'il est aujourd'hui ; il portait en soi ses développements futurs. Même c'est immédiatement (très-peu de temps, du moins) après sa transplantation, qu'il changea parfois le plus profondément. Rappelez-vous certains textes cités plus haut et comment maint vocable, dans la prose anglaise du temps, s'éloigne plus de la langue française d'alors que ce n'est le cas, maintenant, après des siècles. Magistrale et savante, en effet, vint la période dominée par Chaucer ; où tant à l'aide d'une annotation exacte des métamorphoses subies là-bas que par la confrontation évidente de celles-ci à ce qu'était resté ou devenu chez nous l'orthographe, les écrivains remirent en bon chemin les mots tout-à-fait dévoyés.

Que s'est-il passé depuis lors ?

Aux rapports quotidiens, causés par la guerre de Cent Ans d'abord et ensuite par des relations pacifiques jusqu'à la Renaissance ; aux cours, à la splendeur de

nos Lettres, vers l'âge moderne, on doit attribuer l'espèce de simultanéité qui marque les changements légers
subis par le rameau de notre langue détaché en Angleterre et le tronc vivace resté ici. Oui et je n'hésite pas
à croire qu'il y a plus : le commerce, amical ou hostile,
entre les deux nations, n'a servi que de moyen pour
faire concorder, dans leur transformation parallèle, des
matériaux semblables. La même pensée moderne de
simplification, qui dépouillait de ses dernières inflexions
l'Anglo-Saxon prêt à devenir l'Anglais du Roi, en faisait
autant et presque à même date pour le dialecte à Paris
vainqueur, celui l'Ile-de-France. Visible partout, un
esprit unanime présida au développement des langues
contemporaines ; elles portent, toutes, cette trace : telle
régularisation (plutôt que leur complication) affectant
un groupe de mots demeurés au pays, n'a pas négligé
entièrement les mêmes mots en exil. Que d'infractions
à cette donnée, subtile peut-être pour plusieurs et délicate: point spécieuse! Sans son aide on ne peut cependant
expliquer tant d'évolutions dans l'orthographe ou le
parler, analogues ici et là ; qui, isolément, aboutissent
d'un passé commun à un présent conforme. Non que la
généralité même de cette explication tende à vous faire
omettre aucun des mille faits observés par vous bientôt
d'une langue à l'autre : mais des constatations, tout
exactes et multiples qu'on les fasse, doivent rattacher
l'infinité de leur détail à quelque point de vue principal;
il est abstrait ou creux sans elles, qui sont vaines et
éparses sans lui.

Telle est la thèse.

CHAPITRE PREMIER

Lois de Permutation.

§ 1.

Cas révélés par le corps des mots ainsi que par les terminaisons.

Le changement devait d'abord porter sur les sons français que ne possède pas l'Anglais, au nombre desquels la voyelle *u*, telle que nous la prononçons, occupe la première place.

U, lorsque cette lettre n'adopte pas purement et simplement une intonation anglaise, comme dans *dû*, qui fait **due** (pr. diou), devient **EW**; ex. *mu(er)*, **to mew**, *vue*, **vew**, etc. : orthographe déjà présentée par le mot Saxon d'origine, **new**, *nouveau*.

(Le son vocal *UY* devient **OY** (pr. oï) dans **to annoy**, *d'ennuyer*, certes ; mais il se trouve que, contrairement, *angoisse* donne **anguish**).

OI, ne fait pas **EI**, comme on serait tenté de le croire d'abord : car il sera montré plus loin que certains mots, anglais, en **EI** ou **AI**, viennent de vieux vocables français, ainsi écrits ; il devient **OY** (pr. toujours oï) comme dans **joy**, *joie*, **OO**, comme dans **to choose**, de *choisir*, et même **EA**, comme dans **pea**, de *pois*, prenant mille formes pour éviter notre diphthongue si française à laquelle l'Anglais est rebelle. **Manor** et **mirror** pour *manoir* et *miroir*, **parlour** pour *parloir*, où il s'agit de terminaisons, trouvent une place tout exceptionnelle au nombre de ces exemples.

Mais c'est devant ce qu'on appelle à juste titre Voyelles Nasales, que se montre nécessairement l'embarras de l'Anglais, qui jamais ne nasalise. Un tel jeu de la voix inconnu d'une phonétique, n'y a-t-il pas un moyen bien simple à elle d'en éviter l'émission : c'est de le décomposer? *EN* ou *EM*, le son existe, décomposé dans l'Anglais; et de deux choses l'une : ou cette langue le prononcera suivant son mode, ex. **to enter** (enn....) *entrer*, **hemp** (emm.....) *chanvre* ; ou, dans les terminaisons, elle l'assourdira, ne laissant de valeur presque qu'à la consonne. Ainsi, pour *IN* ou *IM* qui, par la sonorité même de l'Anglais, donne dans le corps des mots une syllabe que nous prononcerions à la latine, et, en terminaisons, se développe à la faveur d'un *E* muet; ex. *engin*, **engine**; *magasin*, **magazine**; *tambourin*, **tambourine**; *utérin*, **uterine**; tandis que parfois *origine* s'abrègera en **origin** et *terrine* s'allongera en **tureen.**

Une des singularités qui s'attachent encore à ces sons

NASALS, c'est l'interpolation des voyelles : pourquoi *cendre* fait-il **cinder**, et *frange* **fringe**, et *banc* **bench,** *rampart* **rempart** : atténuation presque régulière de l'éclat vocal alors que s'évanouit la stabilité, neutre et grave, que lui confère une *M* ou une *N*.

Rien de plus anglais que ce son *UN*, dont l'émission garde quelque chose de notre nasalisme tout en détachant très-nettement l'*N* : empruntez aux tables des Familles ou des Mots Isolés saxons **bun,** un *beignet;* **to run,** *courir;* **sun,** *le soleil.* Toutefois, ce fait singulier a lieu que notre *UN* ne revêt presque point la forme équivalente anglaise, qui paraît prête à le recevoir; et se déforme, dans *commun* en **ON, common,** dans *brun* en **OWN,** *brown,* dans *parfum* en **U** prononcé iou à la faveur d'un **E** muet **perfume.**

Régulièrement, avec des ressources parallèles trouvées dans son propre fonds, ou comme par le hasard de nuances diverses, l'Anglais vient à bout de trois d'entre les cinq voyelles nasales, mais hésite à prendre avec les deux autres semblable liberté. *AN* et *ON,* ces sons si particulièrement français, lui semblent, en effet, deux agrégats que rien ne peut imiter? **AN,** n'est-ce pas, cependant, un son (et que dis-je? un mot) anglais; **ON** aussi : et pas d'opération plus simple à première vue que de prononcer tout bonnement comme chez soi? Non; une certaine fixité spéciale apparaît ici, toute à mobiliser, l'**A** et l'**N,** l'**O** et l'**N** semblant comme se disjoindre avec peine pour se radapter aussitôt. Un **U** s'intercalera et déjà nous n'avons plus de voyelles nasales; mais ces diphthongues nasales, moins homogènes, moins cohésives, moins absolues : **AUNT, OUNT.**

Voyez **avaunt, gauntlet, haunch, haunt, to launch**
(de *lancer*); **taunt** (de *tancer*); **tawny** (de *tan*, fauve);
to vaunt (*se vanter*); etc. Ainsi, **to announce, to bound**
(*bondir*); **bounty, country, counter** (*part*); **to found**
(*fonder*); **mount, ounce, profound, counter** (*rencontre*); **to renounce**; etc. *Renom* fait **renown**, un **W**
remplaçant l'*U*; et quant à **frontier** (*frontière*), il est
presque seul à demeurer. Telle, cette véritable corruption, dans leur matière, de deux des plus beaux sons
de notre langue, dissous par l'introduction habile d'une
lettre. Ceci généralement à l'intérieur des mots : *AN*, en
terminaison, précédé d'un **D**, comme dans **errand**, *com-
mission*, ou d'un **T**, ainsi que dans **fragrant**, *embaumé*,
se prononce tout bonnement à l'anglaise, c'est-à-dire
A du nez et *N* avec le **D** ou le **T** isolés; quant à *ON*,
final, il ne subit de défaite qu'après avoir vu sa voyelle
dûment doublée en diphthongue, ce qui procède fort,
à vrai dire, du traitement employé tout-à-l'heure. Re-
gardez **balloon, buffoon** (*bouffon*); **cartoon, dragoon**
(le *dragon* militaire); **festoon, galloon, harpoon, ma-
caroon, maroon** (la *couleur* et *le nègre fugitif*);
moussoon (*mousson*, le vent); **mousquetoon, pan-
taloon, platoon** (*peloton* militaire); **poltroon, pontoon,
quadroon** (un *quarteron*); **saloon**; etc. L'habitude
française d'accentuer de la voix la dernière syllabe se
montre visiblement la cause de cette réduplication :
seul, **griffin**, pour *griffon*, où toute l'attaque porte sur
le commencement, ne suffit pas à démentir cette asser-
tion.

Pas de consonne française, ou même de geste vocal

plus complexe, que ne figure, à la faveur d'une lettre ou de plusieurs, l'Anglais : sauf *L* mouillée. Altérer l'émission d'un grand nombre de nos vocables, en y prononçant les deux *LL* comme une seule qui, elle-même, reprend son articulation ordinaire ? faux-fuyant trop aisé : car si notre cas consiste en la modulation d'un *I* invisible et très-faible après l'*L* simple ou double, c'est que ladite lettre apparaît toujours écrite avant. Lire *éventa—i—l, ve—i—lle, fam—i—lle* et *dépou—i—lle.* Trois solutions s'offrent à un organisme étranger rebelle : de faire disparaître cet *I,* comme dans **apparel, corbel, counsel** et **mervel,** pour **E**; et **mall** (un *mail*), **medal, portal, rascal** (coquin, de *racaille*), **represal,** avec **A** : ou de lui faire rejoindre, en formant une diphthongue, la voyelle précédente, comme **detail, entrails,** etc. (prononcez ai-l). Que si une langue cède et se plie à imiter l'autre, ce sera, précisément, en déplaçant le même *i* d'avant après, c'est-à-dire en figurant notre prononciation, ainsi qu'elle a été plus haut analysé : **medallion, palliasse** (une *paillasse*), **pavilion, valiant** et **vermilion.** Indifférence complète, dans ce traitement, au nombre d'**L,** là ou chez nous; la question portant où je l'ai placée, sur **I.** Toutefois, on pourrait dire, au détriment de l'**E** *muet* des terminaisons et toujours au bénéfice de cet **I** fondamental, que celui-ci nécessairement gardé et celui-là disparu parfois, *IL,* simple, ne demeure point sans quelque réminiscence de *son mouillé;* ex. **lentil, pastil, moril, pupil** (avec le sens ordinaire d'*élève*), etc. A ces sons très-nets, assimilez ceux plus complexes de **to cuil** pour *cueillir,* ou de **foil** pour *feuille* (du *clinquant*) : or, ce n'est pas à l'intégralité d'**U** et d'**O** juxtaposés à **I** pour former un alliage douteux, que nous devrons que le son se mouille, non, mais bien au maintien d'*IL* entier ; écoutez **to boil** et **to broil**, *bouillir* et *brouiller* ou d'autre part **patrol**, une *patrouille*, ou même **to growl**, *grouiller*.

Notre digramme *GN*, quand, entre la voyelle après laquelle il est placé et lui, poind ce mystérieux *I* de tout-à-l'heure, offre bien plutôt, par cela même, le caractère d'un son mouillé ; s'il est seul, du reste, rien d'autre n'a lieu. Ainsi le prescrit l'Anglais, habitué chez lui à joindre purement et simplement ces deux consonnes en une double, au point qu'il les transpose, pour arriver à ce résultat, dans les participes présents et tous les mots en **ING**, comme **thing** et **singing** (pr. thign et signingn) : et s'il hésite devant **sign**, un *signe*, et ne prononce pas, le voici qui se décide à adopter le moyen d'imitation fondé sur un fait, que l'on a relevé déjà, c'est dans **minion**, pour *mignon*, **tronion**, pour *trognon*, **onion**, pour *oignon*, **poniard**, pour *poignard*. Exception, pareille aussi à l'une de celles rencontrées plus haut, **to frown**, *se (ren)frogner* ; sans compter qu'à la fin des mots, **AGNE**, peut disparaître, oui, ex. **mountain**, *de montagne*, mais demeurer, ex. **campaign** (militaire) et **champaign**, le *champagne*.

Le rapprochement en une seule lettre de nos sons purs *T* et *CH* doux, *D* et *G* doux ou *J*, si fréquente dans l'Anglais, n'appartient d'aucune façon au Français. Quoique possédant à part chacun de ces éléments, le **T** et le **D**, certes, et aussi un **SH** qui équivaut presque à notre *CH* doux, l'Anglais traduit néanmoins celui-ci par sa consonnance double ; et, bien plus, inscrit le *t*

comme dans un de ses mots quelconque, **catch** : et
de *boucher* il fait **butcher**, de *crochet* **crotcher**, de
dépêche **dispatch**, de *hacher* **to hatch**, ou de *huche*
hutch, etc. Pour notre *G* doux, que ne rend pas, dans
sa simplicité, le **J** de **jam** (pr. djamm), vous le voyez
néanmoins ainsi au commencement des mots, ex. **jay**
pour *geai*, **jest** pour *geste*. (des Chansons), **jig** pour
gigue, etc.; et, souvent, à la fin des mots, s'inscrit le **D**
prononcé, comme dans **judge**, *juge*, qui fournit à lui
seul un exemple des deux cas, ou **lodge**, *loge*. S'agit-il
de terminaisons, le plus souvent, toutefois, l'orthographe
ne change pas : et de même qu'on a **age** (pr. edje) *âge*,
c'est-à-dire le **G** équivalent au **J** (cas exceptionnel étendu
à un certain nombre d'importations françaises), on a
encore **charm**, de *charme*, qui se prononce comme dans
chap; et **couch**, comme dans **much**.

Ces sons (auxquels l'Anglais ne trouve point d'équivalents) une fois considérés ici, peut-être y aurait-il
quelque sagacité à rechercher tout cas contraire : ou
simplement s'il existe quelque articulation tout-à-fait
anglaise, demandant d'autres efforts vocaux que ceux
requis par notre alphabet; oui, **TH**, par exemple. Je
m'attends que, porté à émettre ce son que le Grec pos-
séda, l'Anglais en ait dôté tels et tels de nos vocables :
point; et tout bien compté, ne vois guère qu'un mot
d'origine classique, et le dérivé de celui-ci, ayant étran-
gement accepté ce cachet tout saxon, **author**, avec
authority, d'auctor et auctoritatem latins plutôt que
d'*auteur* et d'*autorité* français.

U, dans les voyelles, *OI*, dans les diphthongues, les

sons nasals et les sons mouillés (faits de toutes les
voyelles et des consonnes *M* et *N*, ceux-ci ; et ceux-là
de la voyelle *I*, écrite ou prononcée, et des consonnes
L simple et double) ; et *GN* dans les consonnes pures,
enfin, notre *G* doux détaché d'aucun **D** initial et notre
CH doux, très-guttural, que s'est complu à ne pas
traduire le **SH**, très-palatal : voilà, en résumé, les cas
spéciaux français que l'Anglais avait à tourner ou à
affronter. La métamorphose de ces sons, dans les mots
importés d'une langue à l'autre, se prévoyait et l'analyse à bon droit en rend compte : il y a, toutefois, des
altérations plus gratuites qu'expliquera quelque détail
purement historique ou constatera le hasard, c'est-à-
dire une complexité vaste ou trop minutieuse de faits
pour l'observation rapide.

Aucune Loi de Permutation entre les consonnes d'un
même ordre, soit de la douce à la forte, comme de
fente à **vent**, soit de la forte à la douce, comme de
flacon à **flagon**, ou de l'*R* à l'**L**, comme de *marbre* à
marble, ne s'appuie sur grand chose de plus que ces
trois exemples : rien, dans ce triple phénomène, que
d'accidentel. Quelques lueurs d'explication se font jour
à travers le changement des voyelles : non que je parle
de celui qu'amène évidemment, dans les mots restés
les mêmes ici et là, une différence de valeur entre
chacune des voyelles des deux langues. L'apparence
de règles à discerner, infiniment plus subtiles, atteint
même l'orthographe : la modifiant en raison même de
l'espèce de dégradation que subissent nos voyelles et
les autres. *A*, s'appelle *É*, *E*, *I*, éclaircissement ; *I*, se

décompose en **AI**, et *U*, en **IOU**, assombrissement ;
O demeure. Suivons : *A*, décroît presque vers l'**E** muet
et se relève à peine jusqu'à l'**I** plein, dans **fleam, to
gleam** et **jealous**, *flamme, glaner* et *jaloux*, remplacé
par la diphthongue **EA** ; mais tandis qu'il s'obscurcit pleinement dans **gauze**, venu de *gaze*, transparent, une
gaze, c'est **AU**, diphthongue qui sonne en **A** (pr. *é*) dans
safe, de *sauf*, **to save**, *sauver*, et **saviour**, un *sau-
veur*, **savage**, *sauvage*, pour ne rien dire de **to chafe**,
échauffer par le frottement. Que se passe-t-il relativement à *E ?* Pour une sonorité d'*a* obtenue avec *messe*
devenu **mass** et *greffe* devenu **graff** (en dépit de la
loi grammaticale qui assigne à toute voyelle suivie, dans
la syllabe, d'une ou de deux labiales, gutturales ou
dentales, le son dit français) voici que : muets ou
ouverts sans accent, dans **beak**, de *bec*, **cease**, de
cesser, **hearse**, de *herse*, **measure**, de *mesure*, **neat**,
de *net*, **pearl**, de *perle ;* accentués et graves dans
cream, de *crème*, **feast**, de *fête*, **peach**, de *pêche*, **to
preach**, de *prêcher*, **to search**, de *chercher*, **zeal**, de
zèle, nos *É*, ou *È*, ou *É* deviennent **EA**, soit aigü, soit
sourd. Elle-même, la diphthongue *AI*, partage cela, **to
appease, eagle, ease, eager** (origine, *aigü*), **feasable**
et **feat, grease** (*graisse*), **meagre, reason, season,
treat** et **retreat**, etc. ; stable le plus souvent ou gardant
son *Y* ancien, ex. **gay, may, quay**, etc., elle se change
aussi, non-seulement en **EY** ou **EI** équivalents, **heinous,
money** (*monnaie*), mais en **EI** prononcé comme un *i*
anglais, **to seize**, de *saisir*, ou en cet **Y** pur, **fry**, de
frai (de poisson), même en *I* français, **fit** (de *fait à...*)
et *lézard :* enfin *È*, l'imite, dans **reign** (les *rênes*) et

rein (un *renne*). Contradiction, celle de **limon** ici, là **lemon**; mais passons sur ce peu de chose. Les autres voyelles : *O*, il se fait guttural et s'adjoint un **A**, c'est dans **approach** et **reproach, coach, coat** (habit, de *cotte*), **coast** (de *coste*, maintenant côte), **loach, moat** (*motte*), **to poach** (*pocher*), **to roast** (de *rostir*, maintenant rôtir); il s'assombrit entièrement et devient les diphthongues **OU** dans **to flourish** (de *florir*) et **pouch** (la *poche*), **OO** (pr. *ou* fr.) dans **boot** (*botte*) et **brooch** : remarquer la fréquence, en tels cas, de la finale **CH**. Glisse-t-il simplement vers **U** neutre (pr. d'œu à un), **cutlet** (*côtelette*, dans le sens de petite côte), **gulf, gum** (*gomme*), **nun** (*nonne*), **pullet** (*poulet*), **putty** (*potée*) et **to truck** (*troquer*); voici par contre que la diphthongue **OU** fait de même : **curt, cutlass** (*coutelas*), **crust** (*crouste*, maintenant croûte), **turbish** (*fourbir*), **gusset, gutter** (*gouttière*), **musquet, muslin** (*mousseline*), **mustard** (*moutarde*), **mutton** (viande de *mouton*), **nurse** (*nourrice*). **puppe** (*poupée*), **to pursue** (*poursuivre*), **to purvey** (*pouvoir*), **to push** (*pousser*), **russet** (*roussâtre*), **rut** (ornière d'une *route*), et **tuft** (*touffe*). Oublier l'**U**, prononcé *iou*, de **rebuke**, pour *reboucher;* et ne voyons rien, après cette simple transposition, non de son, mais de lettres, montrée par *poupe*, **poop**, et *troupe*, **troop**, sinon qu'il y a rapprochement d'*O* dans **to allow**, permettre, pour *allouer* **to avow**, pour *avouer*, **coward**, lâche, pour *couard*, **prow**, pour *proue*, et **prowess**, pour *prouesse*, puis à la limite *houe* fait **hoe** : enfin, **to recover** (*recouvrer*), **gormand** et **to govern** (*gouverner*) touchent au but, *O* anglais y traduisant *OU* français. Assez :

ici juste cesse toute recherche, exacte et point aven-
tureuse.

Les autres changements, reconnaissables dans les
diphthongues, sont, tous ou à peu près, spéciaux autant
que celui de *peuple* en **people**, ou de *pàon* en **pea**,
tandis que *faon* fait **fawn**.

EU, ce son, dans lequel se neutralisent en Anglais
tant d'efforts de la voix, ne se transpose pas facilement
s'il vient de l'étranger ; et, tandis qu'*hébreu*, je suppose, devient **hebrew** (pr. ou), voici notre *furet* qui se
changera en **ferret** : et cela non sans une tentative
sérieuse d'imiter ce qui se dit ici chez nous, en prononçant œu précisément.

Quant aux consonnes, c'est principalement autour
du son guttural fort par excellence, *K*, que se produit
l'hésitation ; tantôt du côté des sifflantes, *C* ou *SS*,
S ou *Z* ; tantôt du côté de l'aspirée *H*. Signe qui ne se
trouve qu'à l'état d'étranger dans nos abécédaires, le
K n'est pas donné sans motif comme le son fort qui
régit en Anglais l'ordre guttural plus que *C* dur : il
entraîne à une orthographe spéciale force mots qui,
chez nous, se contenteraient de *C* dur ou de *QU*. Y a-t-il
une différence de prononciation : oui, subtilement ;
non, dans la pratique. Nos vocables, au moins, nous
apparaissent comme revêtus d'une étoffe uniforme
dans la liste que voici : **to attack** — *quer*, **cock** — *q*,
cockade, *cocarde*, **duke** — *c*, **to evoke, invoke** et
provoke — *quer*, **frock**, pour *froc*, **frank** — *c*, **jack** —
ques, **jacket** — *quette*, **to mock** — *quer*, **musk** — *c*,
obelisk — *c*, **park** — *c*, **racket** — *quette*, **risk** — *isque*,

rock et **rook**, *roc, rocher* et *roc*, pion d'échec, etc.
Noter que, fort souvent, le *C* français reparaît avant
le *K* anglais, qui n'est qu'ornemental; et qu'un *G* même
peut lui faire place, comme dans **rank**, ou simplement
le mot *rang*.

Échange de *C* dur en **CH** tel que l'aspirerait le Français, oui : dans *chenil* qui fait **kennel**; mais le contraire se produit plus souvent, ainsi de *chancre* on a
canker, de *char*, **car**, ou de *charrette*, **cart**, et de
charrier, **carry**, enfin de *chat*, **cat**. Eux, ces mots :
cherry et **truncheon** viennent de *cerise* et *tronçon*;
et nous voici aux sifflantes. Grande confusion et toute
à prévoir, tant de signes représentant si peu de sons :
rien peut-il empêcher l'Anglais d'écrire **gloze**, notre
glose; ou **faucet**, notre *fausset* (à mettre en *perce*), et
au contraire *leçon*, **lesson**? Libre à lui, le son ne
changeant pas : mais non de dire **ransom**, pour *rançon*,
et **mason**, pour *maçon*, ni de supprimer une *S*, par
exemple, à *ressource*; tandis que ce fut, ma foi! dans
l'ignorance que la valeur de notre *S* dépend aussi de
sa position, un bon moyen mnémonique de le conserver
dur au commencement du mot, que d'orthographier,
avec **SC**, *sentir* (par l'odorat), **to scent**. Quoique plusieurs des cas suivants rentrent, à vrai dire, dans l'étude
séparée qui sera faite des Terminaisons : tels que ceux
de **dance** et de **trance**, remplaçant *danse* et *transe*
(extase) qu'il a semblé commode de rattacher à des mots
comme *espérance*, etc.; on fera remarquer que *terrasse*
a fait **terrace** et qu'à sa suite se rangent, plus singulièrement, non **palace**, pour *palais*, (qui ne vient pas du
Français), mais **peace**, pour *paix*, **pace**, pour *pas*,

price, pour *prix*, et **vice**, pour *vis*. Seul, ce dernier
mot, ne nous fournirait-il pas l'explication de toute la
série ; qui sait si ce n'est pas là simplement une exacte
transposition de notre habitude, anciennes pour les
autres termes comme actuelle encore relativement à
celui-ci, de prononcer ? A cette suggestion et non à
quelque autre, il sied de rapporter plusieurs altérations qui ne coïncideraient avec rien de ce qu'on
a noté et de ce qu'on notera ; embrassantes, s'il n'était
certain que de la voix, elles passèrent à l'écriture.
Villon (*), notre poëte (je me tiens sur la limite du
Français quelque peu vieux et du moderne), fait rimer
Robert et *haubert*, avec la *pluspart* et *poupart; barre*
avec *terre; appert* avec *part;* et d'autres preuves sont
données par des écrivains anglais antérieurs faisant
sarvice de notre mot *service*, que : **marvel, to tarnish**
et **to varnish** offrent simplement l'orthographe comme
prise sur le fait du parler primitif français. **Marchan-
dise** demeure, tandis que **merchant** a prévalu : et
quiconque objecterait **perfume**, traduction de *parfum*,
ne songerait pas à une manie anglaise de latinisation
de nos propres vocables, dont il sera bientôt parlé ici ;
en revanche, **clerk**, un *clerc*, qui garde un E, s'énonce
encore à haute voix avec un A, et s'écrit même ainsi,
comme nom propre.

* VILLON. Edition *Janet*, p. 23.

§ 2.

Cas révélés par les Terminaisons seules.

Les Terminaisons de mots (dont l'aspect correspond, fréquemment, à l'une des divisions grammaticales appelées Parties du Discours) ne se montrent, dans aucune langue, d'une variété infinie. Tous ceux d'entre les vocables français, destinés à devenir anglais, se trouvaient, lors de leur transplantation d'un sol à l'autre, pourvus de finales nettes et régulières : et l'Anglo-Saxon possédait jusqu'aux désinences casuelles. Que pouvait-il, cet état du langage existant de part et d'autre, résulter du mélange des deux parlers : sinon que certaines terminaisons d'ici glissassent peu à peu dans leurs analogues de là ; ou bien persistassent, tantôt intactes, tantôt détériorées? Tels, les trois cas principaux que l'on va étudier : à qui s'étonnerait de ne pas rencontrer, dans les pages qui viennent, maintes terminaisons très-familières chez nous, force est d'attendre le Livre ultérieur. Toujours à cause de cette habitude contradictoire de latiniser certains éléments français ou de franciser les latins, révélée par l'Anglais et qui affecte principalement les Terminaisons. La distribution de telles finales ou désinences, maintenant, où l'appuyer : rien que sur la classification de ces Parties du Discours à quoi il a été fait allusion. Indépendamment du cas triple de fusion, d'intégralité ou de détérioration qui s'imposera de soi-même à l'attention du Lecteur.

Deux groupes de vocables avant tout (au point de vue philologique), sont à étudier : le Substantif, matériel ou idéal, le Verbe, actif ou neutre : celui-ci accompagné du Pronom, puis de l'Adverbe et de la Préposition, acolytes dont il ne va point être tenu compte à cet endroit, car ils sont toujours de race saxonne ; celui-là, de l'Article, omis au même chef, et de l'Adjectif. Rien de la Conjonction et de l'Interjection, mots essentiellements du crû ; trop brefs, du reste, pour revêtir des Terminaisons.

Substantifs.

— *ADE* (de source néo-latine, sinon française : italienne et espagnole) reste ou devient — **AD** : il reste dans **balustrade** et **barricade**, **cavalcade**, **cascade**, ou **comrade** (pour *camarade*), **esplanade**, **fusillade**, **limonade**, **parade**, **promenade** et **tirade**, etc. ; il devient — **AD**, dans **ballad**, **salad**.

— *AGE* n'a point bougé : voyez-le avec toute sa physionomie originelle, seulement modifiée par la prononciation, dans : **baggage**, **damage**, **linguage**, **message**, **passage** ou **village**. Un dérivé immédiat, qui devrait être — **AGER**, s'en trouve dans **passenger** et **messenger**, *passager* et *messager* ; où l'altération éprouvée

par l'antépénultième a pour cause probable une analogie fautive de ces mots avec **harbinger, porringer,
pottinger** et **wharfinger** : ce qui vous remet à l'esprit
la préexistence, dans le Saxon, de cette finale —**ER** (pri-
mitivement — **ERE**).

— *ER* français noya dans son vaste afflux l'équivalent indigène ; et, certes, les vocables de terroir,
comme **baker, fisher, miller,** sont plus rares que ceux
du loin comme **butcher, gardener, vintner,** etc. — **ER**
saxon s'adaptait fréquemment à — *EUR* (ainsi **doer** se
traduirait par — *faiteur*) non moins qu'à — *IER;* et
des trois noms saxons, cités d'abord, la traduction est
boulanger, pêcheur et *meunier ;* tout aussi bien que
les trois nôtres, énoncés ensuite, confondent dans un
son commun la variété désinentielle de *boucher, jardi-
nier* et *vendangeur.* Non qu' — **IER** n'existe en Anglais,
si — *EUR* y fait défaut ; mais cet — **IER** remplace volon-
tiers le féminin — *IÈRE,* ainsi dans **barrier, frontier,
pier** (dont la provenance est *pierre*) et **rapier** : à moins
que le féminin en question ne s'assourdisse en — **ER,**
comme **litter, manner, matter** et **river** ; ou ne donne
la forme toute anglaise d' — **EER** en **carreer.**

— **EER** remplace aussi — *IER,* concurremment à
ARD et *AIRE,* comme dans **muleteer, mountaineer**
et **pamphleteer** ; et même — *EUR.* Aucun rapport
entre cet — **EER** et — **EE,** dont l'emploi est souvent
aventureux : c'est dans **levee** où il égale — *ER* (pour
ne rien dire de **marquee,** une *marquise,* ou verandah),
dans **apogee** et **perigee, epopee, fusee, fricassee,
spondee** et **trochee,** où il égale — *ÉE.* L'emploi
authentique de cette syllabe terminative consiste à dé-

signer entre tout, non pas les simples participes passés restés tels, comme **debauchee**, ou devenus noms, comme **rapee**, du *rapé*, un tabac à priser, mais certains noms passifs que très-rarement — *AIRE* français marque de ce sens spécial, comme *destinataire* : or, celui-là même ne se traduit pas de la sorte. Nous sommes donc sans équivalents à offrir pour **presentee, payee**, etc., personnes que l'on présente, à qui l'on paie, quelque chose de plus que le *présenté*, le *payé*, et le contraire de le « *présentateur* », le *payeur* ; comme **grantor**, *qui accorde*, s'oppose nettement à **grantee**, le *bénéficiaire*, **lessor** à **lessee**, celui *qui accorde de la licence*, au *licencié*, ou **mortgageor** à **mortgagee**. Très-fortuitement, *décret* fait **decree**, à côté de *discret*, **discreet** : ou mieux, c'est par un motif tout oral, l'accent français à conserver.

— **ET**, indigène, préexistait à la venue du nôtre : c'est ainsi que nous avons signalé, par exemple, **locket** comme allié par sa finale à **spigot** ; et — **LET**, comme donnant **brooklet, hamlet** ou **streamlet**. Confondre ce diminutif avec celui qui termine le mot français *signet*, passé intact à l'Anglais, serait une erreur : autant que ne pas voir dans **civet, facet, omelet, pallet, rennet** (la *pomme*), **toilet, trumpet** et **tablet**, une abréviation de notre forme — *ETTE*, que peut garder toutefois dans un de ces noms *palette*, postérieur à l'époque étudiée ici et ne nous intéressant, comme tel, point davantage que *marionette* ou *rosette*, anglais.

— **ESS** remplace quelquefois — *ESSE*, comme dans **finess, largess, prowess** ; il s'abrège dans **riches**, pour *richesse*, sorte de pluriel assimilé, par un long

10.

oubli de la provenance, à ces deux, latins, DIVITIÆ et OPES : quant à **burgess**, lisez bien *bourgeois*.

— **RY** ou **ERY**, c'est visiblement notre — *ERIE*, d'après ce simple fait qu'*I* de la fin se change ordinairement en **Y**, ex. **ennemy** et **mercy**; car **amity** ou **pity**, pour *amitié* et *pitié*, demeurent rares, et **fairy**, traduisant non *féerie*, mais *fée*, exceptionnel. **Cavalry, mockery, poetry, poultry** (de *poule*), spicery, trumpery : un groupe nombreux se compose de suite.

— **SON**, — **ON**, — **SOM** et — **SHION**, comme **poison**, même sort, **ransom**, *rançon* et **fashion**, *mode* ou *façon* (qu'imite **cushion**, *coussin*), se joignent à **SION**, de **mansion** ou de **passion**, pour représenter une corruption assez agréable de nos *SION*, *CON* et *SON*.

Adjectifs.

Sur la limite, qui sépare le Nom de l'Adjectif, se tiennent quelques Terminaisons, propres aux deux : parmi celles-là seules qui nous occupent à présent, citons :

— *ARD* et — *ART*, finales de source gothique, apportées par les Francs au Français comme par les Saxons à l'Anglais, se retrouvent ici pour s'unir dans la même forme primitive qu'elles sont, tout en gardant, chez les mots de chacune des deux langues, des nuances spéciales : d'un côté, **drunkard** ou **braggart**, si l'on se rappelle les exemples fournis par le précédent

Livre ; de l'autre, **bastard**, **coward**, car ces dérivés de notre langue ne changent pas généralement le *d* en *t*.

— *ESQUE*, dans **arabesque**, **barbaresque**, **gigantesque**, **grotesque**, se montre, pour qui regarde ces mots, attribuable au fait d'une importation relativement moderne ; et je ne m'y arrête point.

Quelques règles, qu'il sied d'indiquer ici en dernier lieu, s'appliquent également au Nom et à l'Adjectif. Moins strictes néanmoins que les déviations précédentes, elles finissent même un peu par livrer l'étude des Terminaisons à l'invasion du vague, de l'incohérence ou du caprice : tant la loi (la meilleure) offre partout d'échappées.

Insister sur l'accident le plus élémentaire de toute transposition d'une langue à une autre, l'abbréviation des finales, serait inutile ; et **coif**, pour *coiffe*, **gem**, pour *gem*, **grot**, pour *grotte*, **pistol**, pour *pistolet*, voilà qui se prévoyait mieux peut-être que *grappe* devenu **grape** (pr. grèpe) : où l'altération du son fait une maladresse d'un procédé. A quoi bon écrire deux consonnes, si, seule, une s'entend, ainsi que c'est le cas en Anglais : et quant à la chûte pure et simple de l'*e* muet, les exemples cités aussi prodigalement que **charm**, **bust**, **croup**, **fraud**, **jamb**, **lamp**, **madam**, **mass**, **maraud pair**, **pilot**, **pomp**, entre mille autres, ne nous apprendront rien ; sinon que le traitement contraire a même lieu, au besoin, dans bien des mots pareils qui nous reviennent à la mémoire. Que dis-je : il y a *recours* qui fait **recourse** à cause de *course*, sans doute ; mais *appétit*, **appetite**, pour quoi ? et d'où encore **close, pane,** glace en verre de *pan,* et **salute,** et **vile,** etc. Plus loin vont **larceny,** de *larcin,* ou **lavender,** de *lavande;* or, nul motif à ces additions : on saisit mieux la pensée confuse qui préside à *aveu* faisant **avowal,** à *beau* pour *bon,* **bonny,** à *cygne,* **cygnet,** à *devoir* ou *dû,* **duty,** à *garnir,* **garment,** à *appareil* à *gaz,* **gasalier,** à *geste,* **gesture,** ou à *direction* pour *guide,* **guidance.** Une finale française quelconque, plutôt qu'aucune, voilà tout; ou même une autre que celle préexistant et d'allure plus française encore pour l'étranger : car c'est le cas d'**executioner,** au lieu d'*exécuteur;* de **parchment,** au lieu de *parchemin,* etc.

Tout se fait par trop ténu ici ; et qui suivrait davantage un fil enchevêtré risquerait de perdre à cet effort la notion exacte des quelques Lois jusqu'à maintenant extraites de l'écheveau total.

Verbes.

Tâche considérable et subtile à la fois que d'analyser le changement des terminaisons verbales d'une langue à l'autre. A un regard en hâte jeté sur les paradigmes des Verbes français, il semble, toutefois, que ceux-ci comportant moins de variété dans leur finale que le Nom par exemple et même l'Adjectif, en saisir la transposition est aisé : point. Toujours cette opération factice de l'Anglais, destinée à faire remonter plus avant

que le transvasement du Français chez lui, la forme
neuve d'une portion de ses vocables, vous arrêtera,
aussitôt votre tâche commencée : c'est-à-dire l'influence
latine revenant après coup nier là-bas travail ici subi
par nos mots. Omettre donc à dessein les plus importants
de nos Verbes, voilà ce qu'il va falloir faire, si l'on
veut ici encore ne pas anticiper sur l'objet du Livre
prochain, mais en sauvegarder l'intérêt.

Ce détail su ou même deviné que les Verbes auxi-
liaires sont là-bas mots de terroir et qui ne nous
empruntent rien, il siérait, avant toute autre classe de
Verbes ordinaire, d'envisager ceux en *ER*, formant
notre première conjugaison : or, c'est sur leur compte
même qu'on doit, en ce lieu, beaucoup se taire et re-
mettre à plus tard. Deux indications, cependant, l'une
importante et l'autre point : la légère, c'est que cette désinence — *ER* ne va dans l'Anglais que pour parachever
des Substantifs employés par la terminologie juridique,
comme **attainder**, *mort civile*, **disclaimer**, celui *qui
désavoue*, **remainder**, *réversibilité*, **user**, celui *qui
emploie*, etc. De Verbe à Verbe, enfin, que se passe-t-il ?
là gît l'intérêt. Chute de la Terminaison ; que ce soit — *R*
qui tombe comme dans **to lave, to refuse, to revere,
to trouble** ; que ce soit — *ER* comme dans **to agree,
to essay, to annul, to aver, to damn, to defray,
to harass, to reprimand, to sap, to touch** : ces
exemples choisis entre mille pour la diversité de leur
prénultième. Ajoutez que si le modèle était en — *IER*, le
décalque se fait en — **Y**, soit : **to cry, to marry, to rally,
to vary**, etc. ; — **fy** précédé de significations diverses,
comme **to deify, to edify, to horrify, to mortify, to**

ratify, to satisfy, to unity; et — **ply** avec les siennes, **to reply**, par exemple, qui, à vrai dire, se traduirait en français par *répliquer*, mais cette forme n'a-t-elle pas été à tort, puisque **to supply** veut dire non *supplier*, mais *fournir*, copiée sur *plier ?*

Deuxième et troisième conjugaisons : celles en — *IR.*

— *IR* peut tomber, très-exceptionnellement, ce que montrent ces trois exemples, **to repent, to ressort, to resent**, *se repentir, ressortir* et *ressentir;* la règle, absolue, c'est qu'il fait — **ISH**. Rappelez-vous **to abolish, to banish, to blemish** et **to brandish, to embellish, to garnish, to flourish, to tarnish, to nourish, to punish** et **to perish, to ravish**; et aussitôt une légion innombrable d'autres surgira à votre mémoire. Ne reconnaît-on pas, dans les Verbes cités les premiers, ou perdant — *IR*, ceux-là mêmes où tombent, chez nous, dans la formation de l'indicatif et de l'imparfait, ces deux lettres : *nous nous repentons* et *je me repentais, nous ressentons* et *je ressentais*, et souvent *cela ressortait;* tandis que — **ISH**, appliqué avec tant de persistance aux autres qui font : *je bannissais, je blémissais, je brandissais, j'embellissais, je garnissais*, etc., semble une réminiscence de notre forme sifflante principale. Par ce témoignage, auquel nul n'avait songé, se voit justifiée l'excellente distribution, honorant la Grammaire moderne, de nos Verbes en cinq conjugaisons, grâce à une scission entre deux groupes distincts que forment ceux en — *IR.*

Quatrième conjugaison : celle-ci, en — *RE.*

La règle, vaste et si générale que les exceptions la font presque évanouir au milieu de leur envahissement, consisterait à intervertir l'ordre des deux lettres terminatives, ainsi que cela se passe, pour **to render,** *rendre* ; et, du reste, avec les Adjectifs comme **tender,** et les Noms comme **number** : vous trouverez bien encore un nombre suffisant de Verbes, observateurs stricts de ce mode de métamorphose. Suppressions parfois : **to vend** et **to tend,** *vendre* et *tendre.* Au nombre des anomalies, plus qu'autre part, viendront enfin se ranger les transpositions libres, irrégulières ; disséminées à travers toutes les exceptions de l'Anglais.

Cinquième conjugaison : celle en — *OIR.*

Six Verbes réguliers la composent, dont il convient d'écarter, en sa qualité de quasi-auxiliaire, *devoir*, sous quelque forme qu'il se traduise, et *apercevoir*, le primitif seul, *percevoir*, en existant dans l'Anglais : les quatre Verbes qu'il reste, unanimes, perdent — *OIR*, ornement de l'infinitif ; et renforcent, par une sorte de compensation, l'—*EV*... précédent, retrouvé à l'indicatif, à l'imparfait, au futur et partout (*nous recevons, je percevais, tu percevras, decevez*) en — **EIVE**, ce qui donne **to receive, perceive, conceive** et **deceive.**

Tout ceci, ordinaire et constant : viennent maintenant les anomalies, explicables parfois, et parfois fortuites. Expliquer, on le peut, **to peel, appeal, conceal,** *peler, appeler, celer,* **to appertain, contain, sustain,** ou autres Composés de notre *tenir,* **to proclaim** et la foule de ces Verbes : qui, perdent les Terminaisons — *ER* et celle — *ENIR* (1er groupe de la 2e conjugaison), développant en une diphthongue l'*E muet* ou la voyelle pure que suit une *L*, une *M*, un *N*, afin que ne tombe pas complétement leur Terminaison, accentuée. A eux ne se rattachent point, par exemple, **to peep**, pour *pépier*, **to exceed**, pour *excéder*, ou **to succeed, to appear**, d'*apparaître*, **to refrain** et **attain**, d'*atteindre* et de *réfreindre*, (cas réservés aussi à l'étude de l'influence latine). Ne pas y mêler le rejet, pour un autre, d'un son, auquel se montre plus ou moins rebelle l'Anglais : vocal comme dans **recruit**, pour *recruter*, ou **to fail**, pour *faillir*, et consonnant, comme dans **to perk**, pour *percer*. Citerai-je quelques vocables dans la foule de ceux qui n'invoquent d'autre titre à la possession d'une Terminaison que la commodité d'une forme déjà faite où entrer, l'erreur et même le non-sens : ce sont, présentés dans le désordre qui les caractérise, **to recover** comme **to cover**, ou *recouvrer* comme *couvrir*, **to boil** comme **to broil**, ou *bouillir* comme *brouiller*, **to parley**, *parler*, comme **to obey**, *obéir*, **to sally**, *saillir*, comme **to sully**, *souiller*, et **to retrieve**, pour *retrouver*, comme **to relieve**, pour *relever*, dans le sens de *secourir*, **to astonish**, *étonner*, comme **to abolish**, *abolir*, **to assail**, *asaillir*, comme **to rail**, *railler*, **to pray**, *prier*, comme **portray**, *portrait*; et **to deliver**, pour *délivrer*, et **to abate**, pour *abattre*, et **to rejoice**, pour *réjouir*, etc., etc. Page véritablement faite pour servir de transition entre l'étude régulière qui vient d'être tracée par deux paragraphes du présent Chapitre, et ce que va montrer d'exceptions ou de bizarreries le troisième.

§ 3.

Singularités.

A côté de ces lois, spacieuses et simples comme tout effort naturel (c'en est un que l'amalgame de deux parlers différents), il va falloir embrasser, et même pas positivement, une exception nombreuse : plutôt la dispersion en mille sens divers de notre trésor apporté à l'Anglais. Le parallélisme des Corps de Mots et des Terminaisons, suivant une route jusqu'ici quasiment la même, disparaîtra : celles-ci douées d'une remarquable symétrie, ceux-là quelquefois incohérents. Sans presque d'autre lueur qu'un désir vague de logique, apporté dans la confusion d'abord la plus inextricable, peut-être pourra-t-on éclairer les limbes de l'Anglais : où rien, en ce cas comme ailleurs, ne relève complétement de l'absurde.

Tel mot, vite proféré par un peuple qui en ignore la tradition, perd comme qui dirait les lettres neutres où pose à peine la voix, avant tout l'*E* muet initial ; ceci a lieu à tout instant comme dans **apartment, canvas** (CANNEVAS), **fortress** ou **pluch** (PELUCHE) : ou, au contraire, il se neutralise tout-à-fait, devenant un tout harmonieux, mais comme exempt d'arrête et de saillie,

13

ainsi que **fierce** (pr. faïeurce), jadis *féroce*, et **coax**, qui fut *cocasse*. Que cela n'aille pas, cependant, jusqu'à la CHUTE NAÏVE D'UNE PORTION DU MOT, cas de **cruet**, pour CRUCHETTE, **chum**, pour CAMARADE, **curfew**, pour COUVREFEU, et **kerchief**, *mouchoir*, pour COUVRECHEF, **to print**, pour IMPRIMER, **to scan**, pour SCANDER, **tin**, ÉTAIN (surtout en signifiant *fer blanc*), **troy**, pour le poids à L'OCTROI, **trump**, pour **triumph** de TRIOMPHE (aux cartes), **vamp**, pour AVANT-PIED, **van**, FRONT D'UNE ARMÉE-retrouvé dans **van-guard**, AVANT-GARDE, etc., etc.: procédé que ne justifie pas d'autre part l'essai de compensation impliqué dans **slang**, *argot*, de LANGUE. L'addition d'une lettre initiale défigure presque complétement notre mot, tout comme la finale gratuitement appliquée à notre expression un SIMPLE, traduit par **simpleton**. Autre contradiction, tantôt le DÉDOUBLEMENT D'UNE LETTRE RÉPÉTÉE, cas bien fréquent, tantôt la RÉDUPLICATION D'UNE LETTRE SIMPLE, **bobbin** (BOBINE), **buzzard** (BUSARD), **cotton**, **fillet** (*résille* ou FILET), **gallant**, **gibbet**, **gallop**, **garret** ou **guarite** (venus de GUÉRITE, l'un *grenier*), **haggard**, **jelly** (GELÉE), **jolly**, **pittance**, **taby** (TABIS)), etc., etc.: quoiqu'il y ait lieu à deux explications, l'une, pour le premier groupe, reposant sur l'inutilité fréquente d'une double lettre en anglais, et l'autre, pour le second, suggérée par un désir de ne rien changer à la prononciation étrangère de la voyelle.

Le fait de la sagesse et de la réflexion, ce serait, pour l'Anglais, d'hésiter toujours avant d'émettre le mot français : mais l'*H* en TOMBE, exemple *ermine;* ou elle y SURGIT, exemple **harquebuse**, —ebuss et —ebus.

Cela ne comporte que peu de gravité, à côté du trouble
où est jeté l'esprit du linguiste par des CONTRACTIONS
telles qu'**apron**, c'est *tablier*, de NAPPERON ; **ambry**,
c'est ARMOIRE ; **to amerce**, c'est *placer à la* MERCI :
que **bittern**, BUTOR, et **cartoose**, CARTOUCHE, et **to
chamfer**, ÉCHANCRER, **embassy**, AMBASSADE, et **jail** (ou
goal), GEOLE, et **garland**, GUIRLANDE, et **garrison**, GAR-
NISON, et **grogram**, GROS GRAIN, et **megrim**, MIGRAINE,
molasses, MÉLASSE, **orris**, IRIS, **parakeet**, d'où PARROT,
PERROQUET, **pun**, d'où **punster**, POINTE, *jeu de mots*, et
esprit POINTU, **porridge**, POTAGE, **periwig**, PERRUQUE,
qui a même fait **wig**, sans peri, **surgeon**, venu par
chirurgeon, de CHIRURGIEN (etc., etc.). Pourquoi pas ce
procédé de choisir tout de suite un autre mot, comme
VIROLE a fait **ferrule** : mais l'exécution de pareil souhait
trouve plus d'un exemple dans nos études du commencement de ce Livre, ayant trait à une transposition, ou
à une confusion, parfois heureuses, dans le sens. Rien,
au cours de la liste montrée à l'instant, qui suscite chez
le Lecteur autre chose que l'intelligence d'un effort
désespéré de la part de l'Anglais pour ne point perdre
la tradition complète de tel ou tel vocable d'importation
française ; or, cette lutte tout obscure ouvre rarement
quelque éclaircie. L'orthographe de **bottle**, me paraît,
elle, très-habile et, pour avoir trouvé de bonne heure
un caractère tout-à-fait anglais, sauvegarde la prononciation originelle de BOUTEILLE ; aussi de **batten**, BATON,
bawble, BABIOLE, **calash**, CALÈCHE, **cartridge**, CARTOUCHE,
cash, *argent en* CAISSE, et **cashier**, CAISSIER, **to catch**,
attraper, de CHASSER, **ceiling**, un CIEL *de plafond*,
cockle, COQUILLE, **crown**, COURONNE, **cribble**, CRIBLE,

galosh, GALOCHE, to gargle, GARGOUILLER, gurgle, GARGOUILLE, gingham, GUINGAN, gizzard, GÉSIER, to gobble, GOBER, et gobbler, GOBELET, to grumble, GROMMELER, grizzle, GRISAILLE, harness, HARNAIS, haughty, HAUTAIN, hautboy, HAUBOIS, to juggle, JONGLER, lustring, LUSTRINE, lacquey, LAQUAIS, leash, LAISSE *d'un chien*, leaven, LEVAIN, loo, LOT (*jeu de cartes*), martlet, MARTINET, *l'oiseau*, mattins, MATINES, pimple, POMPETTE, to pinch, PINCER, pip et PÉPIE et PÉPIN, peevish, PERVERS, to retrieve, RETROUVER, sack, *vin* SEC *d'Espagne*, sackbut, SAQUEBUTE, un *trombonne*, sash, CHASSIS, sudden, SOUDAIN, supple, SOUPLE, shammy et — oy, CHAMOIS, shawl, CHALE, saunter, TERRE SAINTE OU SAINTE TERRE, formé comme roamer, *vagabond*, ou *pèlerin allant vers* ROME, trout, TRUITE, to trick, *jouer des tours* ou TRICHER, vowel, VOYELLE, et vow, VOEU : avec l'aspect classique, manure, ENGRAIS, et vintage, VENDANGE (etc., etc.). Confusion répréhensible au point de vue linguistique strict; puisque ces mots, rebelles souvent aux changements réguliers de syllabes entre le Français et l'Anglais que signalent les deux paragraphes antérieurs, en arrivent, par fantaisie, à s'affubler des propres formes de l'Anglais, auxquelles ils n'ont aucun droit : oui, mais travail intéressant et qui implique parfois une vraie réussite. Préfère-t-on l'opération contraire : elle a lieu, celle où l'Anglais va jusqu'à renoncer à ses us et à son génie; et torture tout ce qu'il possède d'orthographes diverses, pour aboutir à ce point : conserver à nos mots leur physionomie étrangère? Les mots que voici restent, en effet, différents de presque toutes les analogies anglaises; et se montrent, au milieu d'un morceau, tous français de son : **aiglet** (mieux qu'**aglet**), AIGUILLETTE, **ague**, AIGU, **to annoy**, ENNUYER, **chimney**, CHEMINÉE, **choir** (pr. coyeur), CHOEUR, **claret**, *bordeau*, un *vin* CLAIRET, **clove**, CLOU, **crape**, CRÊPE, **crisset**, CREUSET, **cue**, QUEUE, **curlew**, CORLIEU, **copperas**, COUPEROSE, **cinque-foil**, CINQ-FEUILLE, **enmity**, INIMITIÉ, **habiliment**, HABILLEMENT, **kersey**, CORISET, *l'étoffe*, **minstrel**, MÉNÉTRIER, **nurture**, NOURRITURE, **ormolu**, OR MOULU, **pansy**, PENSÉE, **parliament**, PARLEMENT, **patten**, PATIN (ou *sabot*), **patty**, PATÉ, **plover**, PLUVIER, **porcupine**, PORCÉPIC, **poverty**, PAUVRETÉ, **to pule**, PIAULER, **puny**, PUISNÉ, **purtenance**, ce qui APPARTIENT, malgré **to pertain**, APPARTENIR, **portcullis**, PORTE-COULISSE, **posy**, *devise*, de POÉSIE, **recoil**, RECUL, **roan**, *couleur* ROUAN, **shagreen**, *peau* de CHAGRIN, **sonce**, SAUCE, **saveloy**, CERVELAS, **sexton**, SACRISTAIN, **skirmish**, ESCARMOUCHE, **somersault**, d'où **somerset**, qui paraît bien indigène, SOUBRESAUT, **tapestry**, TAPISSERIE, **tennis**, TENEZ (au jeu), **timbrel**, TAMBOURIN, **usher**, HUISSIER (etc., etc.). Quiconque prononcera, même par jeu, ces vocables qui semblent ne plus nous appartenir et n'avoir jamais appartenu à l'Anglais, s'arrêtera plus d'une fois, touché par cette intention pieuse de conserver, grâce à quelque moyen que ce soit, habiles ou maladroits, nos mots gênés par le devoir étrange de parler une autre langue que la leur.

N'allez pas plus loin, de crainte de pécher par trop de perspicacité ; et reconnaissez que **furbelow**, FALBALAS, **daffodils**, D'ASPHODÈLES, pour *asphodèles*, **samphire**, pour *herbe de* **saint Pierre**, **jessamine**, pour

JASMIN, représentent autant d'aberrations : à première
vue. Que d'autres cas ! une fausse analogie a lieu même
d'un mot français à l'autre : on a **trace**, pourquoi ne
pas y assimiler MASSE (d'huissier) qui fera **mace** ?
lenient gratifiera de son **T** final de participe présent **ancient**; **to flounce**, c'est FRONCER. Ou le contraire : quand un de nos vocables s'est fait là-bas un
lit, d'autres y viennent, même dissemblables ; voyez
foil, *fleuret*, de REFOULER, **foil**, *clinquant*, de FEUILLE
de métal, imiter, eux, **to foil**, *affoler*, notre vieux FOL,
à moins que ce dernier n'ait plagié l'un de deux autres,
ce qui restera un mystère. **Date**, le *fruit*, une DATTE,
et le *millésime* ou le *quantième*, une DATE, s'accomo-
dent des quatre mêmes lettres. Tel terme fournit de soi
deux épreuves différentes, c'est FAIBLE d'aujourd'hui qui
demeure le **foible**. de jadis et devient à côté **feeble**.
Mais le sens ? il a dévié quelquefois, peu ou beaucoup : cependant se garder bien de reprocher à l'Anglais les changements, tout au contraire attribuables
au Français, qu'a subis, chez nous, la signification
d'un mot contemporain de la Conquête ; on va, du reste,
voir de ce cas maint exemple dans les VIEUX MOTS.
Déviations, curieuses à des titres divers, en le sens de
mots passés du Français à l'Anglais : **actual**, veut dire
réel, pas ACTUEL ; **carpet**, *tapis*, c'est notre CHARPIE ;
chapter, avant d'être un CHAPITRE, fut une *guirlande*
ou une *couronne* ; **grandsire**, signifie *grand-père*,
comme **sire**, du reste, *père* ; **grave**, de GRAVER, signifie *tombe*, où l'on GRAVE ; **defiance**, ne se traduit
pas par DÉFIANCE, mais par *défi* ; **to dress**, c'était DRESSER
et c'est *habiller*, d'où **dress**, *robe* ; **hamper**, vient de

HANAP et veut dire *panier;* **hazard,** ne représente qu'un *jeu* de HASARD; **library** ou LIBRAIRIE, c'est *bibliothèque;* **to lavish,** LAVER? non, *prodiguer;* **marque** se trouve restreint à la signification de *lettre de* MARQUE; **mercurial,** n'a rien d'une MERCURIALE, étant *vif* comme le *mercure* ou *vif-argent;* **obeisance,** *salut;* **pannier,** vint de PAIN, aussi n'est-il en anglais qu'un *panier à pain;* **parole,** — *d'honneur;* **patient,** sera non le SUPPLICIÉ, mais un *malade;* **purchase,** *achat,* représente le même mot que POURCHASSER, c'est-à-dire *être en quête de;* qu'est-ce que **pursuivant?** un *messager d'État,* et point quiconque exerce une POURSUITE ou se livre à quelque POURSUITE; **parcel,** PARCELLE? non, *paquet;* **parent,** le *père* ou la *mère;* **prejudice,** signifie peut-être plus souvent *préjugé* que PRÉJUDICE; reconnaissez CUIVRE, dans **quiver,** pour *carquois;* **raffle,** c'est bien RAFLE, mais seulement en tant que *loterie;* **to ramp,** RAMPER, veut dire au contraire *bondir;* **roue,** c'est un *débauché,* pareil à notre ROUÉ; **rogue,** n'a rien de ROGUE, mais tout d'*impudent,* signifiant *coquin;* **sauce,** c'est SAUCE, d'abord, puis *insolence,* d'où **saucy,** à cause des ingrédients, *sel et piment;* **sally,** une *sortie de troupes,* de celles-là qui n'appartiennent donc pas aux ASSAILLANTS; **scandal,** lisez *calomnie,* et non SCANDALE; **viande,** simplement *nourriture;* etc., etc. Altérations du sens, comme cela vient de se montrer, ou son changement complet; le plus souvent extension ou restriction, voilà ce qui peut avoir lieu, ainsi que le passage d'une acception propre à une figure presque de rhétorique. Rien que de très-normal et à quoi l'on doive s'attendre; mais il surgit des cas véritable-

ment bizarres, où signification et orthographe se mêlent, pour composer des produits nouveaux. *Embûche*,
terme français; **bush**, veut dire *buisson* en anglais :
d'où **ambush**, qui signifie AMBUSCADE, au coin d'un
bois ou quelque part. L'idée de BUISSON naît là d'une
ressemblance, favorisée par le sens, entre notre finale
et un mot anglais : et, avec l'accord de tous, s'est im-
posée. Ainsi : d'*apprécier* qui, étant donné le renforcement habituel à la pénultième des verbes raccourcis
de leur Terminaison, fit **appraise**, car **praise**, signifie
éloge, et, par suite, APPRECIATION; d'*abaisser*, puisqu'il
y avait, en anglais, **base**, une BASE, etc. Qui niera que
dans **foumart** ou FOUINE et MARTE accouplés, la mauvaise odeur des deux bêtes ne se réfugie dans la première syllabe du nom qui désigne le *putois* : **fou** —, où
plus d'un anglais reconnaîtra l'adjectif **foul**, *sale* et *vil?*
Le Lecteur peut de lui-même et comme on s'appli-
querait à quelque devinette analyser les termes **female**,
(**male** ou MALE) **frontispiece** (**piece** ou PIÈCE) **lanthorn**
(**horn**, la *corne*, servant de verre à cette LANTERNE) :
il s'y cache toujours quelque jeu de mot heureux.
Moins de bonheur le cèdera aussi à plus de maladresse :
voyez ce que donne *écrevisse*, **crayfish** ou **crawfish**,
où **fish** est bien un poisson (en supposant qu'on puisse
doter de ce nom générique un crustacé), mais **cray**
n'existe pas, et **craw**, c'est *gésier;* ici l'on se borna à
ne comprendre qu'une moitié du mot, dont l'autre plon-
geait dans les ténèbres. Quelquefois tout s'obscurcit. La
chose, représentée par le vocable, demeure néanmoins
et rend ces totales méprises peu fréquentes; car il faut
bien qu'un nouveau nom, attribué à un objet, y fasse

encore une allusion lointaine : **asparagus**, *légume*, ne deviendra pas absolument un oiseau ; mais l'herbe propre à cet oiseau, qui est le *moineau*, dans **parrow-grass**, l'ASPERGER ; et le BUFFETIER, ne sort que jusqu'à un point avouable de sa fonction, en devenant **beef-eater**, l'*avale-bœuf*. Aux noms propres seuls appartient une transposition absolue et complète : le **Bellerophon**, vaisseau, sera pour ses matelots, **Billy-Ruffian** ou *ce sac à corde de Guillot*; et le *Chat Fidèle*, sur l'enseigne antique des auberges de la Conquête, accepte du populaire un *violon* dont il joue avec les mots : **The Cat and the Fiddle**. Mythologie, autant que Philologie, ceci : car c'est par un procédé analogue que, dans le cours des siècles, se sont amassées et propagées partout les Légendes.

CHAPITRE II

Vieux Mots.

A quelque point de vue que se mette le linguiste français, et s'il s'énorgueillit plus de voir les mots de sa
propre langue conquérir une place désormais indiscu-
table, dans l'Anglais, qu'il ne se chagrine de mainte
détérioration par eux subie en cela; ou le contraire :
une satisfaction presque exempte de mélange l'attend,
au point où on en est de cette étude. Beaucoup de vieux
et bons vocables, à jamais perdus ou si lointains que
le parler actuel en ignore ici jusqu'au sens, se survivent dans l'idiome voisin : intacts, non; mais conservés
à la faveur de Lois ou même déformés au gré de caprices
entrevus tout-à-l'heure, ils sont d'aspect plus entier
par le seul fait que la forme ne s'en étant point succes-
sivement modifiée chez nous pendant l'évolution de la
langue, c'est souvent sans aucun point de comparaison
demandé à notre parler moderne que nous y jetons les

yeux. Pas toujours, cependant : et la distinction à faire
entre ceux-là qui sont morts en France, et d'autres qui
ont continué à y survivre, commandera l'ordonnance de
la Table qui vient. Trouvaille comme de titres anciens
et oblitérés à restituer à des vivants, ici ; et là, évoca-
tion entière de types, morts pour leur idiome originel
mais qui n'ont point disparu autre part (or, du langage seul, entre tous les éléments naturels ou sociaux
qu'analyse la Science, pouvait résulter le second de ces
actes). Mille motifs de savoir l'Anglais, couramment
pour sa littérature et ses dons d'ubiquité, ou méthodiquement pour notre part à revendiquer très-haut
dans sa formation (comme le fait ici chaque page) : mais
il n'en est point de plus cher que d'y reconnaître les
mots français de jadis, si l'on a le patriotisme spécial
du lettré à qui incombe le trésor passé et contemporain
de sa langue.

Quelques faits.

Tels mots que, par un genre durant depuis tantôt
un siècle et non sans quelque flair très-singulier, nous
nous plaisons à emprunter, parce qu'ils sont marqués
d'un cachet profondément britannique : ayant trait à
l'existence mondaine, comme **fashion**, qui n'est que
façon ; **comfort**, qui n'est que confort ou **dandy**, qui
n'est que dandin ; à l'officielle, comme **toast**, qui n'est
que toster (vieux), *goûter ;* et aux voyages, comme **ticket**,
qui n'est qu'estiquette ou à l'édilité, **square**, qui n'est
qu'esquare, etc., etc., ne font (ô surprise) que revenir
à notre langage par eux quitté jadis. Ces derniers,

enfin, que nous n'empruntons pas, **aunt,** *tante,* **quaint,** *bizarre,* **surf,** le *ressac,* **fun,** *drôle,* etc., anglais entre tous aux yeux de Français, ils furent ante, cointe, surflot, fume, etc., en langue d'Oïl.

Autre chose : les vieux intermédiaires oubliés en nous faisant croire à des permutations fausses, comme entre *chef* de maintenant et **chief,** *bref* de maintenant et **brief, fair** et *foire* d'aujourd'hui, ou **faith** et *foi*... Ne se verrait-on point tenté de déduire de ces juxtapositions une Loi formulant la métamorphose de notre E, avant F, en **IEF,** ou de notre OI en **AI,** mais hésitant à propos du **TH** final? Grave erreur : et le vieux mot français chief qu'on disait comme fief, ainsi que brief, qui a laissé *brièveté,* démentent toute autre opération qu'un emprunt pur et simple du mot; et feire, ainsi que feid, n'accuse de changement qu'entre deux diphthongues apparentées EI et **AI,** tandis que le D final du dernier de ces mots s'est détérioré en **TH.** Voir de la même façon **to devise,** *diviser,* venu par deviser; **to quash,** *casser* ou mieux *écraser,* par quasser et mille exemples, tout-à-l'heure.

Deux ou trois cas trop fréquents pour les noter à chaque occurence, mais sur quoi il sied de vous édifier, une fois pour toutes et d'avance, c'est : celui d'une S qu'a depuis remplacée un ACCENT CIRCONFLEXE mis sur la voyelle allant autrefois de compagnie avec cette lettre, et d'L au sort pareil; ou celui de la finale EL, remplaçant *eau* d'aujourd'hui qui n'a pas disparu dans certains mots comme *cartel.*

Citons, tout-à-fait au hasard, **aisle** *d'un bâtiment*

(l'S est tombé simplement), **arrest, bastard, espouse, estate** et **estrange, fust, giste, mast, paste,** et **bulge** de **boulge,** ou **morsel, tassel** : rien que de simple? soit; mais, à la moindre complication adjacente, le mot perd sa physionomie de chez nous, trouble et trompe. Tout le monde a-t-il mis le doigt sur **to cost,** *coûter*, ou **to jostle** (*pousser* et *coudoyer*), diminutif de jouster, ou **vault,** vaulte pour *voûte;* sur **tumbrel,** qui n'est que tomberel (*tombereau*), et **scroll,** escrol, c'est-à-dire *écrou?* moins aisément, certes, qu'*émeraude* et *hérault* actuels ne se reconnaissent, ou *gaîté*, dans **emerald, herald** et **gaiyety,** vocables de ce groupe les moins nombreux.

A notre Table (tracée, je crois, pour la première fois comme presque toutes celles que, dans ce petit ouvrage, rencontre l'étudiant) : mais il s'agit auparavant d'ouvrir une parenthèse.

§ 1.

Mots Normands d'autrefois.

La priorité n'appartient-elle pas à des Mots Normands, issus du fonds latin, certes, mais conservés par l'Anglais avec le caractère indéniable de ce patois; au hasard, en voici quelques-uns : **caterpillar,** de car-

pleuse, *chenille*; **fitz**, de fites ou fiz, pour *fils* (et celui-là
a fait un chemin brillant); **fuel**, un *combustible*, de
fuayl, pour *feu*; **manse**, *maison*, allié au Vieux Français
mas et menial, *servile*, de meynal et mesne, *quiconque
est de cette* manse *ou de la maison*. Maints termes de
droit aussi, comme **arson**, *crime d'incendie*, **advowson**,
d'avœson, ou *l'acte de se présenter à un bénéfice va-
cant*, peuvent passer pour Normands, leur importation
datant de l'heure même de la Conquête ; mais ces
expressions juridiques ne diffèrent pas suffisamment
des dialectes parlés alors dans l'Ile-de-France pour qu'il
soit très-nécessaire de les relever en détail. **Power**,
pouvoir, venu de povaire, et **pounce** avec **to** — venus
de ponce, *main*, offrent plus d'intérêt.

§ 2.

*Ce sont les Mots disparus complétement du Français : l'Anglais
conserve de ces Mots; puis les Formes anciennes et abolies maintenant
de Mots restés français : l'Anglais conserve de ces Formes.*

Le paragraphe qui précède étudié, on peut attribuer
au Vieux Français, en général, l'afflux de Mots Romans
qui s'est précipité à la suite de la Conquête normande,
comme une invasion victorieuse de paroles : en voici
les restes intacts.

TABLE

—

A

Se sont éteints chez nous et survivent dans l'Anglais : nos Mots

To abet (*exciter*), d'abetter; **aim** (*but*), d'esmer, *se poser;* **amice** (*manteau*); **to anneal** (*tremper* un métal), de neller, *nieller;* **to arraign** (*faire rendre compte*), d'arraigner ou arraisonner; **to assuage** (*adoucir*), d'assouager; etc.

Se sont chez nous modernisées et dans l'Anglais
demeurent antiques : nos Formes

To abash, d'esbahir, dans le sens de CONFONDRE ; **to
acquaint** et **acquaintance**, d'accointer et accointance,
dans le sens de *faire* CONNAÎTRE et CONNAISSANCE ; **antler**,
d'antoilier (qui a fait ANDOUILLER) ; **to apply**, applier,
dans le sens de S'ADRESSER A ; **apron**, de naperon, dans le
sens de TABLIER ; **to array**, d'arroyer, arréer, d'où *dé-
sarroi*, dans le sens de S'ACCOUTRER ; **aunt**, d'ante (qui a
fait TANTE) ; etc.

B

Se sont éteints chez nous et survivent dans
l'Anglais : nos Mots

To baffle (*se jouer de*), de baffler ; **bails** (*séparation
de stalles*), de baille, *palissade ;* **to bale** (*écopper*), de
baille aussi ; **bargain** (*marché*), de barguigner, *hésiter ;*

beaver (*visière* d'un casque), de bevere, par où l'on *boit;*
beet (*betterave*), de bette, *rave;* bevy (*troupe d'oiseaux*), de bevée; bice et bize (*bleu* ou *vert pâle*), de
bes, *azur;* bombasin ou bombazine (*bombasine*);
brawn (du *porc*), de braion; to butt (*but* qu'on frappe de
la tête), de butter; etc.

Se sont chez nous modernisées et dans l'Anglais demeurent antiques : nos Formes

Barge, du MÊME MOT, une *barge;* belfry, pour BEFFROI;
benison, de bénisson (comme BÉNÉDICTION); beverage,
du MÊME MOT (devenu *breuvage*); bowels, de bœl (devenu
BOYAUX); to browse, de brouser (qui a fait BROUTER);
buffet de buffe et buffet (qui ont fait *rebuffade*), dans
le sens de *coup violent;* buoy, de buie (devenu BOUÉE);
burglar, de burg et laire (qui ont fait *bourg* et *larron*),
dans le sens de *voleur;* buskin, de bossequin (comme
BRODEQUIN); butler, de bouteiller, dans le sens de SOM-
MELIER; etc.

C

Se sont éteints chez nous et survivent dans
l'Anglais : nos Mots

Carol (*chant de liesse*), de carole et querole, *danse;*
to challenge (*provoquer*), de challenger; **cloak** (*man-teau*), de cloche, même sens; **to cobble** et **cobbler**
(*repasser* ou *savetier*), de cobler; **to cocker** (*choyer*),
de coqueliner; **cockney** (*badaud*), de coqueliner; **cornel**
(*cornouiller*), de corneille; **craven** (*poltron*), de cra-
vanter, *renverser;* **to creak** (*aiguiser*, de criquer); etc.

Se sont chez nous modernisées et dans l'Anglais
demeurent antiques : nos Formes

Cabbage, comme caboche, un CHOU; **to carouse**, de
carousse, d'où *carousel*, dans le sens de FESTOYER et BOIRE;
caudle, de chaudeau, *boisson* CHAUDE; **to cheer** (*réjouir*),

de *bonne* CHIÈRE ; **closet,** du MÊME MOT, *cabinet clos ;*
coffee, de coffé, du *café;* **to coil,** de coilir (devenu CUEILLIR ;
to comply, de complier, d'où *compliment,* dans le sens
d'AGRÉER ; **coppice** et **copse,** de copeiz, *bois à* COUPER ;
covet, de covoiter (devenu CONVOITER ; **crisp,** de crespe,
dans le sens de QUI SE CRÊPÈLE ; **cruet,** de cruchette (FIOLE);
culprit, de culper, verbe, d'où COUPABLE ; etc.

D

Se sont éteints chez nous et survivent dans
l'Anglais : nos Mots

To dab, de dauber, dans le sens de FRAPPER DOUCEMENT ;
damsel, de damoiselle (devenu DEMOISELLE); **dean,** du
MÊME MOT (devenu DOYEN) ; **decay,** de decæer, comme DÉ-
CADENCE; **to delight,** de déliter, *causer de* DÉLICES ;
demure, de de mœurs — BONNES ; etc.

Pas de Formes chez nous modernisées, dans l'Anglais
demeurées antiques.

E

Se sont éteints chez nous et survivent dans
l'Anglais : nos Mots

Earnest (*arrhes*), de ernes ; **to entice** (*exciter*), d'en-
tiser ; **to eschew** (*éviter*), d'eschever ; etc.

Se sont chez nous modernisées et dans l'Anglais
demeurent antiques : nos Formes

To encroach, d'encrouer, comme ACCROCHER ; **to
ensue,** d'ensuir (devenu S'ENSUIVRE) ; **escheat,** d'escheate
(forme d'ÉCHOIR) ; **escutcheon** (devenu ÉCUSSON) ; **especial**
(devenu SPÉCIAL) ; **esquire** (devenu ÉCUYER) ; etc.

F

Se sont éteints chez nous et survivent dans
l'Anglais : nos Mots

Fitchet et **fitchew** (*fouine*), de fissau ; **fret** (*entra-
lacement*), de frêter, *entrelacer* ; **frisk** (*guilleret*), de
frisque, *gai* ; etc.

Se sont chez nous modernisées et dans l'Anglais
demeurent antiques : nos Formes

Farrier, de ferrier, *maréchal-ferrant* ; **fealty**, de
féalté ; **flask**, de flasque et flascon (devenu FLACON) ; **flue**,
du MÊME MOT, de fluer, comme dans AFFLUER, sens de *tuyau
de cheminée* ; **flautist**, de flaute et flautiste (formes de
flûte et FLUTISTE) ; **font** et **fount**, comme dans fonts *baptis-
maux* ; **fret**, comme fredon, sens de *note de musique* ;
to farl, de fardeler, d'où *fardeau* ; **fustet**, du MÊME MOT,
d'où *fût* ; etc.

G

Se sont éteints chez nous et survivent dans
l'Anglais : nos Mots

To gabble (*caqueter*), de gaber; **gorgeous** (*splen-
dide*), de gorgias, *superbe*; **to grudge** (*envier*), de
groucher et groucer; **guerdon** (*récompense*), de guerdon;
guile et **to beguile** (*tromperie* et *séduire*), de guille;
to guzzle (*gloutonner*), de desgouziller ; etc.

Se sont chez nous modernisées et dans l'Anglais
demeurent antiques : nos Formes

Gabardine, de gaban, d'où *caban*; **galley**, de galée
(devenu GALÈRE); **to gambol**, de gambiller (devenu GAM-
BADER); **garret** (*mansarde*), de garite (devenu GUÉRITE);
garter, de gartier (qui a fait JARRETIÈRE); **gaudy**, comme
se gaudir, sens de JOYEUX ; **to gauge**, de jauger, d'où
jauger, sens de MESURER ; **gorget,** de gorgette, pour *gor-*

gerin; **to grant,** de graanter, craanter, creanter, *promettre* et *agréer,* sens d'ACCORDER ; **greaves,** de grèves, ou *jambières;* **grume,** du MÊME MOT, d'où *grumeau ;* etc.

H

Se sont éteints chez nous et survivent dans
l'Anglais : nos Mots

To harry *(ravager)* et **harrier** (un *faucon),* de harrier ; **hauberk** *(haubert),* de hauberc ; **hoard,** *palissade,* de horde, *barrière;* **to hoot** *(huer),* de houter, *appeler;* **host** *(ennemi),* du MÊME MOT ; etc.

Se sont chez nous modernisées et dans l'Anglais
demeurent antiques : nos Formes

Haughty, de haultin ; **hawser** et **halser,** de helser, d'où *hausser,* sens de CABLE ; **heir,** d'hoir, d'où *héritier;* **hiccough, hiccup** et **hickup,** de hicket (devenu HOQUET): **hostler,** d'HOSTELIER ; etc.

I

Choisissons ce seul Mot

To inure, *user*, d'énuer; etc.

Aucune Forme, semble-t-il

J

Choisissons deux Mots

To jangle, de jangler; **to jaunt,** *exciter* et *errer*, de jancer; etc.

TABLE · I—J et L. *241*

Quelques Formes

Jew, de juis (qui a fait JUIF); **jewel,** de jouel, forme de JOYAU; **joist,** de giste; **jowl,** de gôle ou *gueule;* etc.

L

Choisissons ce seul Mot

Label (*étiquette*), de lambel, un *lambeau;* etc.

Quelques Formes

Lampoon, de lampon et lamper, dans le sens de SATIRE BACHIQUE; **launder** et **laundress,** de lavandre et lavandière; **lute,** de leute (devenu LUTH); etc.

14

M

Se sont éteints chez nous et survivent dans
l'Anglais : nos Mots

Maim (*infirmité*), de mihaing ; **mallard** (*jars*), de
malart ; **maundy (thirsty)** (*mardi saint*), de mandé, le
panier aux aumônes; **messuage**, du MÊME MOT, *habi-
tations* et *communs;* etc.

Se sont chez nous modernisées et dans l'Anglais
demeurent antiques : nos Formes

Marmoset (devenu MARMOUSET), dans le sens d'une espèce
petite de SINGE ; **master**, de maïstre (devenu MAÎTRE) ;
match, de meiche (devenu MÈCHE) ; **maudling**, de Mau-
deleyne (devenu MADELEINE), dans le sens de *larmoyant;*
mohair, de moheir (devenu MOIRE) ; **to move**, de movoir
(devenu MOUVOIR) ; **to muster**, de mustrer (devenu MON-
TRER), dans le sens militaire de S'ASSEMBLER POUR UNE

PARADE ; **mauger** et **maugre**, de maugré (devenu MALGRÉ) ;
mayor, de maior (devenu MAIRE) ; **to meddle**, de medler,
puis mesler (devenu MÊLER ou se —) ; **medlar**, de medlier,
puis meslier (forme de NÉFLIER) ; **to mince**, de mincer,
d'où MINCE, *hâcher* et pris substantivement *hachis ;* **minster**,
de monstier, puis moustier, un *monastère ;* etc.

N

Se sont éteints chez nous et survivent dans
l'Anglais : nos Mots

Nice, du MÊME MOT, *simple* et *ignorant*, passé à l'Anglais avec le sens de *charmant*, comme plaisant, peut
d'*agréable* faire *drôle* et *comique ;* etc.

Se sont chez nous modernisées et dans l'Anglais
demeurent antiques : nos Formes

Nave, de naw (devenu NEF) ; **nephew**, de nepveu (devenu
NEVEU) ; **newel**, de nual (qui a fait NOYAU) ; **nuisance**, du

MÊME MOT ; **noise**, de noise, avec le sens de VACARME, tandis que **noisome**, garde le sens primitif de NUISIBLE ; **number**, de numbre (devenu NOMBRE) ; etc.

O

Se sont éteints chez nous et survivent dans l'Anglais : nos Mots

Oriel et **oriole** (*grive*), d'oriol ; **origan** (*marjolaine*), d'origen ; **orpiment**, d'orpiment ; etc.

Se sont chez nous modernisées et dans l'Anglais demeurent antiques : nos Formes

Orison, du MÊME MOT (devenu ORAISON) ; **ostrich**, du MÊME MOT (qui a fait AUTRUCHE) ; **ousel**, d'oisel, dans le sens de MERLE ; **to oust**, d'oster (devenu ÔTER), dans le sens de CHASSER, et **oster**, *dépossession ;* **overt**, d'a-overt (devenu OUVERT, dans le sens de DÉCOUVERT, et **overture** ; **oyer**, d'ouir, *entendeur*, terme de droit, et oyez ; etc.

P

Se sont éteints chez nous et survivent dans
l'Anglais : nos Mots

To pamper (*rassasier*), de pamprer; **pen** (*plume*), de
penne; **paramount** (*souverain*), de paramout; **pew**
(*banc d'église*), de pui; **pewter** (*étain*), de peutre;
pitcher (*cruche*), de pichier; **plenty** (*beaucoup*), de
plenté; **pledge** (*gage*), de plege; **polecat** (*putois*), de
pulent (*puant*); **popingay** (*perroquet*), de papegai;
pent (*maison*), de pente; **praise** (*louange*), de preis;
pressure (*impulsion*), du MÊME MOT; **to prowl** (*quéter
sa proie*), de proveler; **pumpion** ou **pampkin** (*potiron*),
de pompon et pepon; **to purloin** (*voler*), de purloi-
gner; etc.

Se sont chez nous modernisées et dans l'Anglais
demeurent antiques : nos Formes

To paint, de paindre (devenu PEINDRE); **pall-mall,** de

14.

pale et mail (un *mail* à jeu de *paume*); **pantry**, de panne-
terie (office au *pain*); **paragon**, du MÊME MOT (devenu
PARANGON); **paramour** (*amant*), de par amour; **parish**,
de paroche (devenu PAROISSE); **parlance** (*conversation*);
parson, d'une persone (ou *personne*), pour *curé*; **paste**,
d'où *pastry*, de paste (devenu PATE); **pastern**, de pasturon
(*pâturon*); **paunch**, de panche (devenu PANSE); **pawn**,
de péon (devenu PION de dames); **to pawn**, de pan (*qu'on
engage*), pour *engager*; **peasant**, de païsant (devenu
PAYSAN); **to peck**, de béquer, d'où *béquée* (devenu BEC-
QUETER); **pentecost**, de pentecoste (devenu PENTECÔTE);
pile, de peil (devenu POIL); **plaster**, de plastre (qui a fait
EMPLATRE); **plate**, de plate (devenu PLAT), pour *assiette*;
to please, du verbe plaisir (devenu PLAIRE); **plead**, de plait,
puis plaid (d'où *plaider*), pour *procès*; **poetry**, de poé-
tèrie (qui a fait POÉSIE); **to poise**, de poiser (devenu PESER),
pour *examiner*; **pommel**, du MÊME MOT (devenu POMMEAU);
poor, en Viéil Anglais POORE et POVERE, de pauvre; **poplar**,
de poplier (devenu PEUPLIER); **postern**, de posterne
(devenu POTERNE); **to prove**, de prove (devenu PROUVER);
provost, de provost (devenu PROVOST); **prune**, en Vieil
Anglais PROIGNE, de provigner; **purlieu**, de puralée (devenu
POURALÉE); **purpose**, de purpos (devenu PROPOS); **purse**,
de borse (qui a fait BOURSE); **pursy**, de poursif (devenu
POUSSIF); etc.

Q

Choisissons ce seul Mot

Quaint (*bizarre*), de cointe ; etc.

Nombre de Formes

Quail, de quaille (devenu CAILLE) ; **to quail**, de cailler, pour *languir*, comme lorsqu'on a le SANG TOURNÉ ; **to quarry**, de quarrière (devenu CARRIÈRE), pour *tailler;* **quarry**, de corée (devenu CURÉE) ; **to quash**, de quasser (devenu CASSER), pour *écraser;* **quire**, de quaier (devenu CAHIER) à propos de *papiers* de tout format ; etc.

R

Se sont éteints chez nous et survivent dans
l'Anglais : nos Mots

(At) random (*à l'aventure*), de a randon; **to relinquish**
(*abandonner*), de relinquir; **to repleve** (*recouvrer des
biens*), de replevir, allié à **pledge**; **to remember** (*se
souvenir*), de se remembrer; **to revel** (*s'ébattre* ou *fes-
tiner*), de revéler; **reward** (*récompense*), de guerdon;
riot (*vacame, émeute*), de rioter; **roamer** (*vagabond*),
de romier, PÈLERIN allant à ROME; **to rummage** (*far-
fouiller*), de rum, *place*, allié à **room**; etc.

Se sont chez nous modernisées et dans l'Anglais
demeurent antiques : nos Formes

Raspberry, de raspe, d'où *râpe*, à cause de l'arbuste
épineux qui porte la *framboise;* **ray**, de rai (forme de
RAYON); **realm**, de realme (qui a fait ROYAUME); **rear**, de

rière (qui a fait ARRIÈRE); **rebuff** et **to** — de buff (qui a fait REFUFFADE); **redan,** de redent, cette *fortification;* **to rehearse,** de rehercer (*passer encore la herse sur*), pour *répéter* et *réciter;* **to release,** de relaisser (*délivrer et livrer*); **to relish,** de relécher, comme on dit SE POUR- LÉCHER, pour *goûter* quelque chose; **to repair,** de repairer (ou *se transporter*); **to replenish,** de replenir (devenu REMPLIR); **respite,** de respit (devenu RÉPIT); **to revenge,** de revenger (forme de VENGER); **reynard,** de Reynard (forme de RENARD); **riband, ribban** ou **ribbon,** de riban (devenu RUBAN); **to rifle,** de rifler (qui a fait RAFLER), pour *piller;* **to rinse,** de rinser (devenu RINCER); **rowel** (petite *roue* de l'éperon), de rouelle; etc.

S

Se sont éteints chez nous et survivent dans l'Anglais : nos Mots

Salvage (prime pour un vaisseau SAUVÉ); **saracenet,** une **soie** d'abord tirée des SARAZINS); **scarse** (*à peine* et *rare*), d'eschars, *parcimonieux;* **scheme** (*plan*), de schème; **scourge** (*martinet à lanières*), d'escourgée;

skem (*nœud de fil*), d'escaigne; **sorrel** (*oseille*), de saure; **square** (*place carrée*), d'esquare; **store** (*magasin*), d'estore, *provision*; **story** (*histoire*), d'estore, et **story** (*étage*), d'estorer, *bâtir*; **stout** (*fort*), d'estout, *hardi*; **strain** (*accord*), de straindre; **to stray** (*errer*), d'estrayer, *errer* et *extravaguer*; **stress** (*effort*), d'estroysér; **to subdue** (*soumettre*), de subduzer; **sulky** et **sullen** (*morose*), de soltif, *solitaire*; **sumpter** (*cheval de somme*), de sommier; **surf** (*ressac*), de surflot; etc.

Se sont chez nous modernisées et dans l'Anglais demeurent antiques : nos Formes

Sable (*zibeline* ou *fourrure de deuil*), et *noir* comme elle, terme passé dans le blason ; **to scald**, d'eschalder (devenu ÉCHAUDER); **scalop**, d'escaloppe; **to scamper**, d'escamper (forme de DÉCAMPER); **schedule** (*inventaire*); **scorch**, d'escorcher; **scot**, d'escot (devenu ÉCOT), dans cette expression, mi-anglaise, mi-française, **scot-free**; **scout**, d'escoute; **scrivaner**, d'escrivain; **scroll**, d'escroul (devenu ÉCROU); **scullery**, d'escullier et escullion, *office* à recevoir et *domestique* à laver les *escuelles*, d'où en Anglais, **scuttle**, et les diminutifs **escuielette, skillet**; **sentry**, de senteret (forme de SENTINELLE); **to sever**, de sevrer avec le sens de SÉPARER; **shallop**, de schaloupe (devenu CHALOUPE); **sirloin** et **surloin**, de surlonge; **slate**, d'esclat (d'*ardoise*); **soil**, de soile (devenu SOL); **to soil**, du MÊME MOT (*souiller*); **to sojourn,** de sojourner (devenu SÉJOURNER); **solace,** du MÊME MOT (devenu SOULAS) et *consolation;* **soldier,** du MÊME MOT (forme de SOLDAT); **sorcery,** de sorcellerie **spaniel,** d'ESPAGNEUL; **spouse,** d'espous; **to sprain,** d'espreindre; **spurge,** d'espurge; **to spy,** d'espier; **squirrel** d'esquirrel (devenu ÉCUREUIL); **stable,** d'estable; **to stablish,** d'establir; **stage,** d'estage, dans le sens de SCÈNE ou TRÉTAUX; **to stench,** d'estancher, et **stenchion,** d'estançon; **to stew,** d'estuyer; **strait,** d'estreit (devenu ÉTROIT); **strange,** d'estrange; **to strangle,** d'estrangler; **sturdy,** d'estourdi; **sturgeon,** d'esturgeon; **suasion** (qui a fait PERSUATION); **suet,** de suie, pour *suif;* **survey,** de surveoir, d'où *surveillance;* etc.

T

Se sont éteints chez nous et survivent dans l'Anglais : nos mots

Tankard (*grand pot à liqueurs*), de tanquart; **tansy** (*l'immortelle*), de tanasie; **tenancy** (*tenue*), de tenance; **tendril** (*rejeton*), de tendrillon; **tester** (*baldaquin*), allié à teste ; **trol** (*rouler*), de troller; **tabard** (*vête-ment des hérauts*), **tier** (*rangée*), de tière; **toast** (*rôtie*), de toster; **towel** (*serviette à se laver*), de touaille ; **trestel** et **tressel** (*trépied*), de trestel; **trough** (*auge*), de troe; etc.

Se sont chez nous modernisées et dans l'Anglais demeurent antiques : nos formes

Tabour (devenu TAMBOUR), celui-là n'ayant qu'une baguette, et **tabret**, dim. pour *tabouret;* **taint** (devenu TEINT), dans le sens de TACHÉ DE ; **tank**, d'estang (devenu ÉTANG); **task**, de tasque (forme de TACHE); **to tempt**, de tempter (devenu TENTER); **tenche** (devenu TANCHE); **tense**, de tens (devenu TEMPS); **testy** (devenu TESTU); **tortaise**, de tortis (qui a fait TORTUE); **tornament**, de tournéement (forme de TOURNOI); **treason**, de traïson (devenu TRAHISON); **treble** (devenu TRIPLE); **trowsers**, de trousses ou *culotte des pages;* **to trover** (devenu TROUVER), c'est-à-dire ENTRER EN POSSESSION DE, terme de loi; **trufle** (devenu TRUFFE); **to truss**, de trosser (devenu TROUSSER), ou ici EMPA-QUETER ; etc.

U

Choisissons ce seul Mot

Umpire (*arbitre*), d'impair et nompair : car il ÉQUI-
LIBRE ; etc.

Une seule Forme, semble-t-il

Urchin, d'ériçon (devenu ʜÉʀɪssoɴ) ; etc.

W

Quelques Mots

To wait (*attendre*), de waiter ; **to warble** (*gazouiller*),

15

de werbler; **widgeon** (*sarcelle*), de vingeon; **windlass** (*cabestan*), de vindas ; etc.

Plusieurs Formes

Wafer, de waufre (devenu GAUFRE), *pain à cacheter;* **to warrant**, de warranter (qui a fait GARANTIR); **waren**, de varenne (devenu GARENNE); **to waste**, de guaster (qui a fait GATER); **wicket**, de wicket (qui a fait GUICHET); **wide**, de vuide (devenu VIDE), *large;* etc.

V

Choisissons deux Mots

To vouch (*témoigner*), de vocher, appeler en *témoignage;* **vintner** (*cabaretier*), de vinetier; etc.

Plusieurs Formes

Vault, de vault (devenu VOUTE); **veil,** de veile (devenu VOILE); **very,** de verai (devenu VRAI); **void,** de voide (devenu VIDE); **varlet,** de varlet (devenu VALET) ; **vidette** (devenu VEDETTE); etc.

Y

Choisissons ce seul Mot

Yeoman (*paysan*), de gaeman; etc.

Aucune Forme

Z

Choisissons ce seul Mot

Zani (*bouffon*), de zani; etc.

*

Vénérable multitude, que cette foule de Vieux Mots; eux seuls, il convenait de les citer *verbatim :* et non tous les autres qui ont duré chez nous ou ne subissent pas de modification attribuable à la désuétude de leur orthographe et de leur prononciation (en extraire quelques Lois d'ensemble, c'était y trouver tout ce qui intéresse la pensée). Ces Lois, que l'on possède à présent, ne régissent-elles point aussi les Vieux Mots? Si, forcément : et à l'exception de nombre de réfractaires apparus comme toujours, une lecture des Tables a prouvé ce fait à l'esprit curieux. Quelques additions, cependant, aux remarques primitives s'imposent presque d'elles-mêmes : S, avec une consonne, au commencement des mots, prend un **E** initial, comme *spécial*, qui devient **especial**, cela fort rarement ; le CONTRAIRE, par une bizarrie, ayant lieu presque à tout coup, dans **scarce**, d'eschars, **square**, d'esquar, **scourge**, d'escourgie, et **store**, d'estore, **stray**, d'estrayer, **stress**, d'estroyser, etc., etc., où c'est l'E qui tombe devant SC et ST (et non point SC et ST qui s'accroissent de l'E). Je poursuis : **W**, initial, vient une fois ou deux de GU, comme dans **to waste**, de guaster ; mais préexista aussi en français. T égale C, dans **to jaunt**, de jancer, vieux, comme dans **to taunt**, de tancer, nouveau. L de **haultin** ne disparaît point sans céder sa place au **GH** de **haugthy**, et ce **GH** viendrait fort gratuitement s'accoler à l'I de déliter en **delight**, sans le renforcement par lui apporté à la pénultième du verbe dont cheoit la finale (ainsi que pour **to eschew**, d'eschever, **to encroach**, d'encrouer, **to prowl**, de proveler, cas familiers tous). **Towell**, de touaille, **brawn**, de braion, **to muster**, de monstrer, **parish**, de paroche, **fitchew**, de fisseau, présentent des permutations neuves, exceptionnellement, oui ; mais étranges, non. **To stress**, d'estroyer, et **to furl**, de fardeler : abbréviations des plus osées ; et dans

to gabble, to grudge, to guzzle, de gaber, groucher et (des)gouziller, il y a assimilation à des aspects anglais. Tous les grades militaires, empruntés plus tard par l'ennemi à nos armées, ou conservent leur vieille orthographe, ex. **sergeant, corporal;** ou s'abrègent (ainsi que cela se fait dans les commandements à haute voix), **colonel** se prononçant « curnel »; **lieutenant,** « leftenant ».

Trève de détails.

Qui n'éprouverait autre chose qu'un charme délicat à proférer sciemment, au cours d'une récitation à haute voix ou d'une conversation en Anglais, des paroles séparées de lui par un nombre de siècles important, aurait déjà tiré quelque bénéfice de la lecture de la première moitié de chaque Table; la seconde n'est pas, cependant, dénuée d'intérêt, vous montrant, dans tel son anglais, mieux que la transformation pure et simple d'un son français d'aujourd'hui qui paraît y correspondre : à savoir la permanence ou l'équivalence d'un son intermédiaire, c'est-à-dire ancien.

Résumé.

Une question grave et du plus vif intérêt, au point actuel de cette Étude, se formule ainsi : Outre la richesse que tire, pour son Vocabulaire, de l'apport de tant de Mots tous formés et vivants, la Langue Anglaise, y a-t-il une influence produite sur ses sonorités ou ses articulations diverses par les nôtres? Gardez de ce qui vient de se montrer à votre esprit un souvenir à peu près exact et vous voyez que non, certes, nos Vocables ne changèrent pas grand chose à la prononciation anglaise; puisqu'ils n'ont eu cours là-bas, bien au contraire, qu'après en avoir subi l'empreinte. Obéissant à un alphabet presque congénère à celui d'ici, on peut même ajouter qu'il y avait pour le Mot peu à perdre et peu à gagner : car un sûr travail d'assimilation devait s'accomplir; nul son n'a été gagné et presque aucun n'a été perdu. Juste, une appréciation repose sur le plus ou moins grand nombre de fois que se rencontre tel son avant ou après la Conquête : affaire de proportion et de mesure. Ce calcul peut se tenter : l'Anglais, que vous vous plaisez à dire chuchoté et non parlé, reste, en effet, plus sifflant de beaucoup que l'Anglo-Saxon, celui-ci l'étant moins qu'aucun idiome gothique. A quoi attribuer ce fait tardif? à l'ingérence du Français, si abondant en *S* muettes, celles du pluriel, par exemple, dans les noms : lettres mortes chez nous, mais qui revivent dans le pays voisin, leur silence originel s'y réveillant en un vaste susurrement. Autre innovation; ou mieux la fixation d'un son rare jadis et maintenant acquis, le **SH**, égalant notre *CH* et l'imitant dans d'autres mots que les nôtres : sceal, Anglo-Saxon, a fait **shall**, sceap, **sheep**, sceort **short**, etc. Mais notre accent (je parle de l'accent tonique ou de l'effort de la voix porté sur une syllabe du Mot au détriment des autres), lui, persista longtemps après que se fut évanoui parfois la marque natale. Nous accentuons à la fin, l'Anglais au commencement : aussi faut-il lire encore dans Chaucer **vertúe** et non **vírtue**, ou **laboúre**, non **lábour**, pour ne pas désobéir au rythme ; à peine dans Shakespeare et Milton, un cas analogue se produit-il de loin en loin. Toute réminiscence de ce fait a presque cessé aujourd'hui ; ou ne s'attache qu'à des mots classés par les Grammaires : **compléte, divíne, jocóse, políte, urbáne.** Anomalie qui donne lieu à une distinction heureuse : car parfois, dans ses deux sens, un Adjectif s'accentuera autrement, ex. **humáne**, *compâtissant*, et **húman**, *humain*, dit généralement ; ou un Nom ou un Verbe se trouveront différentiés par le même moyen, **a rébel, a récord**, puis **to rebél, to recórd** (traces exceptionnelles).

LIVRE TROISIÈME

ÉLÉMENT DIT CLASSIQUE
ET ÉLÉMENT ÉTRANGER DE L'ANGLAIS

APPENDICE

NOMS PROPRES

15.

CHAPITRE PREMIER

Élément dit Classique.

§ 1.

Mots refaits ou refaits.

Quelque intérêt que présente l'étude achevée à l'instant, le Lecteur attentif ne se trouve point satisfait : Que de cas variés ! peut-être ; mais à coup sûr : Mainte lacune ! Bien d'autres Mots que les précédents, trouvés à chaque ligne d'un morceau Anglais de prose ou de poésie, semblaient procéder de notre Langue ; moins intimes et aussi moins détériorés. Quelque chose de Latin même, quoique francisé ; ou de Français, quoique latinisé, lequel ? les deux à la fois : et rien de plus exact, malgré ce vague, que cette impression.

Le Chapitre où vous arrivez (peut-être la plus subtile des trois investigations l'une après l'autre portées dans le Vocabulaire Anglais, l'une relativement au fonds Saxon et l'autre à l'importation Française) comportera, employé qu'il est à démontrer la *falsification classique,* les dires les plus absolus. Pareille question sur quoi semble un peu à dessein amasser de la brume et des ombres l'admirable Philologie anglaise de ces dernières années, doit être résolue ou soulevée : en France. La traiter entièrement, certes, serait long (parce que seul je m'en avise, non sans péril et sans craindre que le sujet s'évanouisse à ma vue) tant pareille recherche est par instant très-peu sûre !

Quand un Mot Anglais semble procéder du Latin, pourquoi garde-t-il plus que son rival français le caractère de la langue mère de la nôtre ? Une réponse presque indéniable s'impose à votre discernement, portant juste plus que loin, intense et peu extensive ; c'est : parce que le Français se trouvant, au moment de l'importation en Angleterre de ses vocables, beaucoup plus rapproché des origines latines que maintenant, des Mots versés par lui alors dans le courant Anglais, stationnaires depuis et comme étrangers, n'y ont point bougé ; tandis que, chez nous, ils ont suivi tous les développements successifs du Français, oubliant leur provenance. Ce dire relativement répandu n'a de valeur que pour très-peu de Mots : à savoir les seuls qui, dès l'époque de la Conquête Normande, demeuraient ici même solennels et inamovibles, soit juridiques, soit savants ; on n'osa point y toucher, à cause du décorum très-spécial qu'ils gardaient. Citez **advocate**, tel et tel autre, et ne prolongez pas de beaucoup votre citation. Pour tout le reste, immense ! oubliez-vous, en effet, que nos Mots de formation populaire, c'est-à-dire ceux-là qui s'étaient déformés du Latin en Français, spontanément quoique lentement et par maint acte instinctif de gens illettrés, roulaient déjà loin du point de départ quand, répétés en Angleterre par les humbles et les vaincus, ils subirent de nouveau une altération. Ce qui donna **battle**, de *bataille*, **captain**, de *capitaine*, **fee**, de *fief ;* et **brace**, et **to annoy** et **frailty**, où tout le monde ne reconnaîtra pas le Français du premier coup, et moins le Latin !

Tout autre, l'explication à chercher, et plus générale : mais où ? certes, dans l'Histoire ; il s'agirait de reprendre l'aventure de la Langue Anglaise, au point où vous la quittâtes.

L'enthousiasme, qui porta les savants français à ouvrir, au vent du siècle, les Lexiques grecs et latins, pour disperser chez nous le plus de Vocables possible, mêlés désormais comme les nôtres mêmes à l'air que l'on respire : il se produisit en Angleterre. Seulement dans des conditions un peu différentes, et c'est clair ; car l'Anglais ne se trouvait pas, vis-à-vis du Latin notamment, dans la même situation que nous. Pas issu directement du Latin, l'Anglais ne pouvait faire passer de cette langue chez lui un Mot quelconque, à moins qu'il n'empruntât les procédés de dérivations retrouvables dans l'un des idiomes néo-latins (or, c'est au

nôtre qu'il avait eu et qu'il eut encore à faire). Une
preuve très-flagrante de cette difficulté ressentie par
l'Anglais vis-à-vis du Latin pur et même vis-à-vis de
tout autre parler, quand il ne prend pas le parti très-
simple de *figurer* du tout au tout le Mot, éclate dans le
grand nombre de termes empruntés crûment et comme
plaqués ensuite sur le parler du jour; ce sont, entre
beaucoup : Circus, genius, genus, impetus, interregnum,
isthmus, miser, obit, pabulum, radix, residuum , se-
ries, etc. Rien de plus bizarre que ceux des Mots de ce
groupe qui affectent des significations tout-à-fait ignorées
de l'antiquité, industrielles comme terminus, *gare de
chemin de fer;* ou simplement familières, ainsi que
quidnunc, un *curieux*, quorum, *membre d'une associa-
tion*, etc.

Quel moyen de ne pas céder à cette fatalité bizarre :
en est-il un ? il en est deux.

La formation a, tantôt, lieu avec nombre de Mots,
que nous n'avions pas songé à demander au Latin, cela
très-régulièrement : elle est vite reconnaissable à des
apparences, certes latines, mais pourvues de nos Finales
et de Suffixes anglicisés ou manquant à notre langue.
Tantôt, quand le Français possède le Vocable, certaines
différences, inexplicables selon les Lois de Dérivations
qui régissent le passage du Français à l'Anglais, se pro-
duisent parce que (point de vue principal qu'il sied aussi
d'établir) l'Anglais a retrempé dans le Latin un grand
nombre de nos Mots, savants presque toujours et popu-

laires presque jamais, avant que de les adopter comme siens.

A première vue, l'opération a l'air, dans un cas comme dans l'autre, d'être la même : erreur, malgré qu'il soit malaisé fréquemment de la dédoubler, autrement que dans la théorie. Mots Latins francisés et Mots Français relatinisés doivent, certes, de bien près se ressembler entre eux : rien de plus.

L'emprunt savant au Latin résulte de ce que l'Anglais, je dis l'Anglo-Saxon, n'avait pas assez de Mots peut-être pour exprimer tout le luxe de nuances d'un langage d'aujourd'hui ; mais il l'aurait accru par la Composition. Non ! la tentation devant les trésors Classiques où nous avions puisé dût paraître irrésistible. Quiconque réfléchit, verra aussi la retrempe dans le Latin comme un effet manifeste du désir éprouvé par une langue, notre vaincue, de secouer le joug que nous lui imposâmes, quand elle s'aperçut après coup que ce Français déjà n'était, par son origine, que du Latin ; or, c'était échapper que sauter par dessus.

Ajoutez un besoin de confronter à un coin connu, stable et net, et déjà presque le talon universel (qu'est encore le Latin), la confusion première dans laquelle hésita, erra, et périclita en Angleterre maint de nos Vocables, d'effigie incomprise ou effacée.

Que le Mot ait subi l'un ou l'autre des travaux linguistiques que voici : l'extraction directe du Latin à la faveur de nos habitudes, ou la retrempe aux sources latines après avoir été fourni par nous, il obéit éga-

lement, en face du primitif latin, à la même Loi, quasiment. Comme cela n'appartient pas à un Traité aussi
sommaire que le présent, de pousser cette distinction
au-delà de quelques exemples, je dois citer à la fois
des Règles de Permutation nouvelles, applicables au
double cas. Qui demanderait, mû par une curiosité scientifique rien que fort légitime : D'où vient tel Vocable
dont l'accès à l'Anglais demeure obscur, même tous les
cas linguistiques étudiés, s'entendrait dire : La Littérature seule peut ici faire une réponse que ne fait pas la
Science. — Les auteurs Anglais primitifs feuilletés et
ce mot apparu pour la première fois chez un d'eux, il
y a toutes les chances de trouver là et la date et le titre
cherchés....

Investigations patientes et mémoires à ce sujet, une
bibliothèque spéciale va bientôt se produire : maintenant, gardons l'expectative. Tout se réimprimera et des
généalogies présenteront, heure par heure, l'apparition
du moindre terme ou d'une série de termes dans chaque
langue.

Ce très-curieux effort de ramener aux formes Classiques originelles des Mots que l'Anglais recevait tout
modifiés par notre travail, ne l'avons-nous pas tenté,
nous Français, vis-à-vis de nos propres Mots? Si, et la
tradition une fois perdue de la dérivation naturelle qui
donna *frêle*, de FRAGILIS, *grêle*, de GRACILIS, nous fîmes
fragile, *gracile*, exemples relatés en aussi petit nombre
ici que les modèles abondent dans le Français. A tout
prendre, la seconde opération, la savante, a, singulièrement, chez nous, fourni plus de fautes ou de manque-

ments à l'analogie que la première, celle accomplie par l'instinct populaire seul. Parfait, ce dernier ne l'avait, cependant, pas été complétement : des confusions y ayant lieu, comme celle d' — *EUX* traduisant — osus ; et dans ce cas ou d'autres fort rares, l'intervention anglaise se montra sagace, ce GLORIOSUS, notamment, ramené par elle à **gloriose**. Si le travail entier n'avait abouti qu'a de tels redressements, rien de plus qu'à le louer ; mais point : et *diurne*, fait **diurnal** (Latin DIURNUS).

Etc., etc., etc.

Pas plus que dans le Livre des Éléments Français, il ne siérait de distribuer la matière ici en Mots Simples et Mots Composés. Affixes, soit Préfixes, soit Suffixes, il n'y a plus, en effet, de ces distinctions à faire, quand il s'agit d'une langue étrangère, d'où les mots passent tout faits à l'Anglais : cependant, je cède à la tentation d'en faire la remarque, embarrassé par certains cas véritablement curieux. Quoique l'Anglais n'ait plus à retoucher aux Affixes latins ou grecs par exemple, et cela simplement par ce qu'il emprunte les Vocables entiers à ces idiomes et les francise, ou les reçoit de nous et les latinise, on rencontre plusieurs exemples où il se livre à des altérations. Lisez (outre **mal-content**, pour *mécontent*, **purpose**, pour *propos*, qui se rapportent au précédent Livre ainsi que **nonage**, qui

n'est pas d'*âge*, et **nonentity**) ces Mots, **to impeach**,
empêcher, **to adjourn**, *ajourner*, **comfort**, *confort*, où
la retrempe latine du Préfixe a lieu à côté d'un Corps
de Mot entièrement anglais ou français. **Enterprise** et
council sont conformes à des règles de translation
immédiate du Français dans l'Anglais : mais, si quelque
maladresse se révèle, c'est dans **admiral**, qui n'a rien
du Latin, venant d'*émir*, arabe.

Quitter les Affixes sans faire une Étude, attrayante et
projetée, me coûte : ce serait de grouper, non loin des
Préfixes et des Affixes anglais, leurs équivalents latins
ou grecs. Exactement ; et rien de moins stérile : car
toutes ces fins et tous ces commencements des Mots
Classiques ayant passé par le Français, quelques relations mnémoniques de plus s'établiraient d'ici là, pré-
cieuses pour leur intelligence. Toute restreinte et déjà
longue, la tâche qu'a prise cette Philologie n'est que
d'expliquer la formation anglaise déterminée par l'adjonction de notre langue déjà fixée ; et non de suivre en
toutes ses ramifications charmantes tel fil jeté d'un
point de repère principal à un autre, en s'enroulant
et se multipliant : distraction cela pour le Lecteur, le
tome un instant quitté des yeux.

Les Changements subis purement et simplement du
Latin à l'Anglais par le Corps des Mots sont d'un
aspect si vite reconnaissable, que j'hésiterai à les

grouper; et à en charger cette page. Coup d'œil trop vaste
en même temps que presque inutile : car, à strictement
parler et sans esprit paradoxal, le phénomène en question (tout innombrables qu'en soient les cas) n'a jamais
lieu. Par cela même que s'il y a retrempe ou dérivation
directe, c'est le Mot Latin, lui-même, dont le Corps
reparaît à peu près intact !

On ne saurait, sans transvaser le Vocabulaire originel
entier, décrire ces séries, capricieuses et multiples.

Plutôt rien.

Les Finales, elles, se comportent tout différemment,
car le nombre en est compté : elles prêtent à de vraies
Règles.

Autant que possible, il sied de reproduire l'ordre,
adopté au Livre précédent pour la translation des Mots
Français en Mots Anglais : à savoir (omettant généralement le Corps du Mot) une distribution des Terminaisons dans chacune des trois Parties du Discours
qui doivent le plus au Français ainsi qu'au fonds Classique, le Nom, le Verbe et l'Adjectif. Se rappelle-t-on
que plusieurs des Terminaisons, tout aussi Françaises
à nos yeux que celles alors citées, furent mises de côté,
à cause de ce que l'Anglais les avait employées pour
marquer d'un sceau spécial (et point en sa possession)
les Mots Latins ou Grecs qu'il ambitionnait? Revenons-y
et le parallélisme, montré par les deux portions des
Livres II et III, permettra au Lecteur de compléter l'un
par l'autre.

Terminaisons (seules).

Avant de commencer, écartons le cas visiblement le plus simple et le plus fréquent : la perte de l'—*E* muet Français, qui permet de croire à la chute pure et simple de la dernière syllabe Latine tout entière, prêtant ainsi au Mot l'apparence d'un dérivé immédiat ou bien d'un Nom ou d'un Adjectif Français relatinisés. L'addition d'un —*E* muet à la Terminaison française, procédé contraire qui semblerait impliquer, de la part de l'Anglais, une soumission à nos habitudes n'a lieu chez lui, à part certains exemples isolés et hasardeux, que dans la double opération, maintenant familière au Lecteur, d'une retrempe ou d'un emprunt direct Latins. Exemples de l'un et l'autre cas : 1° **Stupid, morbid, demand, band;** 2° **Abstruse, acute, confuse, polite, pollute, prone, secure, serene,** etc.

Noms.

Qu'est-ce donc qu'— **ANCE**, si ce n'est notre Terminaison même ; et — **ANCY**, sinon —*ANCIE* anglicisé ?

Chacune de ces Finales vient d' — ANTIA, soit : mais par le Français.

Souvent même l'original ne remonte pas au-delà de chez nous.

Tout ce que peut faire l'Anglais, à part reproduire de tels Mots, tout faits déjà en Français, c'est de changer, par exemple, **constance** en **constancy**; ou encore d'extraire directement du Latin, mais en vertu de notre procédé.

— **ENCE** de même; et de même — **ENCY** pour — *ENCE* équivalent à — ENTIA.

Exemples de Mots sans aucun changement, **affluence, licence, munificence, negligence, preference, science**, etc.

Inversion; *decence* donne **decency**.

Mots tirés directement du Latin à l'aide du Français : **beneficence** et **benevolence, diffidence, sequence; ardency, fluency, latency**, etc.

Remarque : à cette famille de Mots se joignent deux groupes différant avec elle d'origine, dont **offence**, mal orthographié, notre *offense*, d'OFFENSUM ; et **suspense**, notre *suspens*, de SUSPENSUS, régulier, venu à travers

nous, comme l'est, directement du Latin, **incense**, d'IN-
CENSUS.

— **TY** et —**ITY**, traduisent notre — *TÉ* et — *ITÉ*,
issus du Latin — TATEM et — ITATEM : quoique le Mot
puisse être d'origine toute Française, comme **novelty**,
de *nouveauté*. L'Anglais a aussi formé de ces Mots
avec des éléments Français : **certainty, nicety**, etc.

Exemples de Mots simplement pris au Français, qu'ils
lui viennent régulièrement ou non du Latin : **admi-
ralty, civility, loyalty, humanity, soverainty, timi-
dity, surety, velocity**, etc., etc.

Exemple d'un Mot retrempé du Français dans le
Latin : **equality**, *égalité*.

Remarques : **pity, amity**, etc., viennent de *pitié*
(PIETATEM) et *amitié* (AMICITATEM).

— **MENT**, est à nous, venant du Latin — MENTUM :
quoique le Mot puisse être d'origine toute Française
comme *changement* en Anglais **change**, la Finale tombant. L'Anglais a aussi formé de ces Mots à l'aide d'é-
léments Français, **battlement** (*créneaux*), **pavement**
(*pavé*), etc.

Exemples de mots simplement pris au Français, qu'ils lui viennent régulièrement ou non du Latin : **advancement, chastisment, element, firmament, habiliment, moment, ornament, sentiment,** etc., etc.

Exemples de mots retrempés du Français dans le Latin : **cement, ornament, torment,** etc.

— **URE,** est à nous, venant du Latin — URA : quoique le Mot puisse être d'origine toute Française, comme **verdure,** passé à l'Anglais tel quel. L'Anglais a aussi formé de ces Mots à l'aide d'éléments Français : **failure,** par exemple.

Exemples de Mots simplement pris au Français, qu'ils lui viennent régulièrement ou non du Latin : **caricature** et **culture, embrasure, garniture, miniature** et **mixture, nature, overture, posture** et **procedure, signature** et **stature,** etc., etc.

Exemples de Mots retrempés du Français dans le Latin : **furniture, nurture** (*nourriture*), **rapture.**

— **ION,** — **TION,** — **ATION,** — **ITION,** c'est à nous, venant du Latin — IONEM, — TIONEM, — A... ou

1...TIONEM en tant que formes savantes, la forme populaire restant — **SON**, comme dans *raison*, **reason** : il
est donc peut-être rare de rencontrer chez l'Anglais un
mot en — **TION** d'origine toute Française.

Exemples de Mots simplement pris au Français, qu'ils
lui viennent régulièrement ou non du Latin : **action** et
compunction, humiliation, region, situation et **sa-
lutation.**

Exemples de mots tirés directement du Latin à l'aide
du Français : **auction, oblivion, mansion.**

— **Y** enfin, c'est notre *IE* :

Exemples de Mots tirés directement du Latin à l'aide
du Français ou retrempés du Français dans le Latin :
1° **Custody**; 2° **Family.**

*Les Terminaisons maintenant, situées sur la limite du Nom et de
l'Adjectif et servant à tous les deux :*

— **OUR**, ou — **OR**, c'est notre — *EUR*, comme dans

honneur, **honour**, venant de — OREM latin, HONOREM : il
est rare de rencontrer un Mot en — **OUR** ou en — **OR**
d'origine toute Française.

Exemples de Mots simplement pris au Français, qu'ils
lui viennent régulièrement ou non du Latin : **ardour,
fervour, labour, valour, vigour** et **vapour**; **tutor,
tailor**, etc.

Exemple d'un Mot retrempé du Français dans le
Latin : **malefactor**.

Remarque : il y a de nos jours une tendance, notamment chez les écrivains Américains, à rejeter l'*u* des
substantifs en — **OUR**, ce qui équivaut à retremper
dans le Latin tous les Mots de ce vaste groupe, y compris ceux d'origine tout-à-fait moderne. **Ardor, fervor,
valor**, écrira-t-on, assimilant ces noms aux quasi-
adjectifs : **visitor**, etc., et ôtant toute marque différen-
tielle.

— **ATE** (autre que verbal), c'est notre — *AT*, venant
du Latin — ATUS et — ATA substantif ou participe :
quoique le mot puisse être d'origine toute Française,
comme **opiate**, *opiat*.

L'Anglais a aussi formé de ces Mots à l'aide d'éléments Français.

16

Toutefois — ATUS donne le plus souvent *é* et — ATA *ée*, comme *évéché* et *chevauchée*, provenant d'EPISCOPALUS et de CABALLICATA : c'est donc un grand nombre de nos Mots notamment en — *é*, que l'Anglais, changeant cette finale pour — **ATE**, retrempera dans le Latin ; comme **curate**, *curé*, etc.

Les cas, comme **galeated**, *casqué*, offrent la rencontre de deux participes, l'un Latin, l'autre Anglais.

Exemples de Mots tirés directement du Latin à l'aide du Français ou retrempés du Français dans le Latin : 1° **Hastate, muricate**; 2° **Profligate, private, truncate, vicariate, ultimate**, etc.

— **TIC**, c'est notre — *IQUE*, venant du Latin — ICUS et du Grec — ικος : quoique le Mot puisse être d'origine toute Française, comme **artistic**, *artistique*. L'Anglais a aussi formé de ces Mots à l'aide d'éléments qui lui sont propres : **runic**.

Exemples de Mots simplement pris au Français, qu'ils lui viennent régulièrement ou non du Latin et du Grec : **angelic, domestic, fantastic, rustic, volcanic, arctic, analytic, authentic, telegraphic**.

Exemples de Mots retrempés du Français, où ils existaient, dans le Latin et le Grec : **barbaric, gigantic, majestic, pedantic, theoretic.**

Remarque : **arithmetic, logic, magic, music, rhe-toric,** viennent du Français qui les demanda aux noms grecs en —ιχα; pluriel que l'Anglais a maintenu plus ou moins bien à l'aide d'une — *s* dans **acoustics, ethics, mechanics, metaphysics, poetics,** etc., comme, du reste, nous disons *mathématiques*. **Calisthenics,** que nous n'avons pas, les semble pris de première main à la source de cet afflux abondant de mots.

—**ARY,** c'est notre —*AIRE*, venant du Latin —ARIUS et —ARIS, pour des Adjectifs et des Noms ; —ARIUM, pour les Noms seuls : quoique le Mot puisse être aussi d'origine toute Française.

Exemples de Mots simplement pris au Français, qu'ils lui viennent ou non du Latin : **missionary, secondary, visionary.**

Adjectifs

maintenant : purs et simples.

— **ABLE** et — **IBLE**, sont à nous, venant du Latin — ABILIS et — IBILIS : quoique le Mot puisse être d'origine toute Française, comme notre *croyable*, dont on a fait **credible**. L'Anglais a aussi formé de ces Mots à l'aide d'éléments Français, comme **able, accountable, forcible, manageable, seasonable, valuable.**

Exemples de Mots simplement pris au Français, qu'ils lui viennent régulièrement ou non du Latin : **acceptable** et **accessible, comfortable** et **contemptible, estimable, irrepressible, remarkable,** etc., etc.

Exemples de Mots tirés directement du Latin selon le moyen Français ; et d'autres retrempés du Français, où ils existaient, dans le Latin : 1° **Audible,** etc.; 2° **Responsible,** etc.

Remarque : **noticeable, peaceable, agreeable,** etc., gardent l'*e* ou les deux *ee* du Radical indigène, d'où la figure singulière attachée pour nous à leur Terminaison.

— **OUS**, — **EOUS** et — **IOUS**, ce sont nos — *E* (muet) final, — *OI* ou — *EUX*, puis — *IEUX*, venant du Latin — us, — eus, — ius : quoique le Mot puisse être d'origine toute Française, comme **hideous, outrageous**. L'Anglais a aussi formé de ces Mots à l'aide, tant d'éléments Français impétueux comme **boisterous** (*empoisonné*), **covetous** (*avide*), **poisonous** (*ruisseaux*), **multitudinous**, etc., que d'éléments indigènes : car — **EOUS** correspond au Suffixe Saxon — wis dans **righteous**.

Exemples de Mots simplement pris au Français, qu'ils lui viennent régulièrement ou non du Latin : **desastrous, pious**, etc.

Exemples de Mots tirés directement du Latin selon le moyen Français ; et d'autres retrempés du Français, où ils existaient, dans le Latin : 1° **Noxious, obstreperous**; 2° **Erroneous**.

Remarque : **meritorious**, traduit *méritoire*, **timorous**, *timoré*, non sans quelque chose de barbare ; et **jealous**, *jaloux* : mots à joindre à la page des erreurs.

A ces Finales importantes du Nom ou de l'Adjectif,

16.

ajoutons-en d'autres, issues également du Latin à travers le Français, et dont la fréquence est moindre.

Pour le Nom seul d'abord :

— **TUDE**, est à nous, selon — TUDO latin; reconnaissons **attitude, beatitude, certitude, gratitude, multitude, solitude** et **vicissitude**; considérez **fortitude, magnitude,** etc.

— **ISM**, et — **IST**, ainsi que — **ITE**, à nous, selon — ισμος, et — ιστος grecs et — ιτος; reconnaissons **atheism, catechism, euphemism, schism,** etc.; et considérez **idolism, modernism, propagandism, criticism,** etc., et autres hérétiques : cette Finale se prenant en mauvaise part, sauf en **Levite** et les termes bibliques. L'Anglais, comme le Français et presque toutes les langues de la civilisation moderne, voit de tels Mots se répandre chez lui avec profusion, apparaissant, disparaissant ou demeurant. Cette Terminaison est commune aux parlers les plus divers, et par elle (avec quelques autres) presque tout idiome garde aujourd'hui une aptitude créatrice.

(La Terminaison verbale correspondante ici bientôt étudiée, c'est — *ISER,* d'où l'Anglais fait — **IZE** et — **ISE**).

— **ASM,** notre — *ASME;* et — **AST,** notre — *ASTE,* permettent de reconnaître *enthousiasme* dans **enthusiasm,** puis **sarcasm** et **spasm,** etc. ; ainsi qu'**enthusiast.** Nous ignorons **protoplasm,** *lait des tissus végétaux,* d'où **protoplast,** et **periphrast,** qui fait des *périphrases.*

(Terminaison verbale — **AZE**).

Pour l'Adjectif seul :

— **IVE,** notre — *IF,* qui, quand il n'est pas traduit à l'aide d'un redoublement de l'*f* final (voir le Deuxième Livre) revient à la forme latine — *ivus* ainsi traduite. Reconnaissons **active, creative, distinctive, exclu-**

sive, imaginative, pensive, repulsive et superlative;
et considérez authoritative, responsive, etc.

Le nombre de ces Mots est immense : ne pas confondre sensitive Anglais, adjectif, avec notre forme
féminine *sensitive*, Nom ; etc.

— OSE, tiré par le Français du Latin — osus, nous
l'avons peu, même dans les noms en — *OSITÉ*, traduit
par — OSITY. Reconnaissons grandiose, et considérons
globose, operose, otiose. Assez de nos Adjectifs en
— *EUX*, comme *belliqueux*, *glorieux*, sont retrempés
dans le Latin pour que nous n'ayons point précédemment compris bellicose, gloriose, au rang des exceptions; je les cite à présent. Animosity, curiosity,
impetuosity, c'est à nous ; mais non pomposity, scru-
pulosity : quant à fabulosity, mulierosity, populosity
et speciosity, le XVIIe siècle, très-épris de la Finale
en question, les émit en Anglais, mais les retira lui-
même de la circulation.

— ANT, — ENT, — IENT — LENT, et — ESCENT;
tout ceci est Français, comme —ANTEM, — ENTEM, —LEN-
TEM, — IENTEM, —ESCENTEM, sont latins. Reconnaissons
constant, elegant, rampant, jubilant, petulant;

insolent; conscient; adolescent; opulent, somno-
lent, truculent, violent, etc.; et considérez **blatant**,
indignant, nutant, compliant, extant, pregnant;
benevolent et **malevolent; lenient, nutrient, ebul-**
lient ; juvenescent, marcesscent et **nigrescent;**
fraudulent, silent, redolent, etc.

Remarque : on voit ici la Dérivation adjective des
noms en — **ance,** — **ancy,** — **ence,** — **ency,** — **ience,**
— **lence** et — **escence;** pas donnée après les Substantifs, car la marche, adoptée dans ce Livre comme
dans le précédent, suit l'ordre distinct des Parties du
Discours.

Pour l'Adjectif et le Nom, Terminaisons pareilles :

— **IN** et — **INE,** notre — *IN,* tantôt pris tel quel,
tantôt retrempé dans le Latin, ou tiré selon notre
moyen, à nous, soit **basin, cousin, florin, resin,**
ruin et **vermin,** soit : 1° **Canine, divine, feminine,**
marine, masculine; 2° **Internecine** (*mortel*).

Ne pas confondre — **INE** anglais avec notre féminin;

et remarquer **rapine, routine,** qui gardent cette Terminaison.

— **AL** et — **IAL,** — **NAL,** notre — *AL* souvent, pour la première de ces formes : souvent pour les autres, celles-ci — *EL,* — *IEL,* — *NEL* (à nous venues du Latin — ALIS, — IALIS, — NALIS, dans les Adjectifs, et de la forme neutre en — *E* de cette Finale, dans les Noms). Reconnaissons, outre **martial, nuptial, partial,** etc., formes savantes qui s'accordent avec la forme Française retrempée par l'Anglais dans le Latin, **accidental, natural, influential, habitual, sensual :** puis considérez **carnal,** d'une part et de l'autre, **parental** ou **developmental, suicidal.**

Remarque : un certain nombre de Noms, qui finissent en Français de façon variée, reçoivent — **AL** en tant que surcroît de Terminaison, ainsi que **recital, refusal,** et, du reste, les Adjectifs **diurnal, prodigal;** ou le substituent à leur Terminaison, comme **disposal,** pour *disposition,* **acquittal,** pour *acquittement.* L'Anglais enfin improvise, avec nos éléments, les mots **revival** et **rehearsal;** et même avec les siens propres, **upheaval,** etc. Ne point, avec tout ceci, confondre **bridal,** par exemple, ou **burial;** où — **AL** remplace un élément indigène détérioré.

Toutes les Terminaisons Anglaises, issues du Français, puis retrempées dans le Latin, sont-elles là ? Non, car une étude de ce sujet, poussée jusqu'à ces dernières limites, nécessiterait la révision entière du double Dictionnaire des Rimes mis à la disposition des versificateurs dans l'une et l'autre langue. Traiter le menu détail d'une telle question : il faudrait, pour cela, aller bien plus loin que ce présent aperçu ne nous y autorise, même après avoir noté que — *âtre* se relatinise en — **aster,** ex. alabaster et poetaster ; — *in* en — **ign,** ex. *dessin,* design ; — *oire* en — **orious,** ex. *notoire,* **notorious ;** — *ond* en und, ex. **moribund ;** — *igne* en — **ne** ou — **ign,** ex. line e sign.

La régularité est souvent parfaite. Ce sera dans **abscess, cypress, excess, process, recess,** etc., ou **object, prospect,** selon notre « *abject* » ; et ici c'est nous qui avons tort, nous, Français.

Qui veut être logique avec soi-même doit, ayant fait de notre *candide,* **candid,** élaguer net la Terminaison Latine — us dans **lepid, rabid, rancid, stolid, vivid,** etc.; et presque encore écrire **remorse, sane, secure, sparse, terse** (malgré REMORSUS, etc.) si l'on considère, en se reportant au commencement des Terminaisons, que le l'— *E* muet vient ou disparaît, dans les agissements de l'Anglais à notre égard, comme à volonté.

Verbes.

Les Verbes ; qu'il y aurait à dire à ce sujet !

Plus singulièrement qu'avec le Nom et qu'avec l'Adjectif, ce double procédé de (relatiniser les Mots Français et franciser les Mots Latins) a lieu ici, parfois à propos du même Mot.

Mais groupons et abrégeons.

Des Règles, en est-il, ou tout au moins quelque Terminaison verbale régulière ; je n'en sais qu'une, venue de dehors, et c'est du Grec, oui, mais par l'intermédiaire du Français : la Finale — *IZE* qu'une plus juste appréciation de ce fait conseille aujourd'hui d'orthographier de nouveau — *ISE*, d'*iser,* comme dans *latiniser* et *gréciser,* et non directement d' — ιζω. La signaler paraît nécessaire, malgré que le cas en rentre strictement dans celui des Verbes de la première conjugaison changeant — *ER* en — *E* muet : à cause de la propension qu'éprouve l'Anglais contemporain à finir ainsi presque tous les Mots techniques comme **to geologise** et même **to plutarchise,** *s'occuper de Plutarque.*

Vous vous rappelez à quel point a servi, pour classer

les permutations entre Verbes Français et Verbes Anglais, notre Conjugaison. La suivre ici encore? mais celle du Latin n'y correspond point absolument, d'abord ; puis le Verbe, qui résulte dans l'Anglais, a obéi à des analogies tantôt puisées en France, tantôt à Rome. Nul embarras ; car dans des séries de Mots qui, faits avec la plume, semblent devoir offrir une régularité plus grande que s'ils s'étaient formulés aux lèvres des races, le contraire a lieu. Sur des faits seuls, c'est-à-dire sur l'existence (telle qu'elle apparaît aujourd'hui) des Vocables dans l'Anglais, il s'agit d'édifier l'effort d'une Classification.

Je commence.

Nos Verbes, par la voie populaire, ont le plus souvent tiré leur Infinitif d'un Infinitif Latin : et si quelque Substantif les accompagne, issu ou point d'un Nom Latin à l'Accusatif, il est fait d'un Supin, comme, par exemple, *tendre* et *tension*. L'Anglais néglige l'Infinitif : et tout, pour lui, se passe entre la première personne du Présent de l'Indicatif et le Supin ; y a-t-il un Nom verbal? alors le Verbe et celui-ci procéderont indifféremment de l'un ou de l'autre de ces Modes Latins, souvent à l'inverse du Français.

Exemples de Verbes Anglais, tirés de la première personne du Présent de l'Indicatif d'un Verbe Latin ; et dont le Verbe Français, s'il existait, aurait pris l'Infinitif : **to add, to acquire, to evolve, to expel, to explode,**

17

to illude, to obstrude, to occur, to pervade, to ponder, to prolong, to propel, to proscribe, to recline, to record, to relax, to reprehend, to rescind, to secede, to seclude, to seduce, to urge, etc., etc. Ajoutez to traduce, *diffamer*, mis hors page à cause d'une divergence dans la signification : le reste, peine perdue que de le traduire, car il n'est aucun de ces Mots qui ne fournisse au Français un Adjectif ou un Nom dont le sens ici peut guider. To extoll (où l'l se double), to portend, to seclude, et to tinge, toutefois, obligent à recourir à des souvenirs Classiques; tandis que ces autres, to precede, to respond, to reverse, to serve, to send, évoquent tout de suite leurs analogues Français issus d'un Infinitif Latin.

Exemples de Verbes Anglais, tirés du Supin d'un Verbe Latin ; et dont le Verbe Français, s'il existait, aurait pris l'Infinitif : to act, to advert, to eject, to elicit, to erase (au lieu qu'on a to abrade), to excerpt, to exhaust, to express, to extort, to obstruct, to possess, to predict, to react, to remote, to retort, to select, to vomit, etc., etc.

Mêmes remarques que tout-à-l'heure, à faire (cette fois, de vous-mêmes).

Rien que de très-simple, jusqu'à présent ; car, d'où qu'ils procèdent, ces Verbes, que ce soit de l'Indicatif ou du Supin, en laissent tomber les désinences, soit presque toujours — o de la troisième Conjugaison Latine et l'universel — UM : abbréviation, ici absolue, chez nous

partielle, mais chûte toujours. Qu'est-ce donc que tant
de formes moins simples qui surgissent à votre esprit :
comme **to obtain, to remain, to pertain, to sustain,**
composés de TENEO et **to remain, to appear, to pre-
vail, to redeem**? J'interromps la réponse projetée :
à savoir qu'il y a là comme une sorte de copulation
des désinences, EO, IO, point tout-à-fait tombées,
avec la liquide d'avant L, R, N, M? Oui : mais **to
ordain**, pris à ORDINO, **to redeem**, à REDIMO? Fausse
analogie; d'accord, et affaire d'accent, que ce renforcement.

Que, dans les cas principaux, se distingue bien,
malgré l'enchevêtrement des irrégularités, une sorte de
distribution fondée sur les Conjugaisons Latines; certes :
elle n'éclatera, cependant, que dans les deux groupes
d'exemples suivants, fondés sur le premier et le second
de nos paradigmes verbaux ou sur les mêmes, Latins :
les Verbes en — **ATE**, désinence — ATUM du Supin
abrégée, et ceux Classiques (2ᵉ et 4ᵉ Conjugaison en
— RE) ayant pris — **ISH** Anglo-Saxon pur. Soit **to
admonish, to extinguish, to punish, to vanish,** etc.;
soit **to exculpate, to generate, to incrassate, to
infuriate, to levigate, to lucubrate, to palliate,
to percolate, to predicate, to remonstrate, to
retaliate, to segregate, to sinuate, to vacate, to
variegate,** etc., etc., qu'il ne faut pas confondre avec
les Adjectifs Anglais faits de Participes Passés Latins. Discernez de vous-mêmes toujours, selon le
modèle présenté par la première liste d'exemples verbaux, les Mots que ne possède point le Français des

Vocables qu'il a paru mieux à l'Anglais de n'y pas prendre.

Ne serait-ce que pour tirer une vengeance de cet esprit qui jadis poussa l'Anglais à secouer notre joug originel, le Philologue pourrait mettre en lumière l'extraordinaire maladresse avec laquelle cette langue a agi quelquefois, en face du Latin : mais la Science n'admet que d'impartiales revendications. Nos droits à plus d'un Mot pédantesquement point de Latin ou de Grec dûment posés, resterait à traiter impartialement de ceux-là, qui, pour user d'une expression juste, n'en sont que barbouillés. Sans indiquer même sommairement le bizarre fouillis de ces Vocables, je vais mettre à part deux ou trois groupes, avec lesquels les latinisants et les grécisants britanniques ont véritablement joué de malheur : tel, presqu'entier, je crois, le groupe des Adjectifs Latins en — AX, régulièrement dérivés par nous en — *ACE* qu'une bévue inexplicable de là-bas métamorphose en — **ACIOUS : perspicacious, precocious, rapacious, tenacious, vivacious, voracious,** et **edacious, meretricious, pugnacious,** etc., extraits directement de la langue primitive. Analysez aussi **foliferous, laniferous, melliferous, vociferous,** Terminaison Latine — FER ; et **invidious, voluptuous,** pour — osus, etc.

Le Français est coupable, ou mieux le commerce et l'industrie de France, de maint barbarisme, dans les nouveaux termes scientifiques, comme *capillophile,* Mot

Composé à la fois de Grec et de Latin ; mais à l'Anglais,
et par le fait de ses grammairiens, revient **semicolon**,
point et virgule. Rien de plus légitime, par exemple !
que de transposer, dans son entier, le Vocable du Grec
au Latin, comme **semicircle**, chez nous *hémicycle*.
Mais que dire de trouvailles barbares, comme celles
de **scissors**, *ciseaux*, **staltification**, **subkingdom**,
traitor, etc. !

Curiosités. Tantôt le mot vient du Latin à la française, sans nous avoir appartenu jamais ; ce qui inquiète
notre mémoire, ex. **feretory**, comme si *feretoire* avait
lieu ; or point, car le Latin est FERETRUM, *la place de la
bière dans l'église :* ou le contraire, il redresse un
Vocable qui n'existe pas, comme **trumpery** et **trumpet**,
tromperie et *trompette*, l'origine de ces deux Vocables
similaires en Français étant inconnue au Latin.

Que maintenant des confusions, par milliers, se soient
produites, quelque bizarrerie ne messied pas dans le
Langage : car il ne faut point oublier que tel fait anor-
mal, où s'indigne le linguiste, cause la joie souvent du
littérateur, voué à un travail de mosaïque point recti-
ligne. Trop de régularité nuit ; mais ce n'est pas aux
Mots **ancestor**, le vieux Français *ancestre*, confondu
avec **antecessor** ; **pheasant**, grécisé par un **ph**, et
latinisé par un **t**, mais d'après *faisan* ; **foliage**, ou
feuillage redevenu Latin, **filose**, sans FILOSUS, pour
filiform : ou **ebony, lily, to occupy, pageant** (de

PEGMA), **to parse** (*analyser grammaticalement* de PARS), **poulice, pretence, prosy, rape, to recognise** (de RECOGNOSCO), **to reconcile, rivulet, rosmary, rotary, sacchel, sacred, school, scialism** (*savoir superficiel*, L. SCIOLUS), **sconce** (*lanterne* de SCONSA, ABSCONSA, B.-Lat.), **secrecy, simile, solemn, to spoil, study, subtle, temper, tonsile, torment, ultramarine, umbrage,** etc., etc. Autant de mots, presque autant de cas : ici formation du Latin comparable aux plus Anglaises d'entre les formations faites avec Français ; là défis présentés à toutes les remarques (plutôt qu'aux Lois) montrées à l'instant par les pages d'avant et exceptions même aux quelques exceptions réunissant, au moins, un groupe d'exemples suffisant pour se faire classer. Très-probablement, plusieurs de ces Vocables appartiennent au Latin ecclésiastique dont il sera bientôt question ; lequel adjoint à l'Anglo-Saxon, parlé par le peuple, a subi tant de vicissitudes qu'il demeure parfois très-difficile à déterminer.

Résultat : bien des Mots heureux que, tout le magnifique labeur de certains maîtres d'aujourd'hui et de chez nous achevé (à savoir de reprendre aux époques passées de la France maint trésor de la parole perdu par la négligence des générations) on pourrait aussi redemander à l'Anglais ; ou qu'il faut simplement déplorer de lui voir seul, tandis que la propriété nous en appartenait, en tant qu'héritiers directs et légitimes du Latin. **To retaliate,** *rendre la pareille,* n'est point un mauvais terme ; non plus que **to fend,** du Latin primitif FENDO,

quand nous n'avons que le mot à Affixes moins pur,
défendu : il fournit **fence,** *défense,* et l'*escrime* **fen-
cing,** etc., etc. De belles lignées de Vocables, tout
entières, ne m'apparaissent point à dédaigner, comme
to rap, *ravir,* qui serait accompagné de notre *rapt,*
puis de **raptorial** et de **rapture.** Nous avons *visible;*
mais, *ce qu'on peut entendre,* c'est **audible,** le voisin
l'a... Que de termes presque techniques, comme **hastate,** *armé d'une hache,* et **muricate,** *de dards !* *Oubli*
est beau, comme **forgetfulness :** je crois **oblivion** bien
dit dans un vers anglais, plus beau, même à nos yeux.
A côté de *garde,* on peut aimer **custody ;** et avec ou
sans équivalents Français des Mots comme **equanimity,
portative, inane, lute, paucity, pecular, primeval,
stricture** (*critique*), **tuition** (*éducation*), **valediction,
vernacular** (*du crû*), **vividity,** etc., etc., tout-à-fait
neufs, à côté de **paludal, picture** et **tincture, veri-
similar, votary,** etc., etc., comparables à certains
Vocables de Terminaison différente chez nous. A vrai
dire, il y a compensation souvent. Un seul exemple :
voci **laud,** *louer,* de LAUDO, que nous n'avons pas ; mais
l'Anglais a-t-il (je prends au hasard) *fauteur,* de
FAUTOR ? point. Le Lexique, même un instant feuilleté,
en apprendra plus qu'en ces quelques lignes allant au
hasard pour ne point céder à la tentation de se prolonger trop (puis les exemples qu'il siérait de placer se
trouvent ailleurs, illustrant des cas spéciaux du Langage).

Remarque.

A la fin seulement de cette Étude (et même est-il bien nécessaire de le faire?) je note que tout ici n'a trait qu'aux Mots situés en dehors du Vocabulaire de la Science contemporaine.

La Terminaison de toutes les branches du savoir humain a dépouillé, au commencement du siècle, son vieil aspect occulte; et les termes de l'alchimie se virent remplacés par ceux de la chimie, la cabale ne prêtant plus une de ses formules aux mathématiques. Tout cela eut lieu simultanément; et habile qui dirait lequel des langages civilisés, le premier, fournit telle portion de la nomenclature technique internationale. Pas d'autre revendication, sinon que le procédé de composition, grec avant tout, fût ensuite français : exemples, *géographie, hypocrisie, philosophie.* Tantôt les mots se prenaient au Grec, tout composés; tantôt comme deux fragments ou trois à unir : or, l'Anglais a fait tout de même et vis-à-vis du Grec et vis-à-vis de nous : **Pliocene** et **myocene** ne sont ni grecs ni français en leur entier, etc. Variez vous-mêmes les exemples.

Détail curieux encore à observer : **quincy, esqui-nancie, frenzy,** quoique Mots savants, ont subi ces abbrévations populaires, que ce soit à travers le Grec ou point; quant à **frantic,** c'est, visiblement, grâce à notre *frénétique*. Le jeu de mot poind dans **dropsy**, *hydropisie*, enflement aqueux; où **drop** évoque une impression fugitive de *goutte*.

§ 2.

Vestiges Latins, Celtes et Scandinaves, mêlés à l'Anglo-Saxon et depuis à l'Anglais.

Toute la vaste classe de Mots Classiques, qui fait jusque maintenant l'objet de notre recherche, doit son introduction dans la Langue Anglaise à une préoccupation des lettrés anciens : c'était de rapprocher, autant que possible, des origines Grecque et Latine, mainte forme en ayant le cachet encore (mais grâce à l'immission française); notre langue ayant toujours et indiscutablement servi d'intermédiaire entre l'Anglais et les idiomes anciens. Formation artificielle au premier chef, on ne saurait trop le répéter, que celle-là : et des plus abondantes. Le Grec, non, mais le Latin, a-t-il, à d'autres périodes que celle dont on vient de s'occuper, c'est-à-dire en dehors de l'ère scolastique, de la Renaissance, des règnes littéraires modernes et de notre âge scientifique contemporain, particulièrement influé sur l'An-

17.

glais? plutôt sur l'Anglo-Saxon. Qu'on se rappelle la
Conquête Romaine de Jules César et le triomphe des
Missionnaires chrétiens : deux couches différentes de
Mots ont été déposés par l'un et l'autre de ces faits.

Mieux que partout autre part, se placent aussi, dans
le troisième Livre, les éléments Celte et Scandinave,
dont il a été parlé dans l'Historique de l'Anglais. Outre
les fragments de Mots ou les Mots de cette source restés,
tout comme les Vestiges Romains, dans le Vocabulaire
géographique, quelques termes, faisant aujourd'hui
partie de la Langue, se mêlent si indissolublement au
répertoire Anglo-Saxon, qu'il n'a pas semblé exact de
les y noter, au cours des Tables; à plus forte raison
d'introduire, dans mainte page d'alors montrant le fonds
principal de l'Anglais, les rapides esquisses que l'on va
voir. Maintenant, entre les TRÈS-VIEUX MOTS LATINS,
anglicisés par *voie naturelle*, et les MOTS ÉTRANGERS
d'importation hasardeuse, il sied d'en traiter; car cela
tient des uns et des autres : fondu avec la Langue et
cependant lointain de temps sinon de distance, vénérable par l'antiquité et toutefois un peu extérieur au
sujet sur lequel repose la dissertation du moment.

**Alms, angel, apostle, bishop, canon, church,
clerk, deacon, heretic, hymn, martyr, minster**

(MONASTERIUM), **monk** (MONACHUS), **priest** (PRESBYTERUS), **psalm, psalter, stole** (STOLA), **synod**, la plupart de ces Mots, aisés à traduire, ne proviennent du Grec qu'après s'être longtemps incorporés au Latin ; et tantôt ils ont rencontré des modifications analogues à celles des mots d'origine saxonne pure, car dès alors ils se mêlaient presque indistinctement au parler de tous, tantôt ils ont subi la retrempe latine des siècles suivants : tantôt enfin on les a de nouveau modelés sur leurs correspondants en Français. De source latine, sont **altar, chalice, cloister, cowl** (CUCULLUS), **creed** (CREDO), **cross** (CRUX), **disciple, font, mass** (MISSA), **pagan, pall, shrine, sacrament** : toujours avec les différentes variations requises. Quelques exemples, choisis hors du rite chrétien, compléteront cette nomenclature : **belt** (BALTEUS) *baudrier*, **bench** (BANCA) *banc*, **castle** (CASTELLUM) *château*, **chest** (CISTA) *coffre*, **crown**, (CORONA) *couronne*, **cook** (COQUS) *cuisinier*, **fork** (FURCA) *fourchette*, **gem** (GEMMA) *gemme*, **muscle** (MUSCULUS) *muscle*, **nurse** (NUTRIX) *nourrice*, **palace** (PALATIUM) *palais*, **purple** (PURPURA) *pourpre*, **title** (TITULUS) *titre*, etc., etc. ; et plus familiers encore, **sponge** (SPONGIA, qui fut d'abord Grec) *éponge*, **box** (BUXUS), *boîte*, **chalk** (CALX) *craie*, **cherry** (CERASUS) *cerise*, **laurel** (LAURUS) *laurier*, **oyster** (OSTREA) *huître*, **rue** (RUTA) la *rue*, cette plante, **turtle** (TURTUR) *tourterelle*, **vulture** (VULTUR) *vautour*, etc., etc. A cette liste, le Lecteur qui a suivi jusqu'à présent l'analyse, simple autant que complexe, de la Langue Anglaise, ne saurait prêter une attention suffisante ; tout incomplète qu'elle soit nécessairement, on y rencontre des exemples assez

divers pour éprouver quelque embarras. Notamment si
l'on songe que beaucoup de Mots Latins ont dès l'époque en question, celle du Christianisme importé, tout
d'abord reçu du parler presque populaire une allure
que d'autres, introduits postérieurement, par exemple
avant la Renaissance, devaient adopter à leur tour :
mais il est vrai que certains d'entre les premiers ont
peut-être été repris par le courant des seconds et retrempés, tout comme il s'y montre aussi des réformes
faites d'après le Français. Rien de plus trouble que ce
point, l'un de ceux soumis à l'étude du savant ; mais
rien d'aussi lumineux que l'explication qu'on acquiert
de maints phénomènes de détérioration éprouvée par des
Mots Latins dans leur passage à l'Anglais, trop graves
pour n'être pas attribuables à la longue et mystérieuse
action naturelle de la race. Longtemps même encore,
les Philologues discuteront sur tel Vocable du groupe,
qu'une fois ou deux ou trois peut-être, ce Traité offre
de provenance erronnée : tant est respectable leur crainte
de passer outre un fait historique quelconque. Qu'empê-
chent momentanément ces doutes : rien, quant au plan
total, qui est bien celui de la Langue ; et quelques
exemples fourvoyés n'infirmeront pas la justesse de
plus d'un cadre dressé pour la première fois (un peu
trop tôt peut-être).

Ce premier dépôt du Latin, dans l'amalgame linguistique destiné à faire un jour l'Anglais, demeure plus
effacé que le Celtique d'avant et que le Scandinave
d'après ; il ne laisse que de rares traces revendiquées

presque exclusivement par la langue géographique.
Date : la Conquête de Jules César.

Retrouvez, CASTRA, *un camp*, dans — **caster**, de
Doncaster, Lancaster, Tadcaster, Casterton; Castor;
et dans le *caistor* du Norfolkshire et du Lincolnshire;
puis dans — **cester**, de *Gloucester, Leicester, Worcester;*
— **chester**, de *Portchester, Winchester, Colchester;*
— **cister**, de *Bedcister;* enfin dans — **ster**, de *Gloster*
et — **eter**, d'*Exeter :* nombreuses et visibles dégradations.

STRATA, *route pavée :* c'est — **strad**, de *Stradbrook;*
— **strat**, de *Stratford* et *Stratton;* — **stret**, de *Strethad*
et *Stretford;* — **streat**, de *Streatham*, ou — **street**,
qui donne ce Mot, le seul resté dans la Langue, puis
streetly, streetthorpe.

COLONIA, une *colonie romaine;* PORTUS, un *port;*
VALLUM, un *rempart;* FOSSA, une *tranchée;* se retrouvent, en tant que — **coln**, — **port**, — **wall, fosset**, *fosse :*
dans *Lincoln, Portsea, Portsmouth;* plusieurs *Wal-
bury*, et **wall** lui-même, autre Mot Anglais (**bayle**, en
vieille Langue, d'où *Old Bailey*, la prison, et *bailif*, le
bailli); enfin *Stratton-on-Foss* et *Fosston*. — TON, il
convient de l'ajouter, n'est autre chose que **town**, *ville*,
vocable d'origine saxonne.

Souci de l'Archéologue autant que du Linguiste, eux,

aussi, les vieux Vestiges Celtes, s'attachent à maint lieu, nommé de même pendant de longs siècles ; c'est, mêlé aux pierres, que le Langage, si mobile sur les lèvres des hommes, semble garder une immuable durée.

Toutefois, certains Mots survivent dans la Langue ; en voici des exemples : **basket**, *panier*, **to bother**, *tarabuster*, **button**, *bouton*, **cart**, *charette*, **coat**, *habit*, **dainty**, *bizarre*, **gown**, *robe*, **grid(iron)**, *gril*, **happy**, *heureux*, **mop**, *balai à laver*, **to prance** et **prank**, *jouer un tour*, **rail**, *rail*, **tackle**, *ustensiles*, **whip**, *fouet :* ils sont choisis, à la fois parmi les plus usuels et dans ceux qu'ont déjà fait connaître nos Familles.

D'autres Vocables se sont arrêtés dans le chemin suivi par l'Anglais jusqu'à nos jours ; mais en bon endroit, c'est-à-dire dans les œuvres de littérature ancienne, où ils ne se perdront pas. Recueillez notamment : **cam**, qui équivaut à CROOKED, *crochu*, **pele**, *château*, **kern**, *soldat gaëlique*, **crowd**, non point *foule*, mais *violon*, et **crowder**, un *violoneux ;* **braked**, de l'*ale* épicée, **bug**, *spectre :* ce dernier et un ou deux d'avant reconnus par le Lecteur, qui les a déjà vus.

Tant que se parleront les patois, KEPHYLL, *cheval*, et BERR, *force*, dans le Lancashire, où l'on dit aussi BRAT, pour un *tablier*, CRAP, pour de l'*argent*, BLASGET, pour un *panier*, etc., etc., ne s'oblitèreront pas tout-à-fait ; non plus que COB, pour beat, un *coup*, dans le Northumberland.

Tout entiers les noms de **Don, Dee, Thames, Avon,**

Stour, Severn, Trent, Ouse, restent à ces fleuves de l'époque celtique ; et **Malvern, Mendip, Cheviot, Chiltern, Grampian,** etc., à ces collines ; et **Wight, Man, Arran, Bute, Mull,** à ces îles ; et **Kent, Devon, Glamorgan, Dor(set), Dur(ham), Wilts,** à ces comtés ; à des villes enfin l'appellation de **Liver(pool), Carslile, Penzance, Pen(rith), Cardiff.** Telle est l'explication de maint nom qui, tantôt ressemble à l'Anglais et n'en est pas ; tantôt en diffère à ce point qu'on s'étonne de l'y voir mêlé si familièrement.

Une remarque importante, c'est qu'indépendamment de ces exemples divers de l'extraordinaire persistance attribuable à quelques paroles proférées jadis dans une langue abolie, d'autres mots, revendiquant la même origine, sont d'introduction récente : empruntés la plupart à travers l'Irlandais ou même l'Écossais, comme **whisky, flannel, kilt, plaid** et **tartan.**

Les Mots Scandinaves, qui se trouvent dans le Langage quotidien, sont, par exemple, **bag,** *sac,* **bait,** *amorce,* **chime,** *carillon,* **to dash,** *jeter,* **to dwell,** *habiller,* **earl,** *comte,* **kid,** *chevreau,* **to lurk,** *désirer,* **pudding,** ce *gâteau,* **sky,** le *ciel* visible ; dont plusieurs appartiennent aux Mots Simples, Solitaires ou des Familles donnés, plus haut, comme Anglais. Anglo-Saxons, ils le sont effectivement tant leur fusion est intime : que l'acquet en remonte aux temps des bords de l'Elbe et de la Baltique, ou aux invasions danoises chez les Saxons établis dans la Grande-Bretagne, car ce vague élément n'a guère pu être apporté par les Normands, déjà tout francisés.

Certains de ces Mots ne se trouvent plus que dans la vieille Littérature Anglaise, ce sont BI, *ville*, BOUN, *prêt*, TO BUSK, *préparer*, ERRE, *blessure*, FENGE, *fille*, etc.; et d'autres dans les patois Anglais, ce sont TO BRAIL, *ressembler*, TO BRANGLE, se *quereller*, CLEG, quelqu'un d'*habile*, TO GAR, *faire*, GAWM, *attention*, TO GREET, *pleurer*, LURGY, *paresseux*, etc. (aucun de ces Vocables n'ayant été ici montré précédemment).

Le plus grand nombre enfin est enclavé, à la façon de reliques anciennes, dans les noms géographiques : cas qui se présente également avec les Mots Latins demeurés de la Conquête de Jules César et les Mots Celtes, antérieurs : pareils à ces pierres d'autels druidiques qu'on exhume, mêlées aux fondations de remparts ou de monuments.

Quelques exemples seulement.

Ark, *temple* ou *autel*, dans ARK-HALM, et le même sous la forme — **argh,** dans GRIMSARGH; — **beck,** *ruisseau*, qu'il ne faut pas confondre avec BREK OU BRIK, dans NORBREK et KELLBRIK, ex. CALDBECK; — **bol,** *résidence*, dans THORBOL; — **by,** *ville*, dans CARLBY, *ville de Carl*, un ancien héros scandinave; — **dale** et — **dal,** *vallée*, dans SCARSDALE, DALBY; — **dan** et — **dane,** *Danois*, dans DANBY, DANESDALE; — **ey,** — **ay** ou — **a,** *île*, ex. ORKNEY, CALVAY, GRIMSA; — **fell,** *colline*, dans SCAWFELL; — **ford,** — **forth** et — **firth,** *inter*, ex. SEAFORD, SEAFORTH et HOLMFIRTH; — **gate,** *route* (et non *porte*) dans Sandgate; — **hag**, *pâturage*, dans Haigh; — **hoe**, *colline*, dans Langenhoe; — **holm**, *île*, dans Langholm; — **kirk**, *église*, allié à **church**, dans Ormskirk; — **ness**, *cap*, allié à **nose**, dans Skipness; — **o** et — **a**, *fleuves*, ex. Thurso, Skeba; — **scar**, *rocher*, dans Scarborough; — **ster**, *place*, dans Ulbster; — **suther**, — **sutter**, *sud*, dans Sutherland, Sutterby; — **thing**, *lieu de rencontre*, dans Thingwall et — **ting** ou — **ding**, dans Tingwall et Dingwall; — **thorp**, *village*, dans Merlnthorp; — **wig**, *anse* ou *baie*, qu'il en faut confondre avec des Mots Anglais presque semblables, ex. Wigtoft, Sandwick et Sanwich, où c'est — **wick** et — **wich**; — **with**, un *bois*, dans Langwith.

Cette Page, à quelques exceptions près, comprend tous les éléments autres que ceux latinisés et celtiques, qui, par une allure bizarre, intéressent l'Étudiant : s'il en a jusqu'à présent ignoré l'origine Scandinave.

CHAPITRE II

Mots étrangers.

Le Vocabulaire Anglais est bientôt épuisé; peu de Mots, dans quelque morceau littéraire ou familier qu'ils apparaissent, vous causeront maintenant une surprise complète, à moins qu'ils ne viennent de pays lointains ou passés. Par milliers, non, mais fréquents, il en est d'exotiques comme les dépouilles des sauvages ou des anciens peuples, qu'offrent aux musées les voyageurs; et, parfois non moins singuliers d'aspect, d'autres n'arrivent point d'autre part que de toute l'Europe. Lecteur, dont l'attention demeure éveillée par les habitudes anglaises indiquées jusqu'à présent, vous suffira-t-il de reprendre avec moi tous les Vocables, arbitrairement éparpillés dans le Dictionnaire et d'en reformer des groupes régis par leur nationalité : dépareillés, plusieurs ne se rapatrieraient pas. L'Anglais, en effet, a agi à cet égard avec la contradiction singulière qu'il a partout montrée. Strict, il se plait, comme épris lui-même de ce qu'on nomme la couleur locale, à respecter l'allure lointaine des sons, les traduisant par une orthographe ingénieuse et juste ; ou bien prêt à renoncer à pareil effort avant que de l'avoir tenté, il défigure du tout au tout sa conquête et en fait chose à soi : double procédé dont les résultats présentent un égal intérêt. Surgit même un troisième cas, qu'il convient d'observer très-particulièrement ; c'est de lui que fort souvent dépendra, dans les Tables à dresser, l'admission ou le rejet d'un terme, suivant qu'il est pour nous, Français, neuf ou familier. Impossible, en effet, de prolonger (au cours de plus de pages peut-être que n'en ont pris les Mots Anglo-Saxons, les Modernes et Vieux Français ou ceux mêmes rapportés tout-à-l'heure à l'antiquité) des colonnes de Vocables toutes étranges autant qu'étrangères. Oui, sûrement et insensiblement, il s'est, pendant et depuis la formation des Langues Contemporaines, Néo-latines comme l'Italien, l'Espagnol et le Portugais, Germaniques comme l'Allemand, Slaves comme le Russe, répandu en chacune d'entr'elles un certain bataillon de Mots, issu d'ici et de là, les mêmes presque partout. La langue neutre, par excellence, c'est le Français ; et rien de plus rare que voir un de ces Mots Nomades qui n'ait pas abouti chez nous d'abord et aussi n'y soit pas francisé, puisque le génie particulier d'ici exige une atténuation de toute couleur trop vive et des bariolages : l'Académie n'admettant leur éclat qu'éteint et changé par une opération presque séculaire. Abandonnés souvent même par nous, ils ne reprennent leur course autre part que d'abord travaillés de la façon que

je viens de dire : on ne les a, dans ce cas, au dehors
que de seconde main. Toujours alors se passe de deux
choses l'une, spéciale à l'Anglais : ou bien il les accepte
tels quels, et rien n'exige que vous les notiez; ou bien
il les repeint quelque peu et tout-à-fait, sur le modèle
d'originaux demeurés dans son répertoire, et c'est de
mon devoir de les citer.

Voilà.

Une observation encore et une remarque cependant :
l'observation, importante pour quiconque veut comprendre un détail dans l'économie du présent paragraphe
concerne les rapports de l'Anglais et de l'Allemand;
la remarque, brève, dira que, de tous les Européens,
les Russes, apprenant chaque langue, mais ne lui prêtant point, laissent le moins de traces dans l'Anglais
comme dans le Français. A plus d'un titre et notamment en raison de ce fait que l'Anglais et l'Allemand
constituent à peu près tout ce qu'il est convenu, dans
notre éducation, d'appeler les Langues Vivantes, c'est
un usage ancien (auquel on s'étonnera peut-être de
ne m'avoir point vu céder un seul instant) que de com-
parer entre eux les Mots d'outre-Manche et d'outre-
Rhin. Que de rapports ils gardent! et naturellement,
puisque l'Allemand représente l'épanouissement le plus
complet du vieux rameau Haut-Allemand; comme le
fait l'Anglais du Bas-Allemand : rien pourtant, au point
de vue de cette Philologie, qu'il faille relever dans ces
rapports, car l'Anglais se trouve vis-à-vis de l'Allemand
presque dans la même situation que vis-à-vis du Latin

et du Grec pour ceux-là de ces Mots qu'il ne leur
emprunte pas à des époques très-récentes. Des analogies, mystérieuses à première vue, mais expliquées
en l'étude vouée aux Mots d'origine Anglo-Saxonne,
existent entre l'Anglais, le Latin et le Grec ; alors il en
fallut présenter une notion quelconque à l'esprit de
qui tentait une étude philologique même succincte, ces
idiomes antiques étant le fondement de l'instruction en
France. Si quelqu'autre devoir s'impose, c'est, plutôt
qu'établir un parallélisme fautif avec l'Allemand, de
distinguer, parmi les acquets tirés des langues européennes, le bien qui appartient, soit au Hollandais, soit
au Flamand, frères humbles de l'Anglais ; et de le tenir
à part, comme familial, plutôt qu'étranger.

Tel, l'esprit du groupement qui vient ; celui-ci pourrait justement contenir, à un autre point de vue, les
Mots Français importés depuis peu et les Mots Latins
ou Grecs pris en entier, Corps du Mot et Terminaison,
si ces deux sortes de Vocables n'avaient trouvé, dans
des tableaux antérieurs, une place, la bonne.

Subtiles distinctions que tout cela ; point, mais simplement crainte de rien confondre.

Hébreu.

Peu importe que ces Vocables appartiennent à un
langage d'origine immémoriale ; avec lui n'a absolument

rien de commun l'Anglais : on les trouve cependant ici tout d'abord en tant que les plus anciens de tous ceux qui aient été introduits autrement que par voie scientifique, c'est-à-dire point naturellement ni par l'action d'une des grandes invasions de Mots faites dans la Langue.

Presque tous les termes hébreux, épars dans les idiomes modernes, y viennent de la Bible, directement ou ayant passé par les Livres chrétiens premiers des siècles de l'Église.

Omettre ABBEY, ABBOT, CABAL, JUBILEE, PHARISAIC, etc., venus à travers le Français ; quant à **cherub, ephod, gehenna, hallelujah, manna, messiah, sabbath, seraph, shibboleth,** etc., certes, ces Mots sont hébreux ; mais n'ont-ils pas été, selon le procédé Anglais, retrempés à la source, seulement après avoir appartenu aux divers courants modernes ?

AMEN, RABBI, etc. : nous possédons cela ; quant aux Mots bibliques empruntés particulièrement par l'Anglais, ce sont **corban**, *vase à aumônes*, **fitch** ou **vetch**, *noir*, **gopher**, un *poids*, **hin**, une *mesure*, **jesse**, le *chandelier* aux branches imitant une généalogie, **jot**, un *point*, **lag**, une *mesure*, **maranatha**, *imprécation* (venue du Syriaque), **nethinim**, *serviteur* des lévites, **omer**, une *mesure*, **selah**, un *silence* dans les Psaumes, **shekel**, une *monnaie*, **skemah**, la *divine présence en un nuage*, **teraph**, une *idole*, **urim** et **thummim**, *lumières* et *perfections*, un fragment du Pectoral, etc.

Arabe.

Apparenté à l'Hébreu et lui-même d'un âge important. Presque tous ses Mots, empruntés par les nations chrétiennes, l'ont été aux Sarasins, lors des invasions qui précèdent le moyen-âge, ou aux Musulmans, dans les Croisades. Arts, sciences, mathématiques, etc. : une brillante civilisation méritera d'en faire passer les principaux termes dans les parlers modernes.

Exemples (et même classification que plus haut).

Omettre les mots comme ARSENAL, DIVAN, GAZELLE, HAZARD, MINARET, qui, venus à travers le Français, en ont gardé l'orthographe intacte ; et ceux qui, Arabes ou à peu près, pour l'Anglais et pour nous, sont communs à presque tous les parlers européens, comme CADI, NADIR, OPIUM, SIROCCO, ZENITH OU ZÉRO.

Considérer ceux-là seulement qui, anglicisés par l'intermédiaire au Français, gardent (non comme AMBER, ALEMBIC, TARIFF) la trace d'une transformation quasi-régulière : mais les fantasques, comme **chemistry, crimsom, mattress, mummy, pashaw**, etc., *chimie, cramoisi, matelas, momie, pacha ;* ou tels qui ont été retouchés selon le goût Arabe, comme **alcohol, artichoke, caravanserai, dragoman, scimitar** (*drogman et cimeterre*).

Sont enfin tout-à-fait particuliers à l'Anglais, **attar,**

lime, shrub, etc. : qu'il les garde à l'état primitif, ou bien les déforme, soit à sa guise, soit d'après nos usages.

Allemand.

LANGUES EUROPÉENNES.

Sont introduits dans l'Anglais au même titre que les Mots Italiens, Espagnols, etc. :

Gooseberry, qui ferait, en Anglais, *groseille à oie,* comme nous disons *groseille à maquereau,* n'est que KRAUSEL BEERN, la *baie hérissée,* à cause de ses poils; rusk, *gâteau dur,* a derrière soi RUSKEN, *craquer;* et scoundrel, *gredin,* SCHANDKERL, *mauvais garnement;* et wallet, *sac à provisions,* WALLER, *voyageur;* et frolic, *gai,* FROELICH. Meershaum reste intact; et hock perd sa Terminaison — EIMER; mots qui ne nous sont pas absolument étrangers. Curiosité, maul-stick, le *bâton du peintre,* se compose d'un nom Anglais, et d'un déterminatif, Allemand.

Beaucoup d'autres exemples seraient à citer, sans que l'on touchât en rien au fonds assez considérable de mots d'origine Germanique rapportés par le Français à l'Anglais, qui en avait tantôt perdu, tantôt con-

servé les équivalents ; fusions ou restitutions. Cé cas
ressort du premier et du second Livres, Élément Gothique ou Anglo-Saxon, de l'Anglais, et Élément Roman
ou Français (l'y voir).

Suédois, Norwégien, Islandais.

Noter quelques Mots Suédois ou Norwégiens, comme
hoy, un *grand bateau*, et **lemming**, une espèce de *rat*
septentrional : tandis que les ressemblances avec l'Islandais (**haberdasher, warlock,** etc.) viennent bien plus
de liens de famille avec le Scandinave que d'emprunts.

Hollandais et Flamand.

Mille rapports de famille avec des Mots de ces deux
parlers également : on ne remarquera ici, toutefois, que
les emprunts.

Le Hollandais a donné PICE, dans **pea-***jacket*, un
gros drap, **tattoo**, *roulement* et *sonnerie* militaires,
howker, un *vaisseau* à deux mats, **jib**, une *voile
triangulaire*. Nous avons pris YACHT, hollandais aussi,
à travers l'Anglais, et SCHOONER et SLOOP; sans que
l'Anglais, dans ce cas presque exceptionnel, nous doive

18

rien à son tour. **Skate**, *patin*, **tafferel**, terme de marine, etc., grossissent cette liste de vocables tantôt intacte, et c'est rare, tantôt anglicisés. Marine et métiers principalement.

Ne point omettre **gas**, notre *gaz*, de ɢᴇɪsᴛ, en flamand, qui signifie *esprit*, comme l'Anglais **ghost** : ce Mot a-t-il été emprunté par nous directement, puis prêté; ou le tenons-nous de seconde main : question qu'il appartient à l'histoire seule de décider. Plusieurs autres acclimatations du Hollandais et du Flamand dans l'Anglais ont eu lieu; il faut bien se garder de les confondre avec les Mots analogues d'une langue à l'autre, frères comme elles sont sœurs.

Langue d'Oc ou Provençal.

Si l'on ne cite pas tous les Mots émigrés du Français à l'Anglais depuis deux ou trois siècles et hier même, c'est que, malgré l'air nouveau qu'ils gardent même pour nous, maint exemple en a été donné dans le Livre : Élément Roman ou Français; ce classement est peu scientifique peut-être, mais d'effet moins paradoxal.

Quelques Mots viennent directement du Provençal; et, quoique ce parler, la langue d'Oc rivale ancienne de la langue d'Oil, se classe rigoureusement dans les patois (c'est-à-dire dans les dialectes du passé que prima l'idiome victorieux, le Français), il a, cependant,

montré jusqu'à maintenant une importance littéraire
trop considérable pour n'avoir point place à part. Tel,
par exemple, **fortalice**, un *fort*, pris tel quel; ou, anglicisés, **to award**, *regarder*, d'ENWARDER, **to enhance**,
mettre en avant, d'ENANSER, deux vieux mots, et
treachery, *trahison*.

Italien.

Omettre tous les Mots introduits par le Français,
comme BALUSTRADE, CARICATURE, GAZETTE, qui gardent le
caractère de notre langue; et ceux qui, de pur italien,
demeurent tels que chez nous, comme SOPRANO et TENOR:
les uns et les autres se montrent très-rares. L'habitude Anglaise prépondérante, de rendre aux mots leur
couleur originelle, triomphe (ici qu'il s'agit d'une langue
voisine ou facile à connaître); **gondola**, et non *gondole*,
improvisatore, **lava**, **portico**, **stanza**, etc., sont de
ceux à quoi l'on pouvait s'attendre, et **portfolio**, et
terracotta, et **torso**, etc. Termes d'art, choisis par
l'Anglais, comme nous prîmes des termes militaires.
L'anglicisation n'a peut-être lieu que pour **mizzen**,
misaine (et encore est-ce, vraiment, à travers nous),
mountebank, *saltimbanque*, **sash**, *écharpe*, ceci de
SESSA. Mais **influenza**, la *grippe*, **martello**, un *fortin*,
motto, une *devise*, **piazza**, une *place*, etc., passent, à
notre insu, de l'Italien dans l'Anglais. S'arrêter par cu-

riosité à **seraglio**, venu du Turc par l'Italien, et à
seignior, qui n'est ni SIGNOR, ni notre *seigneur*, ni
SEÑOR, espagnol.

Espagnol, Portugais, puis Mexicain et Péruvien.

Termes de navigation dûs aux voyages et divers
au commerce et aux longues relations politiques avec
l'Espagne; peu d'acquets antérieurs au XVIᵉ siècle.

Omettre BARRICADE et quelques très-rares mots français; ainsi qu'EMBARGO, GALA, et quelques très-rares
mots gardés par nous intacts.

Remarquer les mots **paroquet**, déformé, mais d'après
nous; à côté de **jennet**, *grenade*, **salver**, une *assiette*,
gammon, un *jambon*, **hurricane**, *ouragan*, **trice**,
un *instant*, ou **sherry**, et d'autres nombreux, le tout
d'après des originaux tels que SALVA, JAMON, HURRI-
CANO, TRIS OU XÉRÈS.

Si JUNTO, PEDESTAL, PECADILLO, MULATTO, NEGRO, etc.,
ne sont peut-être que nos *junte, piédestal, pécadille,
mulâtre, négro*, restitués au fonds primitif: en revanche, **desperado**, **poncho**, nous sont comme inconnus; et ce n'est que par l'Anglais que nous savons
qu'ils signifient un *homme perdu* et un *manteau*.

Ne point quitter l'Espagnol sans jeter les yeux sur

quelques vocables portugais : **commodore, palavere,**
ou **verandah.**

Mots : mexicains, **rhum** et **rum, occlot**; péruviens,
llama,mahogany, ce dernier anglicisé, de MAHOGAN,
acajou.

Persan.

LANGUES DE L'ASIE, DE L'AFRIQUE ET DE L'AUSTRALIE.

Le Persan a fourni directement **howdah,** *siége au
dos d'un éléphant,* **mohur,** *monnaie d'or* dans l'Inde
Anglaise, mots intacts ; quant à AZURE, BALCONY, BAZAAR,
JASMINE, SHERBET, etc., qui ne représentent que nos
Mots défigurés, inutile d'en prolonger la liste ou d'y
joindre TURBAN, INDIGO, etc., passés tels quels, ni HOOKAH
restauré dans son orthographe.

Le vrai traitement que méritent de pareils vocables
me semblerait leur distribution, dans un abrégé moins
sommaire que celui-ci, en couches d'âges divers, commençant, par exemple, avec PARADISE pour finir avec
sepoy, chez nous *cipaye.*

18.

Hindoustani, Malais et Javanais.

Hindoustani : **banial, batta, suttee**, etc., etc. ; que de Mots ignorés de nous, au milieu desquels, certes, se reconnaissent CALICO, JUNGLE, MUSLIN et RUPEE, francisés en *calicot, jongle, mousseline* et *roupie* : quant à RAJAH, nous l'avons reçu intact, par l'Inde Anglaise, ainsi que SHAMPOO, et beaucoup d'autres, comme cela devait avoir lieu : mais l'Anglais n'est-il pas tributaire au Français pour l'orthographe de PALANQUIN, écrit souvent, il est vrai **palankeen**, etc.

Malais : BAMBOO, oui, vaut mieux que *bambou;* mais CAOUTCHOUC, ne vient à l'Anglais que par nous : quant à GONG, GUTTA-PERCHA, ORANG-OUTANG, communs aux deux langages, inutile d'en chercher l'importateur. Seuls, **bantam, gambodge, mango**, et quelques autres usités là, sont inconnus ici. **Sago** est javanais.

Turc, Chinois et Japonais ; et Mots de l'Amérique, de l'Afrique Centrale et de l'Australie.

Presque d'eux-mêmes, viennent se ranger, dans ces dernières notes, le Turc, plus Asiatique qu'Européen, le Chinois et le Japonais, enfin les parlers presque sauvages de l'Amérique du Nord, de l'Afrique Centrale et de l'Australie : constituant un groupe qui répond à une vaste et vague famille du Langage dont il sera parlé tout-à-l'heure dans la Conclusion. Tout ceci bien épars, comme ces langues; qui, si elles sont probablement alliées entre elles, ne le sont à coup sûr avec aucune de celles déjà passées en revue.

Turc.

Le Turc peut donner des Mots barbares ou civilisés; et, avec le Finois, exige une place à part : car ces langues n'appartiennent ni à la grande souche Aryâque dont il est question exclusivement dans cet ouvrage, ni à l'autre, la Sémitique, où viennent se rattacher à l'Hébreu comme l'Arabe; mais à une troisième, vague encore et propre à recevoir tout ce qui ne vient ni d'ici, ni delà.

Mots turcs, donc : BEY, bien connu de nous, CHIBOUK, que nous écrivons *chibouque* (qui a raison?), etc.; quant à TULIP, KIOSK, à coup sûr ils viennent de France; et que JANISARY, de *janissaire,* soit anglicisé ou verni à la turque, ceci ne représente pas une recherche très-profonde.

Mot finois : **wake,** *sillage,* de WAKO.

Chinois et Japonais.

Reconnaissons SATIN, comme notre bien ; nous orthographions mieux THÉ, mot chinois provincial, que les Anglais ne le font avec **tea** : quant à PEKOE, HYSON, ces variétés de l'infusion anglo-chinoise, appartiennent-ils à quelque nationalité (inscrits tels quels sur tout registre de la douane et du commerce internationaux) ? NANKIN reste en anglais **nankeen** ; mais **caddy**, la *boîte à thé*, n'offre rien d'autre qu'une détérioration gratuite du mot KATTÉ, *poids* marqué d'abord sur les paquets.

Le Japonais, eu égard à l'admiration causée en Angleterre comme en France par les produits merveilleux de l'art que révéla la terre où il se parle et s'écrit, n'a expédié que peu de Mots, marques de commerce ou de douane. MIKADO, TAICOUN, font peut-être seuls exception : acclimatés dans l'Anglais et chez nous, assez pour que la conversation légère ou le journal les emploient, même en parlant de dignitaires européens (comme on dirait d'un haut fonctionnaire, un pacha).

Australie et Afrique Centrale.

Boomerang est la transcription Anglaise d'un Mot

Australien ; les divers parlers polynésiens exportent **tattoo**, qui est le *tatouage* et fait un verbe **to tattoo**, puis **taboo**, un *instrument sacré :* et lui-même, le Hottentot, **gun**, une *auberge*, ou **kraol**, un *village*, Mots passés des récits de voyageurs dans les publications géographiques ; ainsi que **tset-se**, un *insecte* nuisible redouté dans le Sud de l'Afrique.

Amérique du Nord.

LANGUES SAUVAGES.

Cacique, calumet, condor, mocessin, pampas, wigwam, tomahawk, quel jeune Lecteur de vieux voyages français ou des récits de la prairie, ne connaît ces Mots, traduits les uns et les autres intacts. **Macaw**, veut dire un *grand perroquet*, **pemmican**, une certaine *préparation comestible*, etc. Les lettres anglaises qui sont latines, quoique ne représentant qu'à la faveur de bien des ruses orthographiques les sons anglais, paraissent faites pour ne pas troubler par trop l'économie de ces Mots de l'Amérique du Nord, non plus que de ceux pris à l'Inde : les deux contrées (détail curieux !) où triomphe la colonisation britannique.

Avant de quitter notre sujet, pour aborder les Noms
Propres, il faut, mais absolument, établir que les listes
où le Lecteur a jeté les yeux, ne servent à rien d'autre
qu'à émailler de leur plaisante variété, la nomenclature
des Mots qui composent une Philologie Anglaise. Plus
de citations eût marqué le Livre d'un cachet exotique
ou étranger par trop voyant et moins ne suffisait pas ;
c'est, toute proportion gardée avec les Tables diverses
du volume, que ces spécimens ont été réunis : à titre
seul d'exemples. Toute longue dissertation ici a, pour
qui la risque, des périls : se méprendre sur les chemins
différents suivis par tel vocable avant d'arriver à l'Anglais. Textes et dates en main, plus tard, le Philologue
pourra, sa science ayant suscité des recherches précises
dans tous les sens, ne parler qu'à coup sûr.

Appendice.

NOMS PROPRES.

L'Étude consacrée aux Mots d'un parler resterait incomplète, ses Noms Propres négligés : ils relèvent presque toujours de procédés de composition très-primitifs, ce qui les rend curieux à plus d'un titre. Mêlés encore à la Langue, leur sens tient l'imagination en éveil; autrement, incompréhensibles ou anciens, c'est par leur aspect presque bizarre.

Les Noms Propres s'appliquent aux Lieux et aux Personnes.

Rivières, monts et bois, ou cités, tirent leur appellation (on l'a vu déjà) d'anciennes formes, ou celtiques, ou latines de la Conquête Romaine, ou Scandinaves :

les Mots ou les fragments de Mots usités alors ne sont
pas à revoir. Rien de plus, sinon qu'outre ces vestiges
durables, l'Anglais a recours aussi aux termes en vigueur pour dénommer, soit une villa, soit une terre de
construction ou d'acquisition récentes ; à moins que,
par un procédé inverse de l'ordinaire, ce bien ne
s'appelle d'après son maître.

Un usage prévaut depuis une époque à peu près
contemporaine de la formation des Langues Modernes.
A savoir qu'une appellation, dite aujourd'hui encore en
anglais *Surname* parce qu'elle a d'abord consisté véritablement en un Surnom, demeure, pour les hommes et
femmes, celle patronymique ; c'est le Nom de Famille,
qui s'accote au Prénom par les Anglais désigné en tant
que *Christian name*, comme par nous Nom de Baptême.
Appliquée, comme chez les Romains et les Grecs, à un
personnage dont elle louait les qualités ou raillait les
défauts, une même épithète, plus ou moins transparente,
se perpétue souvent de père en fils.

Quelques exemples de ces Noms de Familles ou *Surnames* se groupent ici autour des quatre principaux
motifs attribuables à leur choix, qu'ils représentent :
des dénominations plus anciennes de domaines ou de
villes, ainsi que la chose a lieu avec les nobles ; des
titres de métiers, de charges ou de fonctions ; enfin
des particularités extérieures ou de l'âme, et de même
un simple Nom de Baptême, porté par le père ou l'aïeul[1],

à quoi s'adjoint un reste de cas, notamment le possessif. Avec la forme où le *de* Normand est simplement traduit par of en Anglais, **the duke of Sutherland**, on voit des Mots comme **Brooks**, *ruisseaux*, **Forrest**, *forét*, **Hill**, *colline*, **Wood**, *bois ;* ou **Fleming**, *flamand*, **Scott**, pour Scotch, *écossais*, tous vocables saxons, devenus Noms Propres. **Butler**, **Steward**, **Carpenter**, **Smith** et **Turner**, eux, veulent dire *sommelier, charpentier, — febvre* (comme dans ORFÈVRE) et *tourneur*, noms que nous possédons aussi, avec ou sans l'article ; quant à **Flechter**, c'était le *faiseur de flèches*, **Lyster**, le *teinturier*, **Baxter**, le *boulanger :* de jadis ou de tard, que l'origine en soit saxonne ou française. **Black**, c'est *Noir* ou LENOIR, **Brown**, *Brun* ou LEBRUN, **White**, *Blanc* ou LEBLANC, **Reid**, pour RED, LEROUGE, etc., **Little**, *Petit*, **Strong**, *Lefort*, **Young** et **Good**, *Lejeune* et *Lebon*, et **Auld**, pas autre chose qu'OLD, *vieux*. RICHARD, ADAM et JOHN, se perpétuent en tant que **Richards**, **Adams** et **Johns**, du chef de famille à ses héritiers ; ou, avec le Suffixe *SON*, **Richardson**, **Adamson**, **Johnson**, **Harrison**, représentant HARRY'S SON, ou le fils d'*Harry*, lui-même un diminutif d'*Henry*. Pour ne rien omettre, il faut citer, à la suite de ces noms, le MAC écossais, qui fut celtique, de **Mac-Donald**, etc.; et le *P* — initial gallois, abréviation d'AP, *fils*, dans **Pritchard**, pour AP-RICHARD : qui traduit absolument le FITZ normand, notre *fils*, ex. **Fitz-James**, *fils de Jacques*. Quant à l'*O* irlandais, je l'isole exprès : car il signifie petit-fils dans **O'Connel** ou **O'Nore**.

Certains ne sont visiblement que des Noms étran

19

gers, acclimatés : mais on citera, au nombre de ceux
dont la langue, à divers âges ou dans ses patois, ne
présente pas l'explication, **Dudgeon**, *épée*, en Gallois;
Todd, *renard*, en Écossais; **Lloyd**, *gris*, **Bain**, *blanc*,
Dow, *noir*, et **Don** ou **Dun**, *brun*, en Gaélique ou
Celte : vieilles appellations encore traditionnelles.

Que plusieurs Noms de Familles concourent souvent
à désigner une seule personne, soit à la suite d'adop-
tions (c'est le cas d'*Edgar* Allan Poe) ou d'hymens
sanctionnés par quelque raison sociale, etc. : ces faits
dépendent de la Grammaire, plutôt que du Lexique;
et je ne m'y arrête pas, de crainte que l'énoncé de
l'inextricable Code, régissant la transmission des Noms
dans les familles nobles, ne prolonge à l'excès ce bref
Appendice.

Une nomenclature exacte des Noms de Baptême ou
Christian names reproduirait presque tous les cas
analysés dans l'étude de la Langue : il y en a surtout de saxons et de français, les mêmes à la fois, souvent; et tous ceux de nos Prénoms qui ne sont point
classiques, mais sont germaniques, se retrouvent ici
et là. Des principaux seuls, suit la liste; où l'on remarquera parfois une Terminaison Latine étrange à côté
d'un Corps de Mot barbare : réminiscence du moyen-
âge. Alaric, Attila, Canute, Conrad, Hildebrand,
Tancred, etc., ces Noms appartiennent à l'histoire générale, point à une langue aujourd'hui en vigueur

plutôt qu'à une autre : négligez-les ; et ne vous rappelez que

Adelaïde, ou NOBLESSE,

Adolphus, *Adolphe*, ou le NOBLE LOUP, et *Adolph*,

Albert, ou le TOUT-BRILLANT,

Alfred, ou le NOBLE,

Bertha, ou la BRILLANTE,

Bertram, ou le CORBEAU NOIR, notre *Bertrand*,

Charles, ou l'HOMME, qui fait Charly,

Edgar, ou la LANCE QUI DÉFEND LES BIENS,

Edmund, ou le PROTECTEUR DES BIENS,

Edward, ou l'AMI DES BIENS, qui fait Ned et Neddy, Ted
et Teddy,

Edwin, ou l'AMI DES BIENS,

Emma, ou la NOURRICE,

Frederick, ou QUI FAIT RÉGNER LA PAIX, et Fred,

Gérard, ou la LANCE FERME,

Gertrude, ou la FIANCÉE DE GUERRE,

Gilbert, ou le GAGE BRILLANT,

Godfrey, ou la PAIX DE DIEU, notre *Godefroy*,

Gustavus, ou le BATON DE DIEU,

Halbert, ou la BRILLANTE PIERRE,

Henry, ou le MAÎTRE, qui fait Harry,

Herbert, ou le GUERRIER BRILLANT,

Hubert, ou le BRILLANT ESPRIT,

Hillebrand, ou l'ÉPÉE DE COMBAT,

Léonard, ou le FORT COMME UN LION,

Lewis, ou le GUERRIER GLORIEUX, notre *Louis*,

Minna, ou la MÉMOIRE,

Randolph, ou le LOUP DU LOGIS, et **Randal,**

Raymund, ou le PROTECTEUR DES SAGES,

Reginald, ou PUISSANT DANS LE CONSEIL,

Richard, ou le ROI SÉVÈRE, qui fait Dick et Dicky,

Robert, le RENOM BRILLANT, qui fait Bob,

Roger, ou la LANCE RENOMMÉE,

Roland, ou la Gloire du Pays,

Rolph ou **Rollo,** le Loup Renommé,

Rupert, ou le Renom brillant,

Sigismund, ou la Protection victorieuse,

Siward, ou le Tuteur victorieux,

Walter, ou le Guerrier puissant, notre *Gauthier*, qui fait Wat,

William, Au fier haume, notre *Guillaume*, qui fait Will et Willy, Bill et Billy,

Qu'est-ce que ces Mots imprimés en petit texte, car ce sont bien des Mots; tous dans le génie de l'Anglais quand ils sont réussis, à savoir brefs et nets et même d'aspect quelquefois tronqués : **Bob, Ned, Ted, Harry, Dick** et **Will?** des Diminutifs, comme *Marion, Margot, Jeannette* et *Louison.* Seulement, chez nous, le Diminutif allonge le Nom, comme en Latin ; il l'abrége, en Anglais : et ces appellations réservées ici à l'idylle ou à la parade, comme *Jacquot* ou *Pierrette*, demeurent là dignes, charmantes et intimes. Qui voudrait, dans le parler des enfants, mettre à côté de **Betsy** quelque chose comme *Zaza*, ou de **Fan**, *Nini*, se tromperait.

Juxtaposant l'ordre des Prénoms au plan du Livre, on doit maintenant citer quelques-uns de ceux venus à l'Anglais de nous ou du Latin et du Grec, comme AUGUSTUS, BONIFACE, CECILIA, FLORA et FLORENCE, FRANCIS, JULIET, LAWRENCE, LUKE, MARTIN, MAURICE, PATRICK, QUENTIN, RUFUS, TRISTRAM, VINCENT; AGNÈS, ANDREW, CATHERINE, DOROTHY, ELLEN, ELÉANOR, EU-GENIE, GEORGE, PETER, STEPHEN, etc. : tout cela tantôt français ou retrempé aux sources furieusement, tantôt anglicisé non sans quelque charme étrange.

Est-ce tout? point : et les Noms tirés des Écritures! Plusieurs autres, qui ne paraissent ni Bibliques ni Classiques, mais barbares, ensemble omis dans le tableau, sont Celtes.

Noms Bibliques (ceux-là seuls que nous ne possédons point ou transcrivons tout différemment) : ANN, ELISABETH, JOHN et JANE, MADELINE, MARTHA, MARY, TOBIAS, etc. Noms Celtes, avec leur signification : ARTHUR, ou *le Haut*, BRIDGET, BRIGITTA, ou *la Force*, CADWALLADER, ou l'*Ordonnateur de la bataille*, EVAN, le *Jeune guerrier*, KENNETH, l'*Avenant*, LACHLAN, le *Guerrier*, OSCAR, le *Guerrier bondissant*, OSWEN, l'*Agneau* ou le *Guerrier*.

Etc.

Du Syriaque, vient THOMAS, et du Phœnicien, HAN-NIBAL; du Slave, STANISLAS; du Gallois, RICE ou RHUYS, le *Guerrier*, etc. : mais quelle que soit leur origine, espagnole encore ou italienne, de tels Prénoms, une fois Anglais, deviennent susceptibles de Diminutifs ou Noms d'amitié. Mille exemples, dont quelques-uns ici : **Naneg, Nanny** et **Nan,** pour ANN, qui donne aussi

Anna; **Tony,** pour Antoin, et **Alick,** pour Alexander;
Ben, pour Benjamin; **Kit,** pour Christopher; **Betzy,**
Betty et **Bess,** pour Elisabeth; **Fan,** pour Fanny;
Franck, pour Francis; **Jem** et **Jemmy,** pour James,
ou *Jacques;* et **Jack** ou **Jacky,** le même nom, très-
singulièrement pour John, ou *Jean;* **Kate,** pour Catherine; **Maud** et **Maudlin,** vieille prononciation normande,
pour Madeleine; **Dal** ou **Dally,** pour Mary; **Nick,**
pour Nicholas; **Noll,** pour Olivier; **Sal,** pour Salo-
mon; **Sam** et **Sammy,** pour Samuel; **Tom** et **Tommy,**
pour Thomas; **Vickey,** pour Victoire; etc., etc. Tantôt
c'est une Finale ordinaire remplaçant la Terminaison
spéciale au Nom Propre; tantôt la chute de toute Terminaison et même de la pénultième, avec ou sans
adjonction de cette Finale en *Y* ou *EY* revenue pour
marquer comme un autre dégré dans le Diminutif : et
tantôt une interpolation complète du commencement du
Mot, telle consonne cédant sa place à une autre pas
de même famille, etc.; rien d'aussi capricieux. Les
règles philologiques n'ont à faire avec presque aucun
de ces cas.

Particularité, cependant, très-intéressante de l'Anglais, que celle-là; et qui, seule, eût nécessité ce rapide
coup d'œil jeté sur les Noms, grâce à elle aussi joliment
défigurés : car il en résulte de vraies formations, appartenant exclusivement à la Langue, autochtones, uniques
et exquises. Quiconque a participé à la vie britannique
ou lu des récits d'outre-Manche, retrouvera, certes, dans
ses souvenirs, mille autres appellations intimes; dont
il grossira la nomenclature faite ici, résumé d'exemples
comme toujours et non liste complète.

A la Philologie appartient un dernier cas, très-diffé-
rent de tous ceux qui jusqu'ici atteignent les Noms Propres. Mots de la Langue, disait-on, à propos des Diminutifs ; presque : certains le sont tout-à-fait. Par mille
interstices, il en est, se glissant dans la Langue, qui
perdent l'habitude ordinaire de désigner des personnes,
pour s'appliquer aux choses. **Raglan**, **Brougham**, et
Macadam, par exemple, ce *vêtement*, cette *voiture*,
ce *traitement voyer?* Usage aussi fréquent aujourd'hui
que jadis d'appeler d'après une ville un objet issu de
ses fabriques, Sedan, Arras, pour une *chaise à por-
teur* et une *tapisserie murale*. Les quelques exemples
qu'il sied de donner à la suite de Noms Propres restés
intacts, affectent ceux-là seuls où s'est produite une
telle détérioration de leur forme exceptionnelle, qu'on
ne saurait la reconnaître ; ou les dérivés. Curiosités
comme **shalloon**, pour étoffe faite à *Châlons*, **sherry**,
vin récolté à *Xérès*, **worsted**, lainage produit par un
village anglais *Worsted*, **Milliner**, modiste, autrefois
Milanaise. Ou **to lynch**, traduit chez nous par *lyncher*,
du nom du promoteur de cette justice hâtive, et
mieux **nickel**, métal de *Nicholas;* ou un mot comme
Shaksperean, si l'on veut employer ici un Adjectif
glorieux et cher à côté de ces Substantifs, par exemple,
le **Puseism** ou le **Wesleyanism**, doctrines.

CONCLUSION

CONCLUSION

et Résumé : Qu'est-ce que l'Anglais ; car cette interro-
gation, faite au début du tome, revient à la fin. Si l'on
rappelle ses souvenirs autant que mille réflexions atten-
dant, pour converger en l'esprit, que tout fût dit, cette
réponse se présente comme la plus générale : L'Anglais
est un idiome composite.

Développement spécial de l'Anglo-Saxon, au milieu
de l'affluence et aussi de l'influence subites des Mots
de langue d'Oil, puis retrempe, dans notre Latin
paternel, d'une portion notable de ces mots et emprunt
direct fait à ce parler défunt, avec des habitudes françaises, de presque le reste de son vocabulaire ainsi
parfois qu'au Grec : telle, outre maint don accepté de
tous les langages possibles, la formation de l'Anglais
étudiée enfin. Naturel, factice et naturel à la fois, factice, il est tout (car le fait du Scandinave introduit par
deux fois, ou du vieux Celte, ou de la double couche
classique de la Conquête Romaine et des Missions chrétiennes, oblige à unir l'un et l'autre de ces qualifica-

tifs) : comme encore ou artificiel et instinctif, ou savant et populaire, cela dans des combinaisons aussi nombreuses que celles de la rose des vents, sud-sud-ouest, est-nord-est, etc. Les yeux un instant fermés à trop de complexité et de distinctions pour trouver place, non-seulement aux pages d'un Traité élémentaire, mais dans les quelques phrases qui le finissent, laissez se produire chez vous la synthèse de toutes les lois, les règles et les observations en composant comme le dessin principal. Que le plan de l'ouvrage, simplement, revienne dans sa netteté.

Ce parler contemporain, l'Anglais, offre une fatale et merveilleuse alliance du germe barbare, d'où naquit le monde moderne, avec le leg antique, qui en a fait l'éducation.

Toute statistique (bien faite pour les traités du Style) n'apparaît en Philologie que comme illustration d'un dire entre beaucoup : elle ne tranche rien de façon générale et décisive. Sans tenir compte de variations orthographiques légères au cours de sa moderne histoire, il faudrait, l'Anglais simplement analysé en tant que matériaux linguistiques depuis Chaucer jusqu'à maintenant, montrer plusieurs nobles échantillons de ce qu'il est, ainsi qu'il s'offre à une étude patiente : et profiter de cette occasion pour le soumettre à quelque calcul. A quoi bon ne point dire tout de suite que lorsque le nombre des Mots Saxons ou Germaniques ne monte qu'à 13,000 et quelques cents Mots, le Vocabulaire Classique (et Français) en compte de 29 à 30,000 :

chiffres qui ne prouvent pas davantage en la faveur du Classique et Français que contre le Saxon ou Germanique; car l'importance des Vocables dans la Langue mieux que le nombre peut faire pencher, différemment d'un côté ou de l'autre, la balance. Juste notion que celle du plus au moins de valeur attribuable à telle ou telle série des Mots : peut-être qu'il sied de chercher de quelle lignée procéderont, rangés d'après la classification du Discours habituelle, les termes prépondérants; or, point : substantifs et verbes, ainsi que leurs acolytes, adjectifs et adverbes, se retrouvant, ici, là, en s'y distribuant presque également. Par exemple, l'article, le pronom, la préposition employée isolément (c'est-à-dire pas en affixes) la conjonction et la précieuse interjection, geste spontané de l'organisme vocal de la race, sont Gothiques : très-bien, mais, de cela même que ces Mots servent d'articulations au parler ou de pivots, ils demeurent, d'autre part, toujours plus ou moins cachés à l'esprit qui les sous-entend, ainsi que l'atteste jusqu'à leur brièveté. Etc.

*

Quelqu'un va plus loin et demande : L'Anglais, riche du double élément qui préside à la formation de ses Mots, est-il une langue Gothique plutôt qu'une langue

Classique (à travers le Français) : ce que ne peut ré-
soudre un oui, non plus qu'un non. Le point de vue
où l'on se place, tout en dépend ; or, il est multiple et
c'est même une succession de points de vue, se reliant
entre eux, qui peut, seule, vous faire une conviction à
cet égard. La Littérature d'un peuple, à une époque où
le parler de tous les états sociaux est fixé par l'écriture,
satisfait pleinement ou abondamment, dans les traités
abstraits de la politique ou de la religion, dans les
esquisses prises par le romancier ou le dramaturge sur
le vif des mœurs intimes et publiques, ou dans la poésie
aux cent nuances, tous les *desiderata* qu'implique
l'idiome. Chacun de ces genres, en effet, se taille dans
la langue, pour vêtir quelque idée maîtresse, une trame
variée : ici comme transparente et recherchant les tons
neutres, voile presque pareil à la pensée elle-même ; là
plus riche d'un éclat familier, émaillé, bariolé, multiple
comme la vie. Divergence qui se montrerait presque
tout de suite, extérieurement et de l'œil, dans deux
morceaux (pour revenir à mon dessein de tout-à-l'heure):
un emprunté à la Science, où l'on peut souligner, comme
des exceptions, les Mots d'origine Gothique ou de terroir;
un à la Littérature proprement dite, où les rares, c'est
ceux d'afflux Classique.

Vous attacherez-vous de préférence à l'opinion reçue,
qui veut que les noms des éléments et des phénomènes primitifs, ceux des saisons, des corps célestes, ou
exprimant l'heure et les divisions du temps, le spec-
tacle naturel, les organes de votre corps, ses poses et
ses gestes; tout le langage de la vie, à dater du bégaie-

ment de l'enfant, jusqu'à l'âge des passions, telles que la colère, l'indignation, etc., même la plaisanterie, soient Saxons : tandis que, Classique ou Français, le Vocabulaire d'une civilisation plus avancée, impliquant la complexité dans les sentiments et maint besoin physique et idéal que satisfait l'Industrie, la Science et l'Art ? Une seule objection à tout ceci, pour n'en point faire cent : comment se dit *famille?* **family**, de FAMILIA ; l'un des mots, certes, les plus «familiers» d'une langue.

Qu'on discontinue cette recherche vaine, ayant trait à la prédominance de l'un des éléments de l'Anglais sur l'autre, aussi purement national. A cause de cela seul (qui suffit) : à savoir qu'il n'a existé d'Anglais qu'après que ce qui est aujourd'hui le Français, ou la langue d'Oïl du xie siècle, se fut mêlé à l'Anglo-Saxon d'alors.

Voilà.

Ni naturel ni factice, notre apport : mais les deux à la fois, puisqu'on l'emprunta tout formé, mais qu'il se déforma ; tel est, dans l'ensemble de faits impliqué par le cas présent, le travail linguistique qui répond à l'un et à l'autre de ces termes habituels au Philologue.

Rêverie interdite à la Science (voyant forcément le seul côté des choses l'intéressant) que d'étudier si tel élément, parce qu'il est le primitif, est le suprême. Tout au plus quelque savant pourrait-il, dans un mémoire curieux, poser ce doute : En supposant que l'Invasion Normande ne se fut pas effectuée, en 1066, avec Guillaume-le-Conquérant, trouve-t-on, dans l'Anglo-Saxon

d'alors, une vitalité et une force suffisantes, pour que
ce langage, par des modifications dues à l'action du
temps, produisît, à soi tout seul et sans levain étranger,
quelque chose d'assimilable à l'Anglais d'aujourd'hui.

L'Allemand, oui, langue germanique pure, s'est déve-
loppé de la sorte.

*

Mille et mille cas spéciaux venus à l'esprit d'un Lecteur ou de l'autre, ont pu, au fur et à mesure de la
marche de ce tome, en être élagués par le fer impi-
toyable de la logique, prête à se tailler des voies di-
rectes et sûres; et ne pas trouver place : ils s'éva-
nouirent.

Que votre mémoire leur prête un refuge.

Très-importantes et bifurquant au point où l'on en
est, l'une vers le lointain immémorial et l'autre vers un
passé encore mêlé de futur, restent plusieurs Considérations, propres à conduire la réflexion aux limites de
ce Sujet; là où s'égare un peu tout savoir.

Auparavant, définir ce point : Le Présent de la
Langue.

Aujourd'hui, où en est l'Anglais? mieux, ce langage

se trouve-t-il irrévocablement fixé? Pareille solution
nécessite mainte connaissance, de celles qu'on tient déjà
et quelques-unes de l'avenir, interdit : la trouver, comment? en repliant sa pensée sur tout ce qui a été dit.
L'Europe politique (nul n'ignore quelle influence exerce
sur la destinée de leur idiome le cours de l'existence
des peuples) a deux sortes de langues : mères, si l'on
veut; et filles. Mère, le Latin l'était, le Grec; et c'est
encore, par exemple, l'Allemand (qui a bien passé par
des phases d'enfance et de jeunesse avant sa maturité,
mais n'a point changé de personnalité) puis le Russe,
idiomes germanique et slave : quant aux langues Néo-
latines, comme l'Italien, l'Espagnol et avant tout le
Français, elles figurent les filles. A la dernière catégorie
appartient l'Anglais, contemporain du Français, par sa
naissance et par sa croissance. Que moins que celles-ci
doivent vivre celles-là toujours pareilles à elles-mêmes
et stagnantes, on ne peut l'affirmer; car un autre point
de vue consisterait à dire que le levain étrange porté en
soi est fait pour conserver : à savoir, pour nous ou nos
sœurs, la corruption et la mort du Latin, et chez l'Anglais la vitalité issue d'un croisement classique. Certains
matériaux, demeurant éternellement primitifs, gardent,
avec cette monotone jeunesse, l'inertie; et ce n'est
qu'une opinion à moi propre que j'exprime en disant :
L'Élément Germanique, abondant et naturel, demeure
surtout un admirable ingrédient pour le mélange. Trèves
de considérations nuageuses : L'Anglais est-il fixé (c'était
toute la question posée au début)? oui, quant à son
orthographe ou quant à sa prononciation; et rien
d'absolu cependant, car voici la mode, plus haut

constatée d'écrire, parmi les Américains, — or pour
— our en finale d'un Mot à nous pris ou au Latin, etc.
Maintenant inaltérable et jusqu'à sa nécessaire décré-
pitude, tel l'Anglais : il en est au même point que le
Français qui, lui, reçoit simplement du dehors (notamment du langage ici étudié), quelques Mots nouveaux,
comme *flirter*, ou même *stopper*. La vraie particularité qui différencie les deux parlers, presque nulle chez
nous, si remarquable à côté, reste la Composition à tout
instant de Mots. Cela a diverses causes : nos Suffixes
ne nous sont parvenus qu'à travers le Latin et sans
valeur propre, contrairement à ceux Anglais ; et pour
la juxtaposition entre eux de Vocables, si fort de mise
en Grec, le Latin la montre à un faible degré et nous
l'a léguée moindre. Qualité toute germanique, celle-là,
mais trop prépondérante en Allemand, par exemple,
pour n'y point gêner, par une certaine uniformité visible
dans l'agencement du Mot, l'éloquence ; et par la pauvreté des rimes (à cause de leur fréquence) le poëte :
c'est peut-être un grand empêchement apporté à une
littérature totalement originale. — Loin de formuler des
critiques extérieures à l'objet envisagé par cette Philologie, il s'agit de constater que grâce à ces renou-
vellements, perpétuels mais dans le présent, de son
propre fonds, mobile mais cependant stable, apportés
par la Composition des Mots, un idiome, l'Anglais
(beaucoup, je crois, grâce à notre influence) garde dans
cette richesse une mesure heureuse.

*

Slave, Germanique ou Teuton : ces dénominations furent tout-à-l'heure appliquées à de vastes épanouissements actuels que montre le Langage de l'Europe. Chacun d'eux atteste la branche principale d'une des très-anciennes souches linguistiques du monde : celle Aryâque portant d'autre part ces rameaux, le Latin et le Grec, et le Zend et le Sanscrit, puis le Celte.

Y a-t-il d'autres souches ? brièvement, oui : une Sémitique, dont l'Hébreu et l'Arabe, l'Éthiopien, le Copte aujourd'hui et jadis le Phénicien, le Syrien et le Chaldéen ; une Touranienne ou le Turc, le Finnois, le Hongrois, et momentanément tout ce qui ne se rattache pas aux deux autres, même le Chinois, le Japonais, le Thibétain'et les parlers de l'Afrique Nouvelle, de l'Amérique et de l'Australie. Vous savez la légende de notre race (car le Sémitique a pour lui, la Bible ; et le Touranien, ses théogonies diverses). Au cœur de l'Asie Centrale, habitait, contemporaine d'âges préhistoriques, une vaste famille, dans la vallée de l'Oxus et sur les plateaux de l'Imalaya ; d'où une invasion peut-être de Tartares la fit émigrer, en partie vers le Sud, dans la Perse et l'Hindoustan, en partie vers le Nord-Ouest, dans la Gaule, dans la Germanie, dans la Scythie, dans la Grèce et l'Italie.

Cette parenthèse close, j'ajoute que de presque tous les langages qui, par une décomposition du premier, naquirent en des terres d'exil, seul l'Anglais a reçu un apport, parfois demandé à différents âges. Aryen, il l'est, en tant que Teuton, tout Gothique et peu Scan-

dinave ; mais aussi bien comme Français, et comme
Latin par trois fois ; ou encore comme Celte, jadis, et
Grec, maintenant. Les vocables exotiques, il sied de
n'en point tenir compte ici, attendu que par l'Arabe et
l'Hébreu, par l'Américain du Nord, etc., se montreraient
des attaches Sémitiques, Touraniennes ; absurdes...
Non, Gothique et Classique (si l'on implique, dans cette
dernière expression, le Français), voilà, double et claire,
l'origine linguistique anglaise : et voir quelle relation
existe entre les deux termes de ce parentage, est notre
tâche ici stricte. Du Latin et du Grec, situés à peu
près sur le même plan, à tous les idiomes Teutons,
cherchez ce qui a lieu (si quelque chose de spécial se
passe) ; or, c'est une permutation de consonnes, lettres
ayant une rare importance. Labiales, gutturales, dentales, sifflantes, l'aspirée et les liquides, cette distribution, qui relève de la Grammaire, a été entrevue au
cours de Tables (celles des Familles et des Mots Solitaires de provenance Anglo-Saxonne) : rangées dans
un tel ordre, les consonnes sont tantôt douces, ex. *b, g,
d*, etc., tantôt fortes, ex. *p, k, t*, etc. Le changement,
des consonnes Classiques aux consonnes Gothiques,
apparut peut-être à qui nota les analogies latines et
grecques, en tant que des douces aux fortes tantôt et
tantôt des fortes aux douces. Φ grec et *F* (ou quelquefois *B*) latins donnent en Gothique, comme en Anglais,
b : φράτωρ, φέρω, φηγός, ou *frater, fero, fagus*, grecs et
latins, c'est, après BROTHRA, BAIRA et BÔCHE, gothiques,
l'Anglais, **brother, to bear** et **beach**. Π grec ou *P*
latin donne **f** gothique et anglaise : πτερόν, πούς, πλέος,
penna, pes, plenus, grecs et latins, c'est, après FIODUR

(Islandais), ᴘᴏᴛᴜs et ꜰᴜʟʟs, gothiques, l'Anglais **feather,
foot** et **full.** Γ grec et *G* latin donnent ᴋ gothique,
et **c, k** (ou **ch**) anglais : γένος, γυνή et γόνυ, et
genus, genetrix et *genu,* grecs et latins, c'est, après
ᴋᴜᴍɪ, ǫᴜɪɴô et ᴋɴɪᴜ, gothiques, l'Anglais **kin, queen** et
knee. K grec et *C* ou *Z* latins donnent ʜ (ou ɢ) gothiques et **h** anglais : καρδία, κλύω, κεφαλή, et *cor, laus*
(puis *inclytus*), *caput,* c'est, après ʜᴇᴀʀᴛᴏ, ʜʟᴏᴡᴀɴ,
ʜᴀᴜʙɪᴛʜ, gothiques, l'Anglais **heart, lond** et **heard,
head.** X grec et *CH* latin donnent ɢ gothique et **g**
(ou **j**) anglais : χήν, χόρτος et χθές, et (*h*)*anser, hortus*
et (*h*)*esternus,* latins et grecs, c'est, après ɢôs, ɢᴀʀᴅs
et ɢɪsᴛʀᴀ, gothiques, l'Anglais **goose, garden** ou **yard**
et **yestardy.** Δ grec ou *D* latin donne **t** gothique et
anglais : δάμνω, ἡδὺς et ἔδυ, et *domare, sua*(*d*)*vis, edo,*
latins et grecs, c'est, après ᴢᴀʜᴍᴇɴ, sᴜss, ᴇssᴇ, gothiques, l'Anglais **to tame, sweet** et **to eat.** T grec ou *T*
latin donne ᴛʜ (ou ᴅ) gothiques et **th** anglais : τὺ et σὺ,
τανκός, στέγος et τέγος, ou *tu, tennis, tectum,* latins
et grecs, c'est, après ᴛʜᴜ, ᴅᴜɴɴɪ, ᴛʜᴀᴋ. gothiques, l'Anglais **thou, thin, thatch.** Θ grec, donne ꜰ (ou ᴅ ou ʙ)
latins et **d** gothique et anglais : θύρα, θυμός, θυγάτηρ,
et *foris, fumus,* — grecs et latins, c'est, après ᴅᴀᴜʀ,
ᴅᴀᴜɴs et ᴜᴛᴀʀ, l'Anglais **door, dust** et **udder.**

Déviations quelquefois dans le sens et plus d'une
exception, il faut s'y attendre, si l'on dresse de mémoire,
avec les Mots Latins et Grecs fournis au Livre premier,
un tableau plus vaste que celui-ci (que je restreint à
trois exemples par cas). Quelque trouble vient de lettres
qui s'ajoutent inopinément : la permutation, cependant,

tient bon presque toujours au commencement des Mots.
Telle la Loi de Grimm, appelée du nom de son inven-
teur, le célèbre grammairien allemand : par elle on
peut, à coup sûr, apparenter la portion originelle de
l'Anglais, ou Anglo-Saxonne, à la famille Aryâque ;
quant à l'afflux français et classique, c'est l'œuvre
d'une Grammaire historique française (*) que rattacher
au Latin le Français et d'une Grammaire latine, le Latin
à l'antique Aryâque. Ne jamais transgresser les intermédiaires : toute la méthode est là.

L'histoire d'une Langue commence avec la formation
de celle-ci et ne présente rien d'antérieur, que pour
des notions générales à trouver ; à vrai dire, elle cesse
avec les évolutions ultérieures accomplies chez lui ou
au dehors par ce parler. Traiter du Français, sans qu'il
soit tenu compte de la nouvelle floraison fournie par
lui, qui s'appelle la moitié de l'Anglais (notamment
où survivent nos Vieux Mots) me semble manquer
peut-être à quelque devoir. Tous les devenirs d'un
idiome contemporain jusqu'à l'heure présente consi-

(*) Ce Livre excellent existe et toute la jeunesse aujourd'hui
l'a entre les mains ; double, en tant que *Grammaire historique de
la Langue Française* et *Nouvelle Grammaire Française*, par AUGUSTE
BRACHET : pour la Grammaire latine, le beau travail de M. CAIX
DE SAINT-AMOUR est là, tentant même l'érudit ainsi que le rudi-
ment précieux de mon collègue au lycée Fontanes, M. BEAUFILS,
satisfaisant l'élève. N'oubliez point le *Dictionnaire étymologique
français*, de BRACHET aussi, et le *Manuel des Racines Grecques*
(donnant toute une partie latine) de M. BAILLY : faits pour mer-
veilleusement servir en l'étude que suscitera notre Traité.

dérés, là se borne, par exemple, le domaine soumis à
l'exploration du linguiste; qui n'a point à envisager
l'avenir. Si vous connaissez l'état actuel de l'Anglais,
relativement aux autres parlers et à certaines Lois
primordiales, ce tome est à fermer, après l'échappée
ouverte sur le vaste monde, vivant ou mort, qui vient
de se révéler : et vous ne laissez pas cependant que
de souhaiter quelques considérations plus précises !
Voici. Aryâques, Sémites ou Touraniens, distribution
génésiaque du Langage, mais une autre, qui modèle
plus immédiatement ses phases sur le développement
des formes mêmes, sera : Monosyllabisme, comme le
Chinois, une station certes primitive, puis Aggluti-
nation, ou la jonction analogue à ce qui juxtapose deux
Mots Composés entre eux ou des Affixes au Corps d'un
Mot sans altération presque, enfin Flexion, ou l'effa-
cement de certaines lettres intermédiaires et finales en
contractions et désinences casuelles. Soit cette isolation
pure et simple du Mot inaltérable, soit cette copulation
de plusieurs Mots dont le sens demeure discernable;
tout, jusqu'à disparition même du sens ne laissant que
vestiges abstraits et nuls acceptés par la pensée, n'est
qu'alliage de vie et de mort et double moyen factice
et naturel; or, à chacun de ces *trois états*, riches de
toutes leurs conséquences, peut se rapporter l'Anglais.
Monosyllabique, il l'est dans son vocabulaire originel
devenu cela au passage de l'Anglo-Saxon à l'Anglais
du Roi; et même interjectionnel, un Mot identique servant souvent et de verbe et de nom. Qui de vous, dans
les Composés, ceux enregistrés par la littérature ou
jaillis au jour le jour, ne rencontre presque absolument

le caractère agglutinatif? Pour l'état flexionnel enfin,
point n'est besoin de conserver des désinences casuelles:
vives, comme l'*S* du génitif et la déclinaison des Pronoms; défuntes, comme l'*N* final, une fois tombé l'accusatif latin, que gardent les noms par l'intermédiaire
du Français, ou le *T* des supins dans maint infinitif.
L'Anglais, pas plus que le Français, ne reste déclinable,
d'accord : mais il se conjugue, quelque peu ; enfin cent
Terminaisons, notamment les Diminutifs, ne comportent
d'elles-mêmes, lettres dépouillées et neutres, aucune
acception.

Par sa Grammaire (dont il n'est question que dans
l'autre tome de ce Traité) marche vers quelque point
futur du Langage et se replonge aussi dans le passé,
même très-ancien et mêlé aux débuts sacrés du Langage, l'Anglais : Langue Contemporaine peut-être par
excellence, elle qui accuse le double caractère de l'époque, rétrospectif et avancé.

TABLE

OUVRAGES DU MÊME AUTEUR

Relatifs à la Littérature Anglaise

I

TRADUCTION

EN VENTE

Le *Corbeau* (The Raven), poëme, par Edgar Poe.

Edition de luxe sur Hollande, format in-folio, avec quatre illustrations sur Chine ou Hollande, ex-libris et frontispice sur parchemin d'Edouard Manet. Textes anglais et français vis-à-vis l'un de l'autre.

Cette édition du *Corbeau* est déjà devenue une rareté bibliographique. Tiré à très-petit nombre, dans un format in-folio, sur papier de luxe, le double texte anglais et français est accompagné d'une série d'eaux-fortes de M. Edouard Manet.

Paris-Journal, le 17 Juillet 1875.

Il n'est pas douteux que cette traduction soit de la plus stricte exactitude, mais tout en admirant le travail de patience de M. Stéphane Mallarmé, il nous sera bien permis de le trouver trop exact... M. Mallarmé a trouvé moyen de parler américain en français, c'est-à-dire d'être en français plus Poe que Poe lui-même. C'est un tour de force qui mérite d'être compté à son auteur.

Le Gaulois, 9 Juin 1875.

Rarement poëme, traduction et illustration auront été plus fortement liés entre eux et auront présenté une unité de sentiment plus rigoureux. Si Edgar Poe avait pu choisir lui-même ses interprètes il n'en eût voulu d'autres que ce poëté et ce artiste. Le poëte a fait une traduction littérale, s'efforçant de rendre le mot pour le mot, et conservant ainsi au texte sa saveur bizarre et son coloris étrange... A très avoir vu les terribles eaux-fortes, comme avoir dégusté la prose de M. Stéphane Mallarmé, on ne les sépare plus du livre américain, et le *Corbeau* devient inoubliable.

Le *Siècle*, 13 Juin 1875.

« The Raven » — This remarkable poem of Edgar Poe, the American writer, has been extremely well translated into French by M. Stéphane Mallarmé... One great advantage of the work is that the original text is placed opposite the French, so that every reader can satisfy himself of the entire fidelity of the translation. The typography is admirable.

GALIGNAIN'S MESSENGER, *August*, 5, 1875.

Monsieur Mallarmé is to be highly complimented for his good sense in not attempting so impossible a task as to make a translation in French verse. Instead of this, he has given a truthful and elegant version in French prose, here and there bordering upon rhyme or rather upon *resonance*, and frequently euphonious.

Richard H. Horne,
REVEW, *June*, 26, 1875.

... A careful and exquisite version of his poems, with illustrations full of the subtle and tragic force of fancy which impelled and moulded the original song; a double homage due to the loyal and loving cooperation of one of the most remarkable younger poets and one of the most powerful leading painters in France M. Mallarmé and M. Manet.

Algernon Charles Swinburne (in EDGAR ALLEN POE,
A MEMORIAL VOLUME. BALTIMORE, 1877).

POUR PARAITRE PROCHAINEMENT

LES POËMES D'EDGAR POE

Traduction avec portrait et autographe de Poe

★

DU MÊME AUTEUR.

II

RÉIMPRESSION

Vathek, Conte oriental, par Beckford. Réimpression du **texte** original français, publié d'abord à Paris en 1787 ; et Préface.

1 vol. petit in-4°, caractères et papier spéciaux, dans un cartonnage en parchemin blanc, avec titre en or et attaches de deux couleurs.

Bound in the antique white parchment with red and black tapes, and presenting inside a restoration not only of the title page and prefaces of the author, but even of the exact type, paper, and original appearance, the volume will indeed be a delight to the book collector. But it is rendered still more valuable by the admirable essay on Vathek, from the pen of M. Mallarmé, which precedes the text : most complete and satisfactory from the bibliographical point of view, and equally valuable from that of literary criticism. M. Mallarmé is already known to us as the author of a remarkable translation of Poe's « Raven », ...and we know of few literary essays to which we can compare the present Preface to « Vathek » : we shall gladly quote, therefore, the estimate of Vathek in his own words.

MORNING POST, *June, 6, 1876.*

In M. Mallarmé (the publisher) has found a conscientious, erudite, and accomplished editor, who ushers in the tale with a Preface, historical, critical and bibliographical, of singular value... It is in all respects a work for the cabinets of the curious, and as no more than 220 copies are published, it is likely to be confined in these... The Preface is full of curious information and gives a singularly clear estimate of the value of *Vathek* as a contribution to French literature... An addition of considerable value is made to literature in the republication of this book. We can only be thankful that the task of giving it to the world has fallen into so competent and so spirited hands.

SUNDAY TIMES, *June, 25, 1876.*

OUVRAGES DU MÊME AUTEUR.

Thus the present editor is sufficiently justified in stating that for all intents and purposes « *Vathek*, Conte Oriental, par William Beckford » is now given to the French public for the first time; and he is greatly to be complimented upon the manner in which he has performed his task of restoring, page by page and line by line, not only the type, but even the appearance and paper of the original, so that the volume, in its antique parchment binding. is one which a lover of books is wholly glad to possess. M. Mallarmé is an able and original writer, and, as it is scarcely allowable at the present day to criticize a work which has long since become a classic in our literature, we would willingly extract his admirable generalization on the scope and artistic method of « Vathek » from the masterly Preface.

TABLE

Mayenne, Imp. A. DERENNE.— Paris, boulevard Saint-Michel, 52.

ÉTUDE DE L'ANGLAIS

—

Nouvelle Méthode pratique de la Langue Anglaise avec Exercices simples sur la Grammaire et Dictionnaire des Mots, par Edward Stebbing.
2ᵉ édition, 1 vol. in-12, cartonné . . . . 1 fr. 80

Grammaire pratique de la Langue Anglaise, accompagnée d'un nouveau tableau colorié donnant la valeur figurative des principales prépositions, par Sadler.
2ᵉ édition, 1 vol. in-12, cartonné . . . . 2 fr. 50
Ouvrage dont il a été imprimé déjà plus de cent mille exemplaires.

Exercices Anglais ou *Cours de Thèmes gradués*, pour servir de développement aux règles de la Grammaire pratique de la Langue Anglaise, par Sadler.
20ᵉ édition, 1 vol. in-12, cartonné . . . . 3 fr.

Corrigé des Exercices Anglais, ou Traduction exacte de tous les Thèmes qui se trouvent dans les Exercices.
Nouvelle édition, 1 vol. in-12, cartonné . . . . . . 2 fr. 50

Manuel classique de Conversations Françaises et Anglaises, contenant 1° Choix de Dialogues anglais et français ; 2° Recueil de Locutions ; 3° Riche Vocabulaire de tous les Mots les plus usités, par Sadler.
10ᵉ édition, 1 fort vol. in-18 de 700 pages, cartonné. . . . . . 3 fr.

Manuel de phrases Françaises et Anglaises, accompagnées de Dialogues familiers qui précèdent des leçons préparatoires avec traduction interlinéaire, par Sadler.
1 vol. in-18, cartonné . . . . 1 fr. 50

Nouveau Dictionnaire portatif Anglais-Français et Français-Anglais, contenant la prononciation figurée, par Sadler.
(1 très fort vol. in-12 de 1370 pages)

Prix | broché . . . . 6 fr.
     | relié en toile anglaise . . . . 7 fr.

Premiers Livres de Lecture, gradués et nombreux, par W. Scott, Miss Edgeworth, Mⁿᵉ Opie, Mⁿᵉ Hofland, Mⁿᵉ Trimmer, Wilson, Sarah Teachwell, etc.

———

POUR PARAITRE

Recueil de Morceaux choisis dans les Chefs-d'Œuvre, prose et poésie, de la Littérature Anglaise, précédé d'une Histoire abrégée de cette Littérature ; à l'usage des Classes et du Monde.

————

(Méthode, Grammaire et Thèmes, Manuel de Conversation, Dictionnaire, enfin Livres de Lecture, Morceaux Choisis Littéraires, etc. édités par la Maison, ces ouvrages forment, avec la présente Philologie, un Cours Complet et Raisonné d'Anglais, offert aux étudiants de tous les âges).

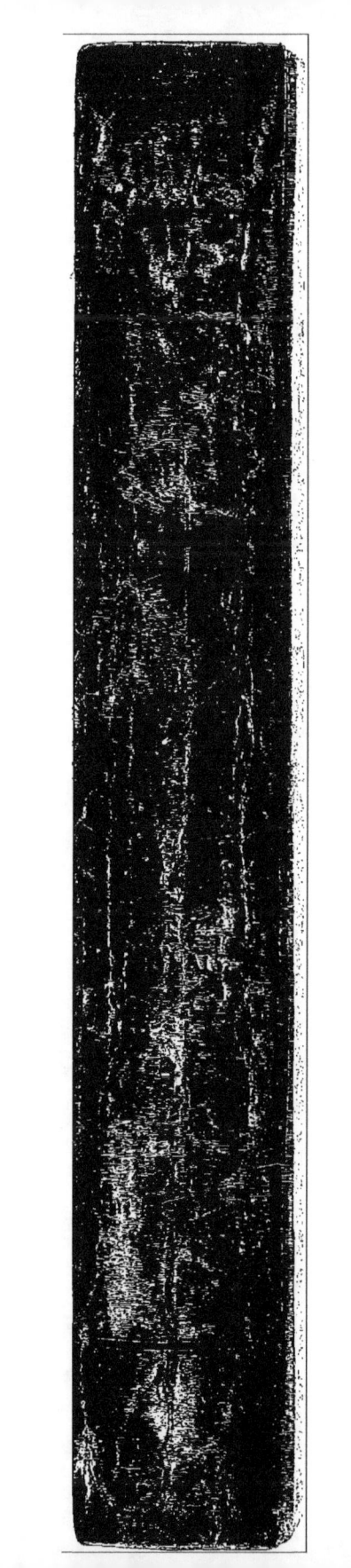